DU MÊME AUTEUR

La belle mortelle de Samson (Vampires Scanguards - Tome 1)

La provocatrice d'Amaury (Vampires Scanguards - Tome 2)

La partenaire de Gabriel (Vampires Scanguards - Tome 3)

L'enchantement d'Yvette (Vampires Scanguards - Tome 4)

La rédemption de Zane (Vampires Scanguards – Tome 5)

L'éternel amour de Quinn (Vampires Scanguards – Tome 6)

Les désirs d'Oliver (Vampires Scanguards – Tome 7)

Le choix de Thomas (Vampires Scanguards – Tome 8)

Discrète morsure (Vampires Scanguards – Tome 8 1/2)

L'identité de Cain (Vampires Scanguards – Tome 9)

Le retour de Luther (Vampires Scanguards – Tome 10)

La promesse de Blake (Vampires Scanguards – Tome 11)

Fatidiques retrouvailles (Vampires Scanguards – Tome 11 ½)

L'espoir de John (Vampires Scanguards – Tome 12)

Séduisant (Le Club des éternels célibataires – Tome 1)

Attirant (Le Club des éternels célibataires – Tome 2)

Envoûtant (Le Club des éternels célibataires – Tome 3)

Torride (Le Club des éternels célibataires – Tome 4)

Attrayant (Le Club des éternels célibataires – Tome 5)

Passionné (Le Club des éternels célibataires – Tome 6)

LE CHOIX DE THOMAS

LES VAMPIRES SCANGUARDS - TOME 8

TINA FOLSOM

1

Eddie déboula dans le studio, la fille s'étant présentée comme Jessica dans les bras. Elle l'avait dragué dans la boîte de nuit où il était allé patrouiller un peu plus tôt. Aidée par la main de Jessica, la porte se referma derrière eux en claquant. La chaude bouche de la jeune femme recouvrait les lèvres de son partenaire, tandis qu'elle l'embrassait passionnément et que ses mains erraient sur son corps, glissant sous son t-shirt, de sorte à caresser la peau nue de sa poitrine.

Tout ce temps, elle pressa son corps bien roulé contre le sien, écrasant ses seins opulents contre lui. L'odeur de son excitation emplit la petite pièce, laquelle était meublée d'un lit, d'une commode et d'une petite table avec deux chaises. Une porte ouverte menait à une cuisine de la taille d'un timbre-poste, et une autre indiquait la présence d'une salle de bains probablement aussi petite que la cuisine. La sœur d'Eddie, Nina, avait vécu dans un endroit semblable avant de rencontrer son compagnon.

Jessica était jolie : longues boucles blondes, lèvres pulpeuses, yeux bleus à l'air innocent. Tout ce qu'un type pouvait souhaiter. Et par-dessus le marché, elle était disposée à coucher. Remarquable. Aucune coercition n'était nécessaire. Pas plus que de la séduction. En fait, elle était plus qu'enthousiaste, et c'était elle qui menait la barque, se passant à présent le t-shirt par-dessus la tête avant de le lancer sur la chaise voisine. De ce qu'Eddie en savait, ceci était une de ses pratiques courantes : lever un gars dans une boîte de nuit et l'emmener chez elle pour s'adonner à du sexe sans tabous. Hé, il n'était pas en train de se plaindre !

Jessica lui prit les mains, lesquelles étaient demeurées tout ce temps derrière son dos et lui fit enrober ses seins revêtus d'un soutien-gorge. Peut-être que *revêtus* était un mot trop fort, ce qu'elle portait pouvant difficilement s'appeler un soutien-gorge. C'était un simple ensemble de tissus spécifiques et de ficelles assemblés par une armature. Ses mamelons n'étaient même pas cachés. Ses seins étaient plutôt rehaussés, comme s'ils étaient présentés sur un plateau d'argent. Tel un festin auquel il allait se livrer.

Il jeta un coup d'œil à l'endroit où ses mains compressaient la générosité de cette chair d'une manière presque mécanique, comme s'il n'était pas celui qui était en train de la toucher. Il avait l'impression de regarder un film porno médiocre, certes explicite, mais à peine excitant.

Les yeux fermés, elle jeta la tête en arrière.

— Oh, ouais, bébé ! cria-t-elle en posant les mains sur celle d'Eddie, de sorte à ce qu'il serrât plus fortement.

Il s'y conforma, davantage parce qu'il pensait que c'était ce qu'il avait à faire plutôt que par envie. S'il l'embrassait à nouveau, peut-être s'investirait-il un peu plus. Après tout, il manquait de pratique. En fait, depuis sa transformation, l'année précédente, il n'avait pas couché avec une femme. Marrant qu'il ne le remarquât que maintenant. Enfin, cela ne signifiait pas qu'il n'avait trouvé aucune satisfaction sexuelle ; après tout, quel mec ne se masturbait pas dans la douche après le réveil ? Ou avant d'aller dormir ? Il était juste comme les autres types : il trouvait le soulagement grâce à sa propre main, à chaque fois qu'il en avait besoin.

Eddie glissa la main sur la nuque de Jessica et l'attira à lui, pressant les lèvres sur sa bouche en attente et l'embrassa. Sa langue fit irruption à l'intérieur pour l'explorer sans, toutefois, que l'excitation qu'il s'attendait à voir jaillir dans ses veines ne se matérialisât. Son cœur battait tout aussi régulièrement que précédemment, quoique presque deux fois plus vite qu'un cœur humain. Mais cela était normal pour un vampire.

S'évertuant à faire avancer les choses, il tira sur le soutien-gorge et l'arracha, permettant ainsi aux seins de déborder de cette cage inappropriée.

Ils semblaient presque rigides, ce qui l'amena à se demander s'ils étaient naturels ou pas. Une fille de son âge, et elle ne pouvait avoir plus de vingt-deux ans, pouvait-elle porter des implants en silicone ? Pourquoi les gens mettaient-ils des corps étrangers en eux ? Il les examina en s'interrogeant toujours à ce propos.

La main de Jessica sur son entrecuisse, les doigts courant le long de la tirette de son pantalon cargo, le tira hors de ses pensées et le ramena sur la tâche en cours.

— Oh !

Le soupir de déception qu'elle laissa échapper lorsqu'elle l'empoigna lui dit que quelque chose ne tournait pas rond.

À nouveau, elle le frotta, mais Eddie lui saisit la main, l'empêchant ainsi de le toucher à nouveau.

— Quelque chose ne va pas ? demanda-t-elle en faisant la moue.

Tout allait mal. Il ne bandait pas. Alors qu'il devrait déjà avoir une violente érection. Tout homme de vingt-cinq ans l'aurait, dans les mêmes circonstances. Lorsqu'il était humain, un baiser passionné pompait suffisamment de sang dans son membre pour qu'il pût se mettre au travail. Et maintenant, alors qu'il avait une fille à moitié nue désireuse de le satisfaire, son sexe pendait là, telle une vieille poupée de chiffon, molle et indifférente. Comme si c'était l'appendice de quelqu'un d'autre.

Pourquoi, bordel, ne bandait-il pas ? Pourquoi son engin dormait-il ? Putain, mais qu'est-ce qui n'allait pas chez lui ?

Il ferma les yeux, tentant de faire apparaître des images susceptibles d'exciter n'importe quel homme : des femmes nues penchées sur un meuble, des femmes en train de se déshabiller et même des femmes en train de le faire avec d'autres femmes. Et pourtant, son membre demeura comme mort, la moindre cellule sanguine s'abstenant de le stimuler.

De nulle part, des souvenirs vieux de quelques semaines firent à nouveau intrusion, des souvenirs qu'il avait essayé de refouler à chaque fois qu'ils avaient pointé leurs sales têtes. Sauf que, cette fois, il ne pouvait les réprimer plus longuement. Il devait les affronter de plein fouet.

PLUSIEURS SEMAINES *plus tôt*

Eddie longeait le couloir et se dirigeait vers la salle de conférence située à l'étage exécutif des quartiers généraux de Scanguards dans la Mission. Un problème majeur était en train de se produire, et il n'allait pas manquer cette action juteuse. Il aimait ce boulot, la camaraderie entre ses collègues vampires, l'amitié avec son mentor et l'admiration de sa sœur. Nina était enfin fière de lui, de tout ce qu'il avait réalisé après avoir pris le risque de devenir un vampire. Finalement, tout le monde était heureux : Nina était liée par le sang à Amaury, un important protagoniste au sein de Scanguards et, de ce qu'Eddie pouvait en voir, son beau-frère était totalement gaga d'elle. Il n'avait jamais vu un homme aussi amoureux d'une femme. Ce fait avait effacé tous les doutes d'Eddie à propos du succès de la longévité d'une relation humain-vampire. Nina et Amaury donnaient l'impression que ce fût facile. Ils semblaient faits l'un pour l'autre.

Tout en longeant le couloir, ses narines se mirent soudain à frémir. Un humain se trouvait quelque part, à cet étage. Et ceci constituait une brèche dans le système de sécurité.

— Qui d'autre est au courant ?

Eddie reconnut la voix de Blake. Quoique Blake eût été le petit-fils de Quinn, directeur au sein de Scanguards, cela n'expliquait pas pourquoi on avait autorisé la présence de l'humain à cet étage. Il lui incombait de vérifier et de garder la situation sous contrôle.

— Thomas. Mais il ne parle pas. J'ai déjà essayé. Malheureusement, il ne *te* dira rien non plus, répondit Oliver, dont la voix provenait de l'alcôve qui abritait un réfrigérateur et quelques étagères.

— Mais il pourrait le dire à Eddie.

En entendant son nom, Eddie fut coupé dans son élan. Qu'est-ce que Thomas lui dirait ? De quels secrets ces deux-là parlaient-ils ? Il ne put s'empêcher de demeurer à un endroit d'où ils ne pouvaient le voir et écouta leur conversation. Il savait que c'était impoli, mais quelque chose était louche, et il découvrirait ce que c'était.

— Eddie ? Mon dieu, tu as raison. Pourquoi n'y ai-je pas pensé ? Thomas dirait n'importe quoi à Eddie. Tout le monde sait qu'il craque pour lui.

Les poumons d'Eddie expulsèrent de l'air. Sa vision se brouilla, et son cœur s'arrêta de battre. Il ne put ni bouger ni réagir. Il avait néanmoins dû faire un bruit, car Oliver fit soudain un pas hors de l'alcôve et tourna sèchement la tête vers lui.

— Oh merde ! jura Oliver.

Bouleversé, Blake souffla fortement en le dévisageant.

— Thomas... il... dit Eddie en secouant la tête.

Non, ceci ne pouvait être vrai ! Thomas ne pouvait pas être attiré par lui. Ceci ne pouvait se produire ! Son mentor depuis plus d'une année, l'homme avec qui il partageait la maison, voulait le sauter ? Non, putain !

Naturellement, Eddie avait toujours su que Thomas était homosexuel. Bon sang, tout le monde le savait. Personne ne l'avait jamais gardé secret. Et tout le monde acceptait Thomas tel qu'il était : un homme généreux doté d'un grand cœur et d'un esprit brillant. Personne ne le traitait jamais différemment des autres. Pas plus qu'Eddie. Il s'était instantanément senti à l'aise avec lui lorsqu'il l'avait rencontré la première fois et qu'on lui avait dit que Thomas serait son mentor, qu'il l'aiderait à se familiariser à sa nouvelle condition de vampire.

— Écoute, Eddie, oublie ce que tu as entendu, dit Oliver en vue de le calmer.

Les muscles du cou d'Eddie se bombèrent.

— Bordel, comment crois-tu que je puisse simplement oublier ça ?

Personne ne pouvait faire abstraction de mots de cette façon, des mots qui faisaient voler en éclats sa vie si douillette avec Thomas. À Twin Peaks, dans le manoir de Thomas offrant une vue sur la cité, ils avaient vécu comme des colocataires idéaux, partageant leur amour pour les motos et bricolant tout ce qui était électronique.

— Crois-moi, Thomas est un homme honorable. Il n'agira jamais sur base de ses sentiments, puisqu'il sait qu'ils ne sont pas réciproques.

Il adressa un regard furieux à Oliver.

— Dieu, j'aurais préféré ne jamais le découvrir.

L'ignorance était une bénédiction ; Eddie le réalisait, à présent.

— Je suis désolé, dit Oliver en mettant une main sur son épaule.

Ce contact l'exaspéra davantage, et il repoussa Oliver. Il ne voulait pas être touché, par aucun homme !

— Ne me touche pas !

Eddie tourna sur les talons et courut vers la sortie la plus proche.

Il avait toujours admiré Thomas, son intelligence, sa familiarité avec la rue, de même que sa loyauté absolue envers Scanguards. Pas une seule fois, il n'avait mis en doute les motifs de Thomas de l'avoir recueilli, d'avoir réarrangé sa propre vie pour montrer les ficelles du métier à un nouveau vampire. Mais, maintenant, tout cela était différent. Thomas avait-il simplement accepté la mission que Samson, le propriétaire de Scanguards, lui avait confiée, parce qu'à l'époque déjà, il avait voulu coucher avec lui ? Ses motifs n'avaient-ils pas été aussi altruistes qu'Eddie l'avait supposé ?

Il ne pouvait s'empêcher de s'interroger sur tous les incidents où il avait vu Thomas seulement à moitié-vêtu. Son mentor l'avait-il fait exprès de sorte à l'inciter à changer de camp ? Thomas avait-il essayé de le séduire, et Eddie avait-il juste été trop bête pour le voir ?

Eddie ne se remémorait que trop bien un incident. Il avait passé la journée chez Holly, l'ex-petite amie de Ricky car, de sortie trop tard dans la nuit, il n'avait pu rentrer avant le lever du soleil. Lorsqu'il était revenu à la maison, Thomas se tenait dans le salon, uniquement vêtu d'une serviette, en train de parler à Gabriel, lequel avait eu besoin d'aide afin de surveiller la femme qui, plus tard, allait devenir sa compagne.

Recouverte de l'eau de la douche qu'il venait de prendre, la peau de Thomas scintillait et, lorsqu'il avait étiré les bras au-dessus de sa tête dans ce qui semblait être un geste désinvolte, Eddie avait admiré les muscles bien saillants de son torse et de son abdomen. Et cela avait remué quelque chose en lui, quelque chose qu'il avait écarté immédiatement. Thomas avait-il déjà tenté à ce moment de l'allécher ? Avait-il délibérément exposé son magnifique corps parce qu'il se réjouissait d'être observé ?

Et que dire de toutes ces fois où il avait vu Thomas se rendre vers le réfrigérateur, vêtu de son boxer-short, le peignoir ouvert sur le devant ? Thomas s'était-il comporté de la sorte parce qu'il était chez lui ou parce qu'il voulait qu'Eddie le regardât ?

Que ferait-il, maintenant ? Comment pourrait-il continuer à vivre avec Thomas, sachant ce qu'il savait ? Dorénavant, dès qu'il regarderait son mentor, ce serait en sachant que ce dernier craquait pour lui, qu'il voulait le dépouiller de ses vêtements, le toucher, l'embrasser et lui faire l'amour.

· · ·

— Là, tu vois, je savais que ça fonctionnerait, lui dit une voix féminine, laquelle le sortit de ses pensées et le ramena au présent.

Eddie ouvrit les yeux et regarda Jessica. Elle lui avait ouvert la fermeture éclair et avait sorti son engin, son engin en pleine érection, et l'avait enveloppé dans sa main. Il était aussi dur qu'une tige en fer, mais Eddie savait que ce n'était pas bien, car il ne bandait pas pour elle. Il avait bandé en pensant à Thomas. En pensant à un homme.

Se dégoûtant, il saisit la main de la jeune fille et l'enleva d'un coup sec.

— Je ne peux pas faire ça.

— Bien sûr que tu le peux, répliqua-t-elle en ronronnant et en frottant ses seins nus contre lui, un geste qui le laissa totalement impassible, alors qu'il aurait dû laisser tomber la tête et téter ces durs mamelons.

Pourquoi ne faisait-il pas ce qu'elle voulait ? Pourquoi ne la baisait-il pas ? Au moins pourrait-il alors se prouver qu'il n'y avait rien de mal chez lui, qu'il était toujours la même personne qu'il avait toujours été : un hétéro qui désirait les femmes.

Jessica glissa les mains sur son derrière et l'attira plus près.

— Allez, Eddie, je sais que tu le veux.

Oui, il le voulait, mais pas avec elle. Il était plus excité qu'il ne l'avait jamais été, mais il savait d'instinct que son membre se flétrirait telle une fleur séchée s'il tentait d'avoir des relations sexuelles avec Jessica. Et il n'allait pas ajouter ce genre d'humiliation à sa psyché déjà assez meurtrie.

Non, il devait repousser tout ceci, faire comme si rien ne s'était jamais produit et continuer comme d'ordinaire. Ces dernières semaines, il avait agi de la sorte. Il pouvait donc continuer ainsi, en évitant, autant qu'il le pourrait, d'être seul avec Thomas et en essayant d'oublier ce qu'il avait entendu dire.

Après tout, peut-être qu'Oliver et Blake avaient tort. Peut-être n'imaginaient-ils que des choses. D'ailleurs, que savaient-ils de Thomas ? Ce n'était pas eux qui vivaient avec lui. Ils ne passaient pas du temps en dehors du travail avec lui. Et même au boulot, ils le voyaient à peine, puisque Thomas ne s'adonnait que rarement à du travail sur le terrain. La plupart du temps, il travaillait sur des projets informatiques, tandis qu'Oliver et Blake patrouillaient ou assuraient la protection des clients.

Eddie regarda Jessica dans les yeux.

— Écoute attentivement, commença-t-il, avant de lui envoyer ses pensées et d'effacer le moindre souvenir qu'elle avait de lui.

S'ils se rencontraient à nouveau, elle ne saurait jamais ce qui s'était passé entre eux. Personne ne saurait jamais qu'il n'avait pu être capable de s'exécuter ; personne, sauf lui. Et il pourrait toujours se mentir et prétendre que tout allait bien.

2

À une distance de cinquante mètres, Thomas appuya sur la télécommande et vit la porte du garage se lever. Il y pénétra, ne ralentissant que légèrement la vitesse de sa moto, puis coupa le moteur dans ce garage surdimensionné qui abritait, non seulement plusieurs bécanes, mais également un grand SUV aux vitres teintées. Préférant conduire ses motos, il l'utilisait rarement. Sentir le moteur de sa machine vrombir entre ses jambes et le vent souffler dans ses courts cheveux blonds lui procurait un sentiment de liberté, l'impression d'une vie sans contraintes. Même si ce n'était qu'une illusion, car il n'était ni libre ni sans obligations.

Il était satisfait de ce qu'il avait réalisé, quoique pas heureux. Mais, d'ailleurs, qui était réellement heureux de sa situation ? Il secoua la tête à cette pensée et descendit de sa Ducati. Il avait passé la majeure partie de la nuit dans son bureau des quartiers généraux de Scanguards situés dans le district de la Mission et avait à peine parlé à quiconque durant tout ce temps. À présent, il avait hâte de boire une bouteille de sang froid et d'échanger quelques mots avec Eddie, avant d'aller se coucher.

Ses conversations avec le jeune homme étaient une chose à laquelle il aspirait chaque fois qu'il rentrait à la maison. Mais la maison n'était pas le seul endroit où il voyait Eddie. Étant toujours son mentor, il l'emmenait souvent avec lui en formation. En d'autres occasions, ils faisaient équipe et étaient envoyés ensemble en mission en vue de mettre en pratique ce qu'Eddie avait assimilé. Thomas ne vivait que pour ces missions.

La fierté l'emplissait à chaque fois qu'Eddie prouvait qu'il apprenait rapidement. Cela lui réchauffait le cœur de voir son protégé s'affranchir et devenir un remarquable garde du corps doté d'un esprit vif et d'une main ferme. Mais son cœur n'était pas le seul à y être sensible ; son sexe s'en trouvait tout aussi impliqué. Le fait de simplement regarder le jeune vampire dont le sourire marquait de profondes fossettes au niveau de ses joues le faisait bander en un instant. Et Eddie souriait souvent. Il était du genre insouciant et décontracté.

Depuis plus d'une année maintenant, Thomas avait tenté, en vain, de refouler ses sentiments. Il était irrévocablement et désespérément amoureux d'Eddie. Et il n'y avait rien qu'il pût y faire.

Il grimpa les escaliers menant au rez-de-chaussée de la maison, laissant derrière lui le garage et ses inestimables motos, beaucoup d'entre elles étant des antiquités restaurées. Lorsqu'il pénétra dans la grande pièce qui alliait une cuisine à plan ouvert à un grand salon, il la trouva vide. Il écouta, mais la maison était dépourvue de tout bruit. Eddie n'était pas encore de retour du boulot.

Déçu, il jeta un coup d'œil à l'horloge suspendue au manteau de la cheminée. Dans moins d'une heure, le soleil se lèverait, et les portes fenêtres qui dominaient tout un pan de mur de la grande pièce exhiberaient la ville en plein réveil. En ce moment, l'horizon de San Francisco scintillait dans l'obscurité. Les fenêtres n'étaient toutefois pas réelles : il s'agissait de moniteurs affichant des images tournées en direct par les caméras suspendues tout autour du périmètre de sa maison. Une belle et réaliste illusion, et l'unique moyen de pouvoir regarder à l'extérieur durant la journée sans que les UV ne pussent pénétrer chez lui et le carboniser.

Néanmoins, c'était un leurre, un de ceux qui l'aidaient à prétendre qu'il menait une vie normale, alors que rien dans sa vie ne l'était. Il était un vampire. Il était gay. Et il aimait un homme qu'il n'avait pas le droit de désirer. Et par-dessus tout, son sombre pouvoir, cette bête qui sommeillait en lui, le menaçait de se réveiller à tout moment, à moins d'être tenue sous contrôle. Chaque année, cette tâche devenait plus difficile. C'était presque comme s'il était un volcan endormi, et que le pouvoir qu'il avait en lui était semblable à de la lave qui s'accumulait jusqu'à devoir jaillir à la surface tant la pression était forte.

Thomas ouvrit le réfrigérateur et prit une bouteille de sang. Lentement, il fit sauter le bouchon et porta le contenant à ses lèvres, engloutissant le liquide froid en l'autorisant à napper sa gorge sèche. Il ferma les yeux, laissant son cœur évoquer des images qui accéléraient son pouls et faisaient gonfler son membre. Ses canines s'allongèrent involontairement, tandis que les images s'intensifiaient et se brouillaient en un seul tableau : Eddie allongé sous lui, la tête inclinée sur le côté, lui offrant une veine destinée à la morsure. Et plus bas, deux verges palpitant de concert et se frottant l'une contre l'autre en prévision de ce qui allait se passer ensuite.

Il se débarrassa de cette pensée ; cela ne se produirait jamais, et il valait mieux qu'il arrêtât de fantasmer à ce propos. Cela ne faisait qu'accroître le désir. La frustration l'envahit.

Thomas engloutit le reste du sang et jeta la bouteille. Elle résonna contre les autres récipients vides, et cela lui fit penser qu'il devrait bientôt se débarrasser de la poubelle. Il se dirigea ensuite vers le grand canapé d'angle en cuir et s'y laissa tomber en attrapant la télécommande sur la table basse. Tandis qu'il la pointait vers l'écran plat et allumait le téléviseur, il perçut quelque chose de blanc dans sa vision périphérique. Sa tête pivota brusquement vers la porte d'entrée, celle qu'il utilisait rarement étant donné qu'il rentrait presque toujours chez lui par le garage.

Sa vision de vampire se concentra sur l'objet qui dépassait de sous la porte : une enveloppe blanche était posée sur le sombre parquet.

Il se leva dans un mouvement fluide et s'en approcha. Il renifla près de la porte, mais celui qui avait poussé le document était parti depuis longtemps. Aucune odeur résiduelle ne persistait. Thomas se pencha et ramassa l'enveloppe, l'examinant sous tous les angles. Elle n'était adressée à personne.

Curieux, il l'ouvrit et en tira une simple feuille de papier. Seuls quelques mots y figuraient dans une écriture soignée, quoique désuète : *Tu ne pourras te cacher éternellement. Un jour, tu devras admettre qui tu es.*

La lettre n'était pas signée.

Le papier tomba de ses mains tremblantes. Ils l'avaient finalement retrouvé. Comment, il ne le savait pas. Il avait changé son nom de famille, son identité et avait même déménagé dans un autre pays en prenant soin de ne laisser aucune trace. Mais, cependant, il ne pouvait se cacher éternellement. Il avait toujours su, qu'un jour, cela arriverait. Mais c'était trop tôt. Il n'était pas encore préparé à affronter la vérité. La réalité de ce qu'il était, de ce qu'il serait toujours, malgré qu'il l'eût si longtemps et si fortement combattu.

Il s'écroula sur les genoux et laissa tomber la tête entre ses mains. Combien de temps lui restait-il avant qu'ils ne vinssent le chercher ? Et lorsque cela se produirait, leur succomberait-il ainsi qu'au sombre pouvoir qu'il possédait en lui ? Ou lui restait-il suffisamment de forces pour les combattre ?

Londres, Angleterre, printemps 1895

Thomas était assis dans la galerie de la Old Bailey, la Haute Cour criminelle de Londres, observant attentivement le procès qui s'y déroulait. Il était venu y assister presque tous les jours, pas par curiosité morbide comme la plupart des autres spectateurs, mais parce l'issue de celui-ci le concernait. Même s'il ne connaissait pas personnellement l'accusé, Oscar Wilde, la détresse de ce dernier lui importait.

Oscar Wilde, le célèbre dramaturge, était un homosexuel accusé d'outrage à la pudeur et, quoi qu'il pût arriver à un homme aussi célèbre que lui pouvait avoir un impact durable sur la communauté homosexuelle de Londres. Une communauté à laquelle Thomas appartenait, qu'il le voulût ou pas.

Il avait toujours su qu'il était différent mais, durant sa première année à Oxford, cela s'était confirmé : il aimait les hommes, pas les femmes. Il avait d'abord essayé de le nier mais, quoiqu'il eût essayé de se duper par le biais de mensonges divers, il avait échoué. Il était ce qu'il était : un homosexuel. Un pédé, une tapette, une tantouze. Pas un vrai homme, mais un de ceux qui avilissaient tant les autres qu'eux-mêmes en s'adonnant à la sodomie.

Cependant, ce n'était pas quelque chose qu'il pouvait arrêter de plein gré. Ses expériences avec un jeune homme à Oxford lui avaient ouvert les yeux quant aux joies de l'amour physique et lui avaient dévoilé les plaisirs de la chair. Après avoir goûté à ce fruit défendu, il lui avait été impossible de faire marche arrière, impossible de nier ce qu'il voulait : l'amour d'un homme, que cela eût été interdit ou pas.

Il le cachait du mieux qu'il le pouvait, ne s'habillant jamais de manière aussi flamboyante que les autres pédés, participant toujours aux sports et aux divertissements les plus masculins de sorte à compenser son *affliction*. Il courtisait même les femmes des cercles aristocratiques d'Angleterre et en était devenu un des plus beaux partis, non seulement à cause de son éducation et de sa position dans la société, mais également en raison de son esprit et de son charme qu'il n'avait aucun scrupule à libérer sur n'importe quelle débutante innocente. Elles tombaient en pâmoison devant lui. Si seulement elles avaient su que leurs sourires provocants, leurs joues rougissantes et leurs éventails qu'elles ondulaient rapidement le laissaient aussi froid que s'il avait pris un bain matinal dans un ruisseau glacé en plein hiver !

Malgré toute cette supercherie, il trouvait le temps de rencontrer d'autres hommes qui avaient son penchant et laissaient libre cours à ses désirs charnels. C'était durant ces heures qu'il se sentait le plus en paix avec lui-même. Et le plus en conflit, en même temps. Des sentiments de culpabilité et de honte n'étaient jamais très loin ; et pourtant, à chaque fois qu'il faisait l'amour à un homme, il savait qu'il ne pouvait renier qui il était. Il n'avait d'autre choix que de continuer.

— Que le prévenu se lève, dit une voix dans la salle d'audience.

Thomas se pencha vers l'avant, impatient d'entendre la décision de la Cour. Tout comme lui, d'autres agissaient de même, attendant la décision du juge en retenant leur souffle. Celle-ci tomba tel un marteau sur une enclume, aussi bruyante et aussi dévastatrice. Wilde n'était pas poursuivi pour sodomie, mais c'eût pu tout aussi bien être le cas.

— Oscar Wilde, vous êtes déclaré coupable des chefs d'accusation d'attentat à la pudeur et de complot en vue de commettre des outrages aux bonnes mœurs.

Un tollé ébranla la foule. Des voix provenant du dessous et de la galerie firent écho contre les murs de la salle d'audience, amplifiant ainsi les bruits. Quoique le juge exigeât l'ordre, les bavardages ne cessèrent pas.

— Honteux ! cria un jeune homme à côté de Thomas.

Mais, derrière lui, d'autres exprimèrent leur approbation du verdict.

— Bien fait pour le pédé ! proclama un homme en poussant le jeune homme sur le côté. Tu es l'un d'eux, n'est-ce pas ?

Le jeune homme heurta Thomas lorsque ce dernier tenta de se lever. Lorsqu'il lui saisit les épaules afin de se stabiliser, des yeux effrayés le fixaient. Pendant un instant, Thomas ne bougea pas. C'était ce qui leur arriverait à tous : des gens les critiqueraient pour être des homosexuels. Tant lui-même que le jeune homme qui le regardait le savaient.

— Oui, vous deux ! dit l'homme derrière eux, poursuivant ainsi sa tirade.

Au vu de l'expression choquée de Thomas, d'autres personnes aux côtés de l'homme se joignirent à lui en les pointant du doigt, lui et le type auquel il était toujours agrippé. Leurs yeux étaient empreints de dégoût, leurs bouches souriant avec mépris.

Thomas relâcha les épaules de l'autre homme et le repoussa. Mais il était trop tard. Ils avaient tous vu le flash de compassion qu'il avait ressenti pour le jeune pédé qui avait exprimé son opinion à propos du verdict. Ils avaient tous vu que Thomas ressentait la même chose. Car il était le même. Il ne valait pas mieux qu'Oscar Wilde ou les innombrables autres qui, quelque part, se livraient à la sodomie, chaque nuit. La seule différence résidait dans le fait qu'il s'était montré plus prudent lors de ses rendez-vous, et qu'il avait, mieux que les autres, dissimulé sa vraie nature à la société.

Thomas courut vers la sortie, prêt à tout pour échapper au regard de la foule. Quelqu'un l'avait-il reconnu ? Il regarda tout autour de lui, observant les visages peu familiers devant lesquels il passait. Non, personne appartenant à l'aristocratie n'aurait été présent dans la salle d'audience. Ils trouvaient ce genre d'événements déplaisants. C'était là sa seule consolation.

Tandis qu'il se précipitait vers l'extérieur, il ne put faire abstraction des cris qui le suivaient à la trace.

— Tapette !

— Pédale !

Ses poumons brûlaient sous l'effort, alors qu'il se dépêchait de dévaler le large escalier et traversait le hall du tribunal. Dans un sprint, il dépassa les colonnes de marbre qui encadraient l'entrée et sortit. La nuit était déjà tombée, et il en fut ravi. Il pourrait ainsi disparaître dans la foule qui traînait sur les marches du bâtiment en attendant des nouvelles du verdict.

Il garda la tête baissée, ne désirant pas attirer davantage l'attention sur lui. Des visages inconnus défilèrent devant lui, et des voix dérivèrent. Mais il continua de marcher sans engager la moindre conversation, sans ralentir le pas. Il feignit de ne pas être concerné par les événements qui se déroulaient autour de lui. Bien qu'il le fût. Le verdict avait tout changé. Dorénavant, les homosexuels comme lui seraient traités avec moins de tolérance qu'auparavant. Les gens ne regarderaient plus de l'autre côté s'ils suspectaient un homme d'avoir une relation intime avec un autre homme. Dès à présent, il se devait d'être encore plus prudent, ou il finirait comme Wilde, en prison.

— Attendez ! dit quelqu'un derrière lui.

Mais Thomas continua à marcher sans se retourner.

Encore quelques pas, et il pourrait traverser la rue Fleet et disparaître dans une des sombres allées de Londres. Il pourrait ensuite faire appel à un taxi et regagner ses appartements près du parc St James. Ni vu ni connu, et personne ne saurait ce qui s'était passé aujourd'hui.

— Jeune homme !

Une voix étrangement insistante le suivait.

Il se sentit forcé de tourner la tête, mais ne put distinguer la personne qui avait parlé. Personne ne le regardait directement. Confus, il secoua la tête et, en se retournant, heurta quelqu'un.

De fortes mains lui agrippèrent les épaules. Thomas jeta un regard en direction de celui qui l'avait arrêté. La panique déferla en lui et se manifesta sous une forme de soupir. Des yeux marron le pénétrèrent. Le visage d'un homme, rasé de près, devint plus net lorsqu'il recula légèrement la tête.

— Là, là, dit l'étranger bien habillé dans une voix étonnement douce, une voix qui filtra dans le corps de Thomas tel un vin riche ou la rassurante odeur d'une pipe.

Son corps se détendit lorsque les mains de l'étranger glissèrent de ses épaules, le caressant presque, comme s'il essayait de le masser en vue d'apaiser l'anxiété présente dans son corps. Un agréable picotement courut le long de ses bras, répandant de la chaleur dans tout son être en dépit de la fraîcheur de cette soirée de printemps.

— Pas besoin d'avoir peur de cette populace, poursuivit l'homme en jetant un coup d'œil par-dessus l'épaule de Thomas.

Durant tout ce temps, ses mains le caressèrent, et, quoiqu'il eût dû le repousser, Thomas y agréa. Ils étaient en public. Toutefois, l'étranger se mit à l'attirer dans l'entrée d'un magasin fermé depuis longtemps. Ils se tenaient dans la pénombre mais, en y regardant de plus près, n'importe quel passant aurait pu les voir. En dépit de cela, Thomas ne trouvait pas la force de résister au toucher de l'homme. Pas plus qu'à la pression de ses cuisses, tandis que ce dernier se rapprochait.

— Tellement beau, roucoula-t-il, examinant avec soin le visage et le corps de Thomas. Ce serait dommage qu'ils vous enferment pour ce que vous êtes.

Thomas cessa de respirer durant un court instant. Cet homme le narguait-il ? Était-il un Charley ? Un policier déguisé en gentleman de sorte à fouiner dans la société pour y trouver des pédés ? La chasse aux sorcières avait-elle déjà commencé ?

Thomas se redressa et tenta de repousser les mains de l'homme.

— Monsieur, je dois vous demander de me lâcher. Vous me confondez avec quelqu'un d'autre.

Le visage de l'homme se rapprocha, ses yeux le captivèrent.

— Pas la moindre erreur.

Ses lèvres s'écartèrent, et l'odeur de cette pure masculinité fut soufflée sur le visage de Thomas. Cet effet lui affaiblit les jambes.

Son estomac se noua et, plus bas, son membre se contracta en prévision. D'un sourire, l'étranger lui confirma qu'il se rendait tout à fait compte de sa grandissante excitation.

— Oui, vraiment aucune erreur.

Une main abandonna l'épaule de Thomas et, lentement et méticuleusement, glissa sur son torse.

Il ne connaissait que trop bien la destination de la main de l'étranger, mais ne pouvait l'arrêter. Non, il *ne pouvait pas* : il ne le voulait pas. Pour quelque raison perverse, Thomas désirait ardemment être touché. Il avait besoin d'affirmer qui il était, un homme qui aimait les hommes, que cela faisait du bien, quoiqu'en pensât la foule en face du tribunal.

Lorsqu'une main chaude glissa par-dessus son sexe à présent en pleine érection, Thomas gémit et se pressa contre celle-ci.

— Christ !

L'homme gloussa doucement.

— Ce n'est pas mon nom, mais je peux vivre avec.

Il pressa alors encore plus fort.

Le cœur de Thomas s'emballa, sa poitrine se donnant du mal pour amener l'air nécessaire à son corps, et ses mains agrippèrent les revers du manteau de l'étranger de sorte à l'attirer plus près. À chaque caresse, il haletait de manière plus incontrôlable. Et à chaque seconde, son propre contrôle lui échappait un peu plus.

— Mais je n'ai même pas encore commencé, dit l'homme.

Comme pour prouver ses dires, l'étranger déboutonna le rabat du pantalon de Thomas, poussa ses sous-vêtements sur le côté et saisit le membre dans sa main. Cette poigne ferme, le contact de la chair contre la chair, le réduisirent presque à néant. Sa tête retomba contre le mur derrière lui. Il ferma les yeux et s'abandonna à cette caresse aguichante, sachant que combattre ses propres désirs lui était, à présent, devenu impossible.

Des mots tendres dérivèrent à ses oreilles, lui procurant une illusion de flottement. Il n'avait jamais rien éprouvé de tel, pas même lors de ses plus puissants orgasmes. Mais la façon dont cet étranger lui caressait le sexe et lui murmurait de doux mots à l'oreille tout en l'embrassant dans le cou l'amenèrent à faire fi de toute prudence.

Que quiconque passant par-là eût pu les voir engagés dans cet acte indécent fut oublié ; un acte qui pouvait les conduire tous deux en prison. Tout comme fut oublié le fait qu'il ne connaissait même pas le nom de l'homme. Plus rien n'avait d'importance. Plus rien sauf ce plaisir immédiat que cet homme lui promettait sans rien demander en retour.

— Encore, le pria Thomas. Plus fort !

Son compagnon s'y conforma sans protester, le caressant d'une main plus ferme, plus rapide, le serrant plus fort et l'amenant toujours plus près de l'aboutissement.

— Oui, oui, c'est ça.

Des lèvres le caressèrent dans le creux du cou, des dents lui éraflant doucement sa peau échauffée. De quelque part, une voix le pénétra.

— Oui, viens, mon jeune ami. Éjacule pour moi. Abandonne-toi.

S'abandonner. Oui, c'était tout ce qu'il voulait. S'abandonner au toucher de cet homme, se laisser aller au plaisir, baigner dans la luxure du moment. Sans réfléchir, sans regret. Simplement ressentir.

Ses testicules se contractèrent, et son sexe tressaillit. Thomas ressentit alors la montée de son sperme, tandis que celui-ci parcourait son membre comme s'il était tiré au pistolet. Des vagues de plaisir l'inondèrent et le soulevèrent comme s'il était en train de flotter. Au même moment, une douleur cuisante lui transperça le cou. Elle fut fugace, trop fugace pour être réelle. Il devait être en train d'halluciner, car le plaisir que cet étranger lui procurait le rendait ivre, ivre de luxure, de désir, de sexe. Ivre de la sensation des lèvres de cet homme accrochées à son cou, l'embrassant d'une manière qui semblait irréelle.

Comme si le baiser était une morsure.

3

Thomas ouvrit les yeux et regarda tout autour de lui. Surpris, il s'assit sur un divan. Il n'était plus dans l'allée. En lieu et place, il se trouvait dans un salon somptueusement meublé. Et il n'était pas seul. Loin de là.

Il tenta de s'imprégner de ce qu'il voyait, mais son esprit mit quelques secondes à réaliser ce qui se déroulait devant ses yeux. Il y avait près d'une douzaine de personnes dans la pièce, certains partiellement vêtus, des hommes pour la plupart, mais il y avait également plusieurs femmes parmi eux. S'il avait été prude, il aurait trouvé tout ce scénario scandaleux, mais il ne pouvait vraiment évoquer un tel sentiment. Au lieu de cela, il regarda tout autour avec intérêt. Un homme avait ses pantalons retroussés jusqu'aux genoux, son postérieur dénudé exposé, agrippant les hanches d'un autre homme, poussant d'avant en arrière. Thomas n'eut pas à se rapprocher pour réaliser qu'il sodomisait l'autre type.

Personne ne semblait les remarquer, clairement trop occupés à s'adonner à des actes charnels similaires. Le regard de Thomas fut attiré par un jeune homme qui était allongé sur plusieurs oreillers éparpillés devant la cheminée. Sa chemise était ouverte, et un homme plus âgé embrassait sa poitrine et lui pinçait les mamelons tout en se frottant le bas-ventre contre lui. Tandis qu'il continuait d'observer, Thomas sentit son propre membre se soulever à la vue de cette scène érotique. Il banda même plus fort en voyant le jeune homme ouvrir son pantalon et le baisser sous les hanches de sorte à laisser jaillir son dur engin. L'homme au-dessus de lui gémit et baissa la tête vers le sexe de l'autre, le mit dans sa bouche et suça.

Involontairement, la main de Thomas se dirigea vers la protubérance qui s'était formée sous son pantalon.

— Ah, tu es éveillé.

Au son de la voix, Thomas tourna brusquement la tête sur le côté. Il ne lui fallut qu'une fraction de seconde pour retrouver l'homme qui, manifestement, l'avait amené ici : l'étranger qui lui avait caressé le sexe avec une telle habileté qu'il avait failli s'évanouir de jouissance.

Les yeux écarquillés, Thomas le dévisagea. Il était assis dans un grand fauteuil, la chemise ouverte, exposant ainsi son imposant torse et ses poils noirs, dépourvu de son pantalon. Entre ses jambes, une femme à moitié-nue était agenouillée, agitant la tête de haut en bas. Elle le suçait.

Il posa la main sur l'arrière de sa tête et la tira par les cheveux avant de proférer un ordre, les dents serrées.

— Fais-le avec conviction !

Il orienta ensuite son regard vers Thomas et, d'un geste de la main, l'invita à s'approcher. Fasciné, Thomas se leva et traversa la pièce pour le rejoindre.

— Je suis Kasper, se présenta l'homme.

— Thomas.

Il dévisagea la femme. Pourquoi avait-il supposé que Kasper fût pédé, comme lui ? L'homme aimait visiblement les femmes.

L'expression sur le visage de Thomas le trahit sans doute, car Kasper se mit à glousser.

— Oh, ça ? dit-il en désignant la femme qui s'appliquait sur lui. Je ne fais aucune discrimination, pas plus que je ne juge. Je prends tout ce qui me procure du plaisir.

Il marqua une pause et baissa le regard vers l'entrejambe de Thomas.

— Tout à l'heure, tu m'as donné du plaisir, mon jeune ami. Je peux t'appeler mon ami, n'est-ce pas ?

Thomas hocha automatiquement la tête.

— Et ça me procure également du plaisir d'observer les autres.

D'un geste de la main, il désigna les autres couples en train de se livrer à des actes similaires. Des hommes s'ébattant avec des hommes, et même deux femmes en train de se toucher, faisant glisser leurs corps nus l'un contre l'autre.

— Qui es-tu ? demanda Thomas. Et où sommes-nous ?

Il ne s'était jamais retrouvé dans un endroit tel que celui-ci, là où les gens se comportaient comme des êtres dépourvus d'inhibitions, sans crainte d'être remarqués. Cela ressemblait à une oasis. Au paradis.

— En sécurité, répondit Kasper. Ici, personne ne nous trouvera. Nous pouvons faire ce que nous voulons. Nous adonner à nos fantasmes les plus sauvages. N'est-ce pas ce que tu veux ? Tout ce dont tu as toujours rêvé ?

Le regard pénétrant de Kasper le captura. Thomas se sentit emprisonné par ses yeux, comme s'ils étaient des chaînes qui le maintenaient attaché à une barrière depuis laquelle il était forcé d'observer tout ce qui se passait autour de lui.

Thomas fut parcouru par un sentiment de méfiance.

— Comment le sais-tu ?

— Je peux le voir dans tes yeux. Tout le monde peut le voir, si seulement ils prenaient la peine de regarder. Je t'observe depuis quelques jours, maintenant. Il y a quelque chose chez toi qui me fascine. Tant de passion, tant de douleur qui sont enfouies en toi et qui ne veulent qu'éclater à la surface. Tout comme ce fut le cas tout à l'heure, en début de soirée.

Kasper gémit et fourra son membre plus profondément dans la bouche de la femme.

— Lorsque je te tenais dans ma main, j'ai pu ressentir ton besoin. Si pure, si intact.

Il jeta un œil dans la pièce.

— Pas comme tous ces hommes présents ici. Il y a longtemps qu'ils ont perdu cette innocence. Mais toi, tu l'as toujours. C'est très attachant.

Il souleva les hanches et poussa plus fort.

— Et plus que juste excitant. Quel homme ne voudrait goûter à cela ?

Son regard suggestif foudroya de désir le corps de Thomas. Son sentiment de méfiance initial s'estompa. Il devait admettre qu'il se sentait flatté. De même qu'excité ; non seulement par son environnement, mais également par les mots de Kasper. Être désiré par un homme doté d'une position et d'un pouvoir évident était excitant. Il se lécha les lèvres, désireux de goûter à ce que cet homme promettait.

— Je peux t'offrir beaucoup, si seulement tu le désires, proposa Kasper en baissant le regard sur son propre entrejambe. Je peux t'en donner un peu, immédiatement.

Il n'y avait aucun doute quant à ce qu'il voulait dire par cela.

Et puis zut ! C'était exactement ce que Thomas désirait. Sans la moindre hésitation, il posa la main sur l'épaule de la femme et l'écarta.

— Fais une pause. Je me charge de ceci.

Kasper lui sourit, tandis que la femme se dépêchait de partir et que Thomas prenait sa place.

— Je ne vais pas te sucer comme une femme. Ce sera bien mieux que ça, lui promit Thomas en laissant courir ses mains des genoux de Kasper jusqu'au sommet de ses cuisses, là où un magnifique engin se tenait en érection, scintillant d'humidité. Celui-ci se contracta, comme s'il avait capté les mots.

— Oh, je n'en doute pas.

Thomas se pencha au-dessus du sexe de Kasper et lécha la tête de son érection. Un frisson transperça son partenaire, et Thomas sourit. Il réduirait cet homme à lui manger dans les mains. Une sensation similaire à du pouvoir le secoua. C'était nouveau pour lui ; et pourtant, il aimait cette sensation de savoir qu'il pouvait mettre cet homme à genoux. C'était un défi qu'il n'esquiverait pas.

— Mais pendant que je fais ça, tu feras quelque chose pour moi. Tu me parleras de toi. Et à la moindre information que tu me donneras sur toi, je te sucerai plus fort.

Thomas posa les lèvres autour de la tête du membre de Kasper et glissa tout le long, l'engloutissant jusqu'à la base.

Kasper trembla sous lui avant de se retirer.

— Commence maintenant, exigea Thomas en enrobant les testicules, caressant la ferme bourse de son ongle. Un frisson le parcourut lorsque Kasper frémit et qu'une goutte d'humidité coula de son sexe.

Kasper haleta fortement.

— Je suis le chef d'un groupe d'hommes qui ont certains... penchants.

Thomas plongea à nouveau la bouche sur la chair engorgée, referma les lèvres tout autour et suça.

Kasper gémit et poussa les hanches vers le haut.

— Nous avons nos planques, des endroits sûrs où nous nous rencontrons. Où nous nous livrons à nos fantasmes.

Thomas enroula la main autour de la base et suça encore, laissant l'érection de Kasper glisser hors de sa bouche pour mieux la capturer à nouveau, une fraction de seconde plus tard, en augmentant le tempo. Il la serra dans sa main, tandis que, de l'autre, il jouait doucement avec les testicules. Il n'avait pas encore rencontré d'homme qui eût pu résister à son toucher intime, un toucher qu'il savait plus émoustillant que celui d'une femme. Car il savait, mieux que n'importe quelle femme, ce qu'un homme voulait.

— Personne ne peut nous atteindre. Nous sommes forts. Ils ne nous attraperont jamais, dit Kasper en haletant fortement, ses hanches se mouvant frénétiquement de sorte à augmenter la friction, pompant plus fort et plus vite dans la bouche de Thomas.

— Oh, putain, tu es bon !

La poitrine de Thomas se gonfla de fierté. Ceci était ce pour quoi il vivait : chercher du plaisir, et le renvoyer.

— Et un jour, nous ne devrons plus nous cacher. Un jour, ils nous accepteront.

Thomas entendit les mots et voulut y croire, mais il ne le put. Personne n'accepterait jamais des pervers comme lui. Il aurait toujours à se cacher. Mais, au moins, si la cachette était comme celle-ci, un lieu de débauche privé où le péché était toujours au menu et l'infamie toujours prévue, il pourrait vivre avec.

Se donnant corps et âme à sa tâche, il lécha et suça jusqu'à ce que Kasper s'abandonnât finalement et frémît. Ce dernier mit plusieurs secondes à se calmer complètement, la tête retombant en arrière sur le fauteuil, presque effondré.

Thomas souleva la tête et le regarda. Ce qu'il vit le fit tomber sur son derrière, tandis que, horrifié, il essayait de détaler. Mais il n'en eut pas l'occasion. Alors qu'il retombait à plat sur le dos, Kasper sauta sur lui, les jambes écartées, le chevauchant. Des poignes de fer saisirent les poignets de Thomas et les clouèrent au sol à côté de sa tête.

Kasper lui exhiba des canines toutes blanches en grognant comme une bête.

— Maintenant, mon cher, tu vas m'écouter. Ta petite tentative de me contrôler était vraiment bonne et subtile, mais ne commets pas d'erreur : je t'ai permis de me maîtriser pour mon propre plaisir. Car, parfois, nous aimons tous être dominés. Parfois, nous apprécions qu'on nous dompte et qu'on joue avec nous. Mais je décide où, quand et comment. Tu comprends ça ?

Hébété, Thomas hocha la tête, incapable de parler, tout l'oxygène s'étant échappé de ses poumons. Qu'était Kasper ? Quel genre de créature était cet homme ? Non, il n'était pas un homme. Il ne pouvait l'être. Il était une bête.

— Je te trouve intéressant.

Il balança son membre toujours en demi-érection contre l'entrejambe de Thomas.

— Et vraiment sexy. Mais je ne me laisse pas contrôler par mes instincts les plus bas. Je suis le maître. Je décide de ce qui se passe, quand ça se passe et comment ça se passe. Et il se trouve justement que j'ai décidé de faire de toi mon compagnon.

Un sourire capricieux se forma sur ses lèvres.

— Et pas seulement parce que tu suces merveilleusement.

Thomas frissonna involontairement. En dépit de la crainte qu'il éprouvait à la vue de ces dents pointues qui dépassaient de la bouche de Kasper, la pensée que cet homme puissant voulût de lui le ravit. Il était suffisamment mature pour se l'admettre : être contrôlé par un autre homme l'excitait. L'excitait et le faisait bander.

Kasper grogna à nouveau et, en réaction, Thomas sentit son membre enfler. Il ferma les yeux, ravalant sa gêne. Car il se devait d'être honteux, à cause de ce qu'il voulait : être dominé par cet homme.

— Tu le sais, n'est-ce pas ? poursuivit Kasper. Tout ce plaisir que nous pouvons retirer de la souffrance, de la honte et même de la peur. C'est pour ça que tu es si parfait. Si parfait pour ce dont j'ai besoin.

Kasper relâcha un des poignets de Thomas et, de la jointure des doigts, lui caressa le cou sur toute sa longueur, lui envoyant des frissons qui parcoururent rapidement toute la surface de sa peau.

La veine de son cou commença à palpiter.

— Oh, oui, tu sais ce que je suis, n'est-ce pas ?

Thomas hocha la tête de gauche à droite, tentant de nier ce que son esprit avait déjà compris. Ce n'était pas possible. Des créatures comme Kasper n'existaient pas. Pas dans la vraie vie, pas à Londres, nulle part ailleurs en Angleterre.

— Dis-le, mon amant, dis ce que je suis.

Un long doigt parcourut la veine palpitante de Thomas sur toute sa longueur.

— Vampire.

Lorsque Thomas eut exprimé ce mot, il libéra un souffle et sentit la pression dans sa poitrine se relâcher. Kasper se retira et, une main derrière la nuque de Thomas, le ramena en position assise.

— Tu vois ? Ce n'était pas si dur, n'est-ce pas ? Il déposa un baiser furtif sur les lèvres de Thomas avant de poser la main sur son érection.

— Bien que d'autres choses soient encore dures, ajouta-t-il.

Surpris, Thomas s'écarta sans toutefois aller loin, la main de Kasper sur sa nuque le maintenant à proximité.

— Tu n'iras nulle part, ne comprends-tu pas ça ? Tout ce dont tu auras toujours besoin est ici. Avec moi. Je peux te protéger.

Il désigna une des fenêtres où pendaient de lourdes tentures en velours et poursuivit.

— Là, dehors, un homme comme toi sera toujours en danger. Mais je peux t'aider. Et, ensemble, nous attendrons l'époque où notre espèce ne sera plus poursuivie. Nous avons du temps devant nous.

Instinctivement, Thomas sut ce que Kasper proposait.

— Je peux te donner la vie éternelle. Ne veux-tu pas vivre à une époque où des pédés comme nous seront acceptés ? Quand plus personne ne se souciera plus de qui nous baisons ? Quand embrasser un homme en public ne te fera pas atterrir en prison ?

Thomas retrouva finalement la voix.

— Tu ne sais pas si une telle époque viendra jamais ! Ils nous regarderont toujours avec dégoût !

Kasper secoua la tête en souriant.

— Comme tu as tort, mon ami. Mon gentil Thomas. Si seulement tu pouvais croire que le futur sera gai.

— Comment le pourrais-je quand tout ce que je vois est de la douleur ? Quand je dois cacher qui je suis à tout le monde ? Quand même mes sœurs me rejetteraient si elles le découvraient ?

Kasper caressa le cou de Thomas. Ce contact l'apaisa plus que ce qu'il n'aimait l'admettre. Son amant pouvait peut-être réellement l'aider. Ne fût-ce que pour oublier ses ennuis.

— Tout ce que je demande, c'est un peu de confiance. Et de patience. Notre temps viendra. Nous nous lèverons ensemble. Et entretemps, nous nous arracherons la moindre goutte de plaisir l'un à l'autre.

— Pourquoi moi ? demanda Thomas en cherchant la réponse dans les yeux de son amant.

— Parce que tu as du potentiel. Tu seras fort. Aussi fort que moi. Et puissant. Ensemble, nous pourrons diriger. Mais tu devras devenir comme moi.

Thomas fixa Kasper dans les yeux, le noir de ceux-ci l'attirant comme s'ils l'hypnotisaient.

— Tu veux dire, devenir un vampire ?

— Oui, je te drainerai de ton sang et te donnerai le mien. Tu feras partie de moi. Fort, puissant, invincible. Tout ce que tu as à dire, c'est « oui ».

Incapable d'arracher son regard des yeux de Kasper, Thomas rapprocha la tête, ses lèvres rôdant à présent à seulement deux centimètres de celles de son amant.

— Crois-tu sincèrement que le temps viendra où nous serons libres d'exprimer nos sentiments sans avoir à craindre d'être punis ?

— Oui. Bientôt, ce temps viendra.

— Oui.

Dans un souffle, il plongea les lèvres sur celles de Kasper et l'embrassa, l'entourant de ses bras et se laissant à nouveau tomber à terre, Kasper au-dessus de lui.

— Fais-le pendant que tu me fais l'amour, afin que je ne le voie pas venir.

— Tout ce que tu veux, mon amant chéri.

4

---

ujourd'hui

A Thomas gara sa moto sur un emplacement situé en face de *Chez Al, pièces détachées pour motos* et coupa le moteur. Il trouvait presque toujours une place de parking tout près. Là résidait un des avantages de devoir faire ses courses la nuit. Le secteur au sud de Market Street était pratiquement désert à cette heure, et seuls les fêtards étaient dehors. La plupart d'entre eux ne prenaient pas la peine de conduire et choisissaient plutôt les taxis ou la marche pour se rendre dans les boîtes de nuit du coin.

Al ouvrait toujours tard. En fait, le magasin n'ouvrait ses portes qu'au coucher du soleil, bien qu'Al pût facilement le faire durant la journée. Après tout, le magasin n'était pourvu d'aucune fenêtre, et Al y serait en sécurité. Mais, comme beaucoup de vampires, le propriétaire ne rendait son commerce accessible que durant les heures convenant à sa propre espèce, évitant ainsi la lumière du jour.

Thomas venait chez Al depuis maintenant plusieurs années, à peu près à chaque fois qu'il avait besoin de trouver une pièce rare pour une de ses motos. Tout récemment, il avait terminé la restauration d'une BMW WWII, et Al s'était révélé d'un grand secours en lui fournissant certaines pièces qu'il avait dû remplacer. Il n'y avait aucun endroit comme *Chez Al* s'il voulait obtenir des pièces authentiques pour ses ancêtres. Thomas ne savait pas où le gars trouvait ses pièces d'origine, et ce dernier ne divulguait évidemment pas ses sources. Cela n'avait aucune importance. Thomas était disposé à payer un supplément rien que pour pouvoir continuer à pratiquer son hobby.

Thomas poussa la porte du grand bâtiment et entra, faisant grelotter le carillon situé au-dessus de la porte. L'intérieur était bien éclairé, les interminables étagères bien approvisionnées et les odeurs familières : huile, solvants et peintures. Il leva les yeux vers le comptoir, s'attendant à recevoir les coutumières salutations de Al, mais un mur de silence le heurta plutôt.

L'homme derrière le comptoir caisse recouvert d'un linoleum délavé n'était pas Al, pas plus qu'un de ses employés. D'accord, c'était un vampire, mais Thomas ne l'avait jamais rencontré. Al avait-il engagé un nouveau ? Ce n'était pas son genre. Al n'aimait pas le changement et n'avait pas engagé de nouvel employé depuis plusieurs années. La plupart du temps, il travaillait seul.

Le vampire hocha la tête à son intention.

— Besoin d'aide ? demanda-t-il brusquement.

Thomas parcourut la distance qui le séparait du comptoir, ne laissant absolument pas sa curiosité transparaître dans sa démarche.

— Ouais. Al est dans le coin ?

Le vampire oscilla la tête.

— Non.

— Il sera bientôt de retour ?

— Non.

Suite à cette deuxième réponse monosyllabique, Thomas grinça des dents et dut détendre sa mâchoire, de sorte à ne pas paraître hostile.

— Quand, alors ?

— Il ne reviendra pas.

— Pourquoi ?

— Il a vendu.

Cette nouvelle le surprit. Al n'avait jamais mentionné son intention de vendre le magasin. Vendre était synonyme de changement, et il n'y avait rien que Al détestât plus que le changement, excepté un pieu dans le cœur ou le lever du soleil sur les talons.

Thomas se rapprocha et examina à présent plus attentivement l'autre vampire. Il n'avait rien d'extraordinaire. Il ne semblait ni puissant ni très intelligent. En fait, son type de discours et son attitude le faisaient plutôt ressembler à un lourdaud de cousin venant d'un bled perdu. Un déchet de vampire si on lui demandait son avis. Le genre d'homme qui n'arrivait jamais à rien.

— Vendu quand ?

L'homme haussa les épaules.

—La semaine dernière.

— À qui ?

Le vampire soupira.

— À moi.

Thomas garda sa langue sous contrôle afin que les mots suivants ne pussent déborder de ses lèvres. Al n'aurait nullement vendu à ce type derrière le comptoir. Quelque chose était louche. Mais il était assez futé pour savoir que d'autres questions n'auraient fait qu'accroître l'hostilité du gars. Une fois qu'il aurait fait quelques affaires avec lui, peut-être pourrait-il en découvrir davantage.

— Bien, dans ce cas, je ferais mieux de traiter avec vous.

Il tira un morceau de papier de sa veste en cuir et le déplia, étalant devant l'homme la photocopie d'un vieux magazine qu'il avait trouvé. Du doigt, il désigna un endroit sur le dessin.

— J'ai besoin de cette pièce, ici, pour le cylindre-avant principal. C'est un modèle de 1956. Construit en Allemagne.

Le vampire se contenta de jeter un œil sur le bout de papier et désigna ensuite les allées.

— Si nous l'avons, elle se trouve sur une des étagères. Je n'en sais pas plus que vous.

Son regard ennuyé souligna ses dires.

Thomas secoua la tête.

— Elle ne sera pas sur les étagères. C'est un modèle de 1956. Personne ne les stocke.

— Bien, alors nous ne l'avons pas.

Énervé, Thomas souffla.

— Je m'en doutais bien. Ce que je demande, c'est que vous m'en trouviez une.

— Comment voulez-vous que je fasse ça ? La sucer de mon pouce ?

— Ça s'appelle une commande spéciale. Vous devez avoir des contacts avec des fournisseurs qui s'occupent des demandes spéciales.

Le nouveau propriétaire de *Chez Al, pièces détachées pour motos* croisa les bras sur sa poitrine.

— Nous ne faisons pas de commandes spéciales. Vous ne pouvez pas la trouver ici, allez ailleurs !

Thomas plissa les yeux et se pencha sur le comptoir.

— C'est votre putain de job !

L'autre vampire se rapprocha.

— C'est moi qui dis ce qu'est mon job. Et aller chercher des merdes pour des mecs comme vous n'en fait pas partie. Je ne suis le garçon de courses de personne. Vous pigez ça ? dit-il en montrant ses canines.

Les dents serrées, Thomas prit son bout de papier et le plia délibérément lentement, s'abstenant de dévoiler sa colère. Il serait si aisé de simplement écraser le type en prenant, d'un coup, le contrôle de son esprit. Si simple, mais si satisfaisant. En lui-même, les deux facettes de sa personnalité se faisaient la guerre, chacune luttant pour la suprématie, presque aussi forte l'une que l'autre. Sa poitrine se souleva tant l'effort de ne rien révéler de son combat intérieur lui coûtait. Il ne pouvait se trahir.

— Mes excuses, dit-il plutôt. Je suppose que je vais devoir faire mes affaires ailleurs.

Il tourna ensuite les talons, filant à toute vitesse du magasin comme si une horde de fanatiques le pourchassaient avec des pieux en mains. Il passa la jambe par-dessus sa moto et mit le moteur en marche. Lorsque celui-ci braïlla, il déboula sur la route et, dans un grondement, passa comme une balle dans la rue à sens unique.

Il devait s'éloigner de la tentation de donner une leçon de manières à ce gars ; de même que dans les affaires. Depuis peu, cela se produisait de plus en plus : les plus petites choses le mettaient hors de lui et faisaient resurgir le sombre pouvoir enfoui en lui mais désireux de jaillir à la surface. Même depuis qu'il avait tué Kasper, son créateur, ou Keegan, comme celui-ci s'était fait appeler plus tard, il avait commencé à ressentir la soif du pouvoir se profiler plus souvent. Et chaque fois, la lutte pour éradiquer le mal devenait plus violente.

5

———————

Le salon V des quartiers généraux de Scanguards bourdonnait d'activité lorsque Thomas arriva. Tout le monde se préparait à accueillir Haven, le compagnon d'Yvette, au sein de la compagnie. Après plusieurs mois passés à mettre de l'ordre dans les choses de son ancienne vie en tant que chasseur de vampires, il avait finalement pris une décision et avait accepté le poste que Samson lui avait offert. Ce soir serait son premier jour officiel, et les gars avaient décidé de le gratifier d'une petite fête au bar.

Thomas jeta un coup d'œil tout autour de lui. La grande pièce ressemblait au salon d'un hôtel cinq étoiles parachevé avec de confortables sièges, une cheminée, un bar et sa barmaid. Sauf qu'aucune bouteille ne s'alignait sur le mur arrière du bar et qu'aucun miroir ne l'agrémentait. Les boissons servies depuis les robinets en acier inoxydable n'étaient pas alcoolisées ; les tonneaux par-dessous contenaient divers types de sang que la sexy barmaid servait dans des verres en cristal.

Le fait que Thomas fût gay ne signifiait pas qu'il ne pouvait reconnaître la femme travaillant derrière le bar comme étant ce qu'un hétéro eût appelé un *sexe sur jambes*. En outre, il remarqua la façon dont les autres vampires la regardaient : comme s'ils voulaient boire à même elle plutôt que dans les verres qu'elle leur tendait. Tels des chiens excités, ils rôdaient autour du comptoir, tentant leurs diverses répliques de drague sur elle, presque en train de radoter. Thomas ressemblait-il à cela lorsqu'il regardait Eddie ? Il ne l'espéra pas. Etre amoureux d'un hétéro s'avérait suffisamment pathétique.

La princesse de glace, comme certains des gars avaient commencé à l'appeler derrière son dos, demeurait calme et polie malgré les commentaires suggestifs et les propositions évidentes, ne trahissant pas ce qui se passait en elle. Tout en soupirant, Thomas s'approcha et lui sourit.

— Roxanne, l'appela-t-il afin d'attirer son attention sur lui.

Elle se tourna vers lui et lui adressa un sourire sincère, se détendant visiblement.

— Thomas, que puis-je te servir, mon chou ?

L'accent britannique de la jeune femme était encore prononcé, et cela lui fit penser à la maison et aux deux sœurs qu'il avait laissées derrière. Le regret de les avoir quittées le submergea. Mais il ne pouvait remonter le temps. Il ne servait à rien d'y penser maintenant.

— AB positif, s'il te plaît.

Roxanne sortit un verre de sous le comptoir et actionna un des robinets.

— Le dessert avant le dîner ?

Il arbora un large sourire. Le AB positif était considéré comme le groupe sanguin le plus sucré. Il lui fit un clin d'œil.

— Si tu ne le dis pas, je ne dirai rien non plus.

Alors qu'elle se mettait à rire chaleureusement, Thomas entendit les chuchotements des autres vampires à ses côtés.

— Qu'est-ce qu'il a que nous n'avons pas ? ronchonna l'un d'eux.

Roxanne tourna violemment la tête en direction de l'homme qui avait parlé. Elle le cloua du regard.

— La classe. Voilà ce qu'il a. Alors, dégage.

Elle les chassa et, à la surprise de Thomas, les hommes obtempérèrent.

— Tu ne dois pas mener mes combats à ma place, Roxanne.

Elle lui sourit tendrement.

— Tu mènes constamment les miens. Je te rends juste la pareille, mon chou.

Thomas leva le pouce en direction des vampires qui s'étaient à présent rassemblés près de la cheminée.

— Si tu leur souriais comme tu me souris, tu aurais de meilleurs pourboires.

— Je souris seulement quand c'est sincère.

Elle déposa ensuite le verre de sang en face de lui.

— Offert par la maison, ajouta-t-elle.

Une main lourde glissa sur l'épaule de Thomas et le fit se retourner.

— Est-ce que Roxanne t'approvisionne encore en sang ? demanda Samson avec un large sourire.

Thomas rit.

— Si seulement cela fonctionnait ! plaisanta-t-il, sachant que s'il était hétéro, Roxanne le draguerait. Toutefois, elle respectait ce qu'il était et, quoiqu'elle fût attirée par lui, elle le traitait comme un frère. Il aimait cela chez elle.

Ils échangèrent un long regard.

— Au moins, Thomas ne veut pas me sauter. C'est une chose que je ne peux pas dire à propos de ce groupe là-bas, dit-elle en donnant un coup de tête en direction de la cheminée.

Samson ôta le bras des épaules de Thomas et se pencha par-dessus le bar.

— S'ils te harcèlent, tu dois me le faire savoir. Je les prendrai à partie.

Elle fit un mouvement dédaigneux de la main.

— Et empirer les choses en mouchardant ? Je peux les gérer.

— Comme tu veux.

— Je t'offrirais bien un verre mais, étant donné que tu es lié par le sang, je suppose que je ne peux rien faire pour toi, poursuivit-elle.

Samson secoua la tête.

— Rien du tout, répondit-il avant de lui adresser un clin d'œil. Je ne suis toutefois pas aveugle, et je peux comprendre pourquoi les gars insistent.

Il se retourna ensuite sur Thomas.

— Yvette et Haven devraient arriver d'une minute à l'autre.

Ils s'éloignèrent tous deux du bar.

— Eddie est venu avec toi ? demanda Samson.

— Non, j'ai dû m'arrêter chez Al pour une pièce, alors je suis parti plus tôt.

Il balaya la pièce du regard, mais ne put apercevoir Eddie.

— Je suis sûr qu'il arrivera à temps. Comment va Al ?

Thomas se frotta la nuque, un certain malaise l'envahissant à nouveau dans le dos.

— En fait, je ne sais pas.

— Mais je pensais que tu avais dit—

Il interrompit son patron.

— Il n'est plus là. Quelqu'un lui a acheté le local.

Samson fronça les sourcils.

— Je n'ai rien entendu à ce sujet. Quand est-ce arrivé ?

— La semaine dernière, apparemment.

— C'est également ce que j'ai entendu. Mais ce n'est pas tout.

Thomas se tourna en direction de la voix qui provenait de derrière et vit Zane.

— Qu'est-ce que tu as entendu d'autre ? demanda Thomas.

Zane fourra une main dans la poche de son pantalon.

— Qu'il a vendu affreusement vite. Quelqu'un a vu quelques types en costume défiler dans son bureau et, une demi-heure plus tard, Al a commencé à emballer ses affaires. Ça ne semble pas correct, si tu veux mon avis.

Thomas ne put qu'agréer.

— Le nouveau gars qui dit avoir acheté ne semble pas avoir inventé l'eau chaude non plus. J'ai le sentiment qu'il est juste une marionnette. Il ne connaît rien à l'affaire, et je ne peux m'empêcher de penser qu'il est la couverture de quelqu'un. Peut-être devrions-nous y regarder de plus près.

Il regarda Samson.

Zane l'interrompit.

— Je suis bien en avance sur toi. J'ai enquêté un peu et ai découvert que Al a vendu cet endroit pour presque rien.

Samson grogna.

— Je n'aime pas ça. Penses-tu qu'il y a été contraint ?

— Ça en a l'air, confirma Zane. Et il a définitivement quitté la ville. J'ai vérifié son appartement. Il semble qu'il soit parti à toute vitesse, n'emportant que quelques affaires personnelles. Ses meubles sont toujours là.

Thomas se gratta la tête, n'aimant pas du tout ce qu'il entendait.

— Al n'est pas le genre de gars à prendre des décisions hâtives. De plus, il hait le changement. Il ne déménagerait pas d'un jour à l'autre. Ça ne lui ressemble pas.

Zane prit appui sur ses talons.

— Il me semble qu'il a eu une sacrée trouille de quelque chose.

— Mais de quoi ? demanda Thomas.

— Zane, pourquoi ne mettrais-tu pas quelques gars là-dessus pour voir ce qui se passe ? suggéra Samson. Et fais-nous savoir ce que tu as trouvé.

— Certainement, je le ferai, acquiesça Zane avant de pointer la porte du doigt. Il semble que notre invité d'honneur vienne juste d'arriver.

Thomas regarda la porte du bar-salon et aperçut Haven entrer, Yvette à ses côtés. Le sorcier transformé en vampire était un homme grand, large de carrure et fort. Même en tant qu'humain il savait bien se défendre mais, maintenant, en tant que vampire, il figurait parmi les plus forts d'entre eux. Yvette était à la fois sa compagne et sa créatrice, une combinaison qui ne rendait que leur lien encore plus fort, pour autant que cela eût été possible. Tandis qu'elle avait toujours porté les cheveux courts, elle avait arrêté de se les couper après avoir rencontré Haven et, durant son sommeil réparateur, ceux-ci avaient repoussé jusqu'à la longueur qu'ils avaient au moment de sa transformation. Elle semblait à présent beaucoup plus féminine, et les gros défauts de sa personnalité semblaient également s'être adoucis. Haven lui convenait bien.

Ce dernier avait émis quelques réserves à rejoindre Scanguards après avoir été chasseur de vampires durant la plus grande partie de sa vie. Heureusement, son amour pour Yvette l'avait aidé à voir que sa vision des vampires, laquelle avait été influencée par une tragédie de son passé, était faussée. Maintenant qu'il avait appris à connaître leur groupe d'exception, il avait finalement accepté l'idée que les vampires pouvaient être bons.

Thomas avança vers Yvette et Haven pour les saluer, Samson et Zane sur les talons. Juste avant qu'il ne les rejoignît, la porte s'ouvrit à nouveau, et Eddie entra. Instantanément, Thomas sentit son cœur se mettre à battre plus rapidement et ses canines le démanger tant elles étaient désireuses de descendre.

Comme toujours, Eddie semblait frais et naïf. Par-dessus son jeans, il portait un sweat à capuche dont il se débarrassa en le passant par-dessus la tête tant il faisait chaud dans le bar-salon. Tandis qu'il s'exécutait, le tee-shirt par-dessous se souleva en même temps que le sweat et dévoila des abdominaux musclés et un torse imberbe.

Naturellement, Thomas avait déjà vu Eddie sans chemise par le passé mais, quelle que fût la fréquence avec laquelle il jetait un œil à ce corps parfait, cela lui provoquait toujours la même réaction viscérale : il avait la bouche sèche, les mains moites, son cœur commençait à battre dans sa gorge, et il devait combattre son côté vampire pour l'empêcher d'émerger, forcer Eddie à tomber à terre et le pénétrer avec son membre douloureux tout en lui enfonçant les canines dans le cou et boire à la source.

Eddie lança le sweat sur une chaise toute proche et ramena son t-shirt par-dessus son jeans, privant ainsi Thomas de la vue.

C'était peut-être mieux ainsi. Peut-être devait-il tout simplement s'éviter toute tentation. Et pourtant, cela n'éradiquerait ni ses songes ni ses fantasmes au sujet d'Eddie et lui : la façon dont ils se doucheraient ensemble, se caressant l'un l'autre ; la façon dont ils partageraient un lit et feraient l'amour ; la façon dont ils se régaleraient l'un de l'autre en échangeant leur sang.

Tant de fantasmes et, pourtant, aucun d'entre eux ne se réaliserait.

6

Eddie vit à quel point Yvette et Haven étaient assaillis par leurs collègues, lesquels serraient la main du jeune homme et le félicitaient pour son nouveau poste : garde du corps chez Scanguards. Eddie se souvint comme il avait été fier lorsqu'il avait rejoint la compagnie, plus ou moins un an et demi plus tôt. À l'époque, il était humain et ne savait rien à propos des vampires qui la dirigeaient. Beaucoup de choses s'étaient passées depuis lors. De bonnes comme de mauvaises.

Il se promena à travers la foule, remarquant que Thomas serrait également la main d'Haven. Il savait qu'il l'aurait trouvé ici. Néanmoins, son cœur commença à battre plus rapidement, et la nervosité se faufila lentement le long de sa colonne vertébrale avant de se répandre dans tout son corps. Il ne savait plus comment se comporter avec son mentor. Depuis qu'il avait surpris la conversation entre Oliver et Blake, il se sentait gêné lorsqu'il parlait à Thomas. Et toujours tendu, comme s'il avait besoin de peser chaque mot qu'il prononçait, prenant la précaution de ne pas dire quelque chose qui pût donner l'impression à Thomas qu'il était attiré par lui. Car il ne l'était pas.

Désireux de se calmer, Eddie se dirigea d'un pas raide vers le bar et commanda une boisson.

— Salut Roxanne, du O négatif, s'il te plaît.

— Tu es ici pour la réception ? demanda-t-elle en commençant à verser la boisson.

— Ouais, je ne manque jamais une réception. Le sang est gratuit, n'est-ce pas ? s'enquit-il en désignant les robinets.

— Un peu, mon neveu ! Mais n'exagère pas. Le patron m'a donné pour instruction de garder un œil sur vous, les gars. Si quelqu'un abuse, je suis autorisée à cesser de vous servir, répondit-elle avec un sourire suffisant.

Eddie sourit également.

— Trouble-fête !

Elle déposa le verre de sang devant lui et lui hérissa les cheveux.

— Maintenant, va jouer avec les autres.

Eddie lui lança un faux regard indigné.

— À t'entendre, nous sommes des gamins.

Roxanne gloussa et se pencha par-dessus le bar, son opulente poitrine presque trop proche à son gré. Il y jeta un coup d'œil, mais son sexe demeura de marbre.

— C'est parce que *tu* l'es !

Il roula des yeux.

— J'ai vingt-cinq ans !

— Bébé ! roucoula-t-elle, comme si elle parlait à un enfant en bas âge.

Il saisit le verre et en avala le contenu. La richesse du sang lui enveloppa la gorge, apaisant ainsi sa faim. Il se sentit instantanément mieux, plus calme. Peut-être avait-il juste eu trop faim et était-ce la raison pour laquelle il avait tant d'appréhension à être en compagnie de Thomas. La faim pouvait provoquer beaucoup de drôles de choses chez un vampire. Il en avait fait la dure expérience lors de sa transformation. Il n'avait jamais été aussi vorace de toute sa vie. Ni aussi violent.

Une main s'abattit sur son épaule. Eddie se retourna et, tremblant, libéra un souffle lorsqu'il réalisa que ce n'était pas la main de Thomas qui l'avait touché.

Ressaisis-toi, se réprimanda-t-il.

— Hé, Cain.

— Ouah, tu es nerveux. Qu'est-ce qui se passe ?

Le vampire aux cheveux noirs, à la permanente barbe de trois jours au menton et aux pénétrants yeux sombres le dévisagea de la tête aux pieds.

— Rien. Pourquoi se passerait-il quelque chose ? Je prends juste mon premier verre.

Cain hocha la tête à l'intention de la barmaid.

— Je prendrai la même chose que lui.

Roxanne sourit.

— Tout de suite.

Tandis qu'elle se retournait vers les robinets, Eddie perçut le long regard empreint de désir que Cain promenait sur le corps de la jeune femme, s'attardant sur ses seins avant de le baisser sur son derrière bien gaulé. Il pouvait nettement voir ce que son collègue pensait. Étrangement, lorsqu'Eddie balaya du regard les courbes de Roxanne, il ne ressentit rien. Cette femme était excessivement belle, mais aucun désir ne montait en lui, pas plus que le sang ne déferlait dans son membre. La toucher et l'embrasser ne le tentaient absolument pas, alors qu'il aurait dû éprouver les mêmes sentiments puissants que ceux que la moitié des vampires présents dans le salon avaient pour cet extraordinaire spécimen féminin à l'accent anglais issu de la haute société.

Peut-être que quelque chose clochait chez lui. Peut-être un déséquilibre hormonal. Il devrait peut-être aller voir Maya et se faire faire un bilan de santé, afin de voir si son taux de testostérones était bas. Maya, la partenaire de Gabriel, était, excepté Dr Drake, le psychiatre, le seul vampire médecin à San Francisco. Durant sa vie humaine, elle était spécialisée en urologie. Si quelqu'un connaissait le corps masculin, c'était bien elle. Peut-être qu'après la réception, il la prendrait à part et prendrait rendez-vous avec elle.

— As-tu entendu quelque chose à ce propos ? lui parvint la voix de Cain.

Eddie bredouilla une réponse. Il n'avait pas entendu ce dont son acolyte parlait.

— Désolé, peux-tu répéter ?

Cain plissa le front et le gratifia d'un regard évaluateur.

— Veux-tu bien me dire ce qui ne va pas chez toi ? Tout d'abord, tu es nerveux et, ensuite, tu es distrait.

Cain se rapprocha. La respiration d'Eddie s'arrêta le temps d'un souffle. Son collègue suspectait-il la raison de son inattention ?

— Tu ferais bien de te reprendre, gamin ! J'ai le sentiment que quelques merdes vont bientôt arriver. Je viens juste d'entendre Gabriel dire à Samson qu'il va convoquer une réunion du personnel, plus tard dans la soirée. Tu auras besoin de toutes tes billes. Donc, quelle que soit la bombe sexuelle qui te distrait, sors-la de ton esprit.

Eddie soupira intérieurement. Si seulement c'était une femme sexy qui occupait ses pensées, il ne devrait s'inquiéter de rien. Il n'avait jamais été distrait par une femme. Évidemment, il en avait baisées plusieurs mais, maintenant qu'il y pensait, cela ne l'avait jamais intéressé au point d'en oublier le reste de sa vie. Adolescent, déjà, il préférait traîner avec ses potes plutôt que de se faufiler en douce dans une sombre allée pour avoir de l'action. En réalité, ses amis l'avaient taquiné d'être un trop bon garçon. Et les bons garçons ne couchaient pas. Pas étonnant qu'il eût presque vingt ans lors de la perte de sa virginité.

Cela n'avait pas ébranlé son monde. Peut-être n'était-il tout simplement pas très sexuel. Il secoua la tête. Non, cela ne pouvait être vrai non plus. Après tout, il se masturbait quotidiennement. Cela ne prouvait-il pas que sa libido était active et se portait bien ? Peut-être n'avait-il simplement pas rencontré la bonne femme. Ça devait être ça. Roxanne n'était juste pas son type, voilà pourquoi il ne ressentait aucune étincelle dans son sexe lorsqu'il la regardait.

— Pourquoi chuchotez-vous, les gars ?

Les joues d'Eddie devinrent subitement toutes chaudes lorsque la voix de Thomas se fit entendre derrière lui. Il se reprit en prenant une inspiration et se retourna lentement, tentant de demeurer impassible.

— Cain disait juste qu'il devrait y avoir une réunion du personnel ce soir, répondit Eddie.

Thomas haussa les épaules.

— N'ai rien entendu dire. Ce doit être un truc de dernière minute.

Cain désigna la foule présente autour d'Yvette et d'Haven.

— Je devrais aller les saluer.

Mais Cain n'en eut pas l'occasion car, au même moment, Samson demanda le silence dans la pièce.

— Merci ! Et merci à tous d'être venus ce soir, commença Samson. Je suis très content d'accueillir notre plus récent membre de Scanguards.

À ses côtés, Haven souriait, un bras enroulé autour d'Yvette, laquelle le regardait, de la fierté brillant dans ses yeux. Il se pencha vers son oreille et lui murmura quelque chose qui amena sa compagne à écarquiller les yeux. Eddie ne put qu'imaginer qu'il fût question d'une chose très privée et très érotique.

Thomas gratifia Eddie d'une tape sur le bras, lui envoyant dès lors un frisson à travers le corps, avant de se pencher plus près pour lui chuchoter quelque chose.

— Je n'aurais jamais cru voir Yvette comme ça.

Eddie se força à demeurer calme.

— Comme quoi ?

— Si féminine et douce. Tu ne la connais pas depuis aussi longtemps que moi, mais elle était une dure à cuire.

— Elle semble heureuse. Haven est un mec génial.

Samson poursuivit.

— Haven nous est venu en aide dans de nombreuses situations difficiles. Et, dès lors, je suis très heureux de vous annoncer qu'il a finalement accepté mon offre de rejoindre Scanguards. Haven, voudrais-tu prononcer quelques mots ?

Ce dernier hocha rapidement la tête.

— Ouais, et bien, je ne suis pas du genre à parler. Disons juste que j'attends ce nouveau challenge avec impatience. Maintenant, faisons la fête !

Il fit un signe de la main en direction d'un des coins du salon, là où des musiciens s'étaient installés.

La musique emplit la salle. Eddie observa la façon dont Haven attirait Yvette devant le groupe, à un endroit où quelques meubles avaient été enlevés pour faire place à une petite piste de danse. Tandis que le couple commençait à danser et était bientôt rejoint par Zane et son épouse hybride, Portia, Eddie se détourna de la scène. Sa sœur Nina n'était pas là, pas plus que Delilah. Les humains n'étaient pas autorisés dans ce salon. C'était là une règle stricte que Samson, lui-même, ne transgressait pas.

La pièce n'était cependant pas complètement dépourvue de femmes. Mis à part Yvette et Portia, Maya et Rose étaient également présentes. Elles se mélangeaient aux vampires masculins, mais leurs compagnons n'étaient jamais loin : tant Gabriel que Quinn gardaient les yeux rivés sur les autres employés de Scanguards, prêts à interférer si un autre homme osait toucher leurs épouses de manière inappropriée.

À côté d'Eddie, Cain et Thomas riaient sous cape. Eddie tourna la tête pour voir ce qu'ils trouvaient si drôle.

— Ne ressemblent-ils pas à des chiens lorgnant sur un os ? demanda Thomas en désignant Gabriel et Quinn.

Eddie roula des yeux et laissa entrevoir un sourire.

— Pathétiques !

— Buvons à cela ! s'accorda à dire Thomas avant de se retourner vers le bar.

— Trois verres de...

Il les regarda alors d'un air interrogateur.

— Les gars, qu'est-ce que vous buvez ?

— Du O neg, dit Eddie.

— Même chose, répondit Cain.

— Et pour toi ? demanda Roxanne.

— Ça fera trois O neg, alors.

— Vous êtes faciles, les gars.

Cain fit la grimace.

— Vient-elle juste de nous insulter ?

Un des coins de la bouche de Thomas se retroussa.

— Ça en avait tout l'air.

— Et qu'est-ce que tu vas y faire ? demanda Eddie en souriant, content que Cain et Thomas eussent tous deux concentré leur attention sur la barmaid. Cela lui relâcha la pression, et il put, finalement, commencer à se détendre.

— Je pense qu'une punition est de rigueur, suggéra Cain.

Roxanne leur lança un regard *soyez sérieux* et continua à remplir les verres de sang.

— Je ne pense pas qu'elle vous croie, les taquina Eddie.

Thomas se mit à rire.

— C'est probablement parce qu'elle sait que nous ne la punirions jamais, dit-il en adressant un clin d'œil à la jeune femme avant de désigner les robinets. Et on ne mord jamais la main qui vous nourrit. Au propre comme au figuré.

Roxanne termina de remplir les trois verres. Ensuite, elle en prit un et le tint au-dessus de l'évier en l'inclinant un peu.

— Donc, vous voulez vos boissons, ou pas ?

Eddie, Thomas et Cain échangèrent rapidement un regard.

— Ce serait adorable, Roxanne, dit Thomas, la voix plus douce que précédemment.

Le regard de Roxanne s'adoucit, et Eddie put nettement voir à quel point la voix de Thomas l'apaisait et la faisait fondre. Et il le savait parce qu'il pouvait également la ressentir : cette façon dont la voix grave de Thomas pénétrait son corps et s'enfonçait profondément en lui. Cela l'incitait à vouloir se coucher sur un des grands canapés, s'étirer et à se préparer pour un massage apaisant. De fortes mains d'homme sur une peau nue. De longues et douces caresses. Le feu sur son corps. L'électricité se précipitant dans ses veines.

Les canines d'Eddie s'allongèrent.

— Il vaut mieux en donner un à Eddie d'abord, remarqua Thomas. On dirait qu'il a faim.

Eddie voulut que ses canines se rétractassent.

Merde !

Il devrait avoir plus de contrôle sur lui-même. Après tout, il n'était plus un vampire fraîchement transformé. Il avait déjà plus d'un an, et ses irrépressibles envies étaient passées. La période la plus difficile était derrière lui. Mais, à chaque fois qu'il était près de Thomas, ses réactions devenaient imprévisibles.

7

Un an plus tôt

Flanqué de Ricky, Eddie entra dans le bureau de Samson. Il ne pouvait s'empêcher de remuer. Après que le mausolée se fût enflammé et que Luther fût arrêté et amené devant le conseil des vampires en vue d'un jugement, Eddie, de même que Kent, un autre ex-garde du corps, avait été maintenu en état d'arrestation au domicile de Ricky, le directeur des opérations de Scanguards.

Luther, l'homme qui avait promis la vie éternelle en tant que vampire à Eddie, lui avait menti et l'avait dupé en l'amenant à adhérer à son plan diabolique visant à tuer la femme de Samson en guise de revanche. Un plan qui, heureusement, avait échoué. Luther lui avait dit que Samson et Amaury avaient tué sa femme, alors qu'en fait, celle-ci avait refusé leur proposition de la transformer en vampire en vue de lui sauver la vie, tandis qu'elle se mourait durant l'accouchement.

Eddie avait inconsciemment choisi le mauvais côté et en avait presque payé de sa propre vie.

Finalement, ce soir, on l'avait informé qu'il avait été décidé de son avenir. Il regarda Samson, lequel était assis derrière son énorme bureau abritant deux grands écrans d'ordinateur. Le patron leva les yeux et désigna la chaise placée devant le bureau.

— Prends un siège.

Il souleva la tête pour regarder Ricky.

— Je prends le relais, poursuivit-il.

Ricky hocha la tête et quitta silencieusement la pièce.

Eddie remua nerveusement sur sa chaise. Il tapa du pied sur le tapis et posa les mains sur les genoux pour les empêcher de trembler. Il savait déjà qu'ils ne le tueraient pas ; son nouveau beau-frère, Amaury, le lui avait promis. Après tout, Amaury s'était lié par le sang avec sa sœur Nina et ne ferait, dès lors, rien qui pût la rendre malheureuse. Et cela voulait donc dire qu'il ne ferait aucun mal à son frère.

Mais, néanmoins, ils le puniraient. Il avait tout de même commis un crime sous l'influence de Luther et avait aidé à préparer la tentative de meurtre de la compagne de Samson.

— Relax, dit Samson. Je ne t'ai pas fait venir ici pour t'arracher la tête.

Eddie tenta un sourire, mais échoua misérablement.

— Désolé, je veux dire... je ne savais pas ce que je faisais.

Samson leva une main.

— Arrête là !

Eddie s'enfonça plus profondément sur sa chaise. Merde, ça ne se passait pas bien. Il parlait comme un gosse qui avait été traîné devant le proviseur du lycée, et pas comme le tout nouveau vampire qu'il était. Bon sang, il n'avait pas à se soucier de ça ni à avoir de craintes pour l'instant. Les vampires n'étaient-ils pas supposés être invincibles ? Luther, son créateur, semblait du moins l'être. Évidemment, pour le moment, ce dernier était dans une cellule, quelque part, et plus aussi puissant. Probablement en train de chier dans son froc.

— Je t'ai appelé ici parce que tu as besoin d'être reformé. Luther est ton créateur, et je ne pourrai jamais t'enlever ça, mais les choses qu'il t'a apprises ne sont pas les règles selon lesquelles nous vivons. Nous ne tuons pas aléatoirement ; nous protégeons les innocents. En tant que frère de Nina, tu fais partie de notre famille, et nous ne pouvons pas ignorer ce fait. Luther t'a utilisé, toi et les autres, pour mener à bien ses plans infâmes, et c'est lui qui est à blâmer. Mais il est de notre devoir de nous assurer que cela ne se reproduira pas.

Eddie hocha la tête.

— Je ne ferai plus jamais rien de criminel.

— Tu ne peux honnêtement promettre une telle chose, car tu n'es toujours pas maître de toi. Il y a encore beaucoup de tentations qui se présenteront. À plusieurs reprises, tu voudras profiter de tes nouveaux pouvoirs. Ce ne sera que lorsque tu auras vaincu ces pulsions que tu seras réellement capable de faire de telles promesses. En attendant, j'aimerais que tu rencontres ton nouveau mentor.

Samson désigna un endroit derrière lui.

Eddie pivota sur sa chaise et se redressa simultanément. Derrière lui se tenait un grand homme blond habillé de cuir : t-shirt blanc, pantalon et veste en cuir noir.

— Voici Thomas. Tu obéiras à ses ordres. Tu mangeras quand il te dira de manger, tu dormiras quand il te dira de dormir. Il t'enseignera tout ce que tu as besoin de savoir.

Eddie regarda le vampire. Il l'avait aperçu brièvement durant le combat au mausolée, mais ne lui avait pas été officiellement présenté. Le motard lui tendait à présent la main, et il l'empoigna immédiatement. Sa poigne était forte et ferme, sa main, étonnamment chaude. La paume lui sembla douce, et le parfum qui émanait de Thomas l'engloutit.

Lorsque ce dernier se mit à parler pour la première fois, le timbre de sa voix s'enfonça profondément dans la poitrine d'Eddie.

— Content de te rencontrer, Eddie. Je suis certain que nous nous entendrons bien.

Assez étrangement, Eddie ne put qu'agréer. Il y avait quelque chose en Thomas qui l'amenait à se détendre immédiatement. Comme s'il l'avait connu toute sa vie. Tel un frère. Un frère beaucoup plus sage, plus âgé.

— Tu peux lâcher ma main, maintenant, dit Thomas en souriant.

Une certaine chaleur envahissant ses joues, Eddie relâcha la main de Thomas. Bon Dieu, mais qu'est-ce qui n'allait pas chez lui, bordel ? Ne pouvait-il pas tout simplement agir naturellement ? Il devait faire bonne impression à son nouveau mentor. Après tout, Scanguards lui donnait une seconde chance, et il ne la gâcherait d'aucune manière. Il les rendrait fiers de lui et ferait tout ce qu'il faudrait. Tout comme il avait toujours voulu rendre Nina fière de lui. En fait, il le voulait toujours.

Il se retourna alors vers Samson.

— Merci, Samson, tu ne le regretteras pas.

Samson opina de la tête.

— Thomas te dira quand tu seras prêt à reprendre tes fonctions au sein de Scanguards. Dans l'intervalle, nous paierons ton salaire dans son intégralité.

La générosité de Samson le stupéfia. Il ne s'était pas attendu à cela et s'était demandé ce qu'il ferait pour survivre dès qu'il aurait quitté le domicile de Ricky et serait livré à lui-même.

— Je ne sais comment te remercier.

— Inutile. Je n'avais pratiquement pas le choix. Amaury est un homme très persuasif.

Thomas gloussa.

— Qui ne peut rien refuser à sa compagne.

Samson rit.

— Eh bien, heureusement, ni toi ni moi n'avons à vivre avec Nina.

Eddie éprouva le besoin de défendre sa sœur, quoiqu'il fût parfaitement bien au courant qu'elle pouvait être casse-pieds. Têtue comme jamais. Et ergoteuse.

— Qu'est-ce que tu dis ?

— Simplement que ta sœur mène Amaury par le bout du nez, répondit Thomas.

Il extirpa une paire de gants de la poche de sa veste et poursuivit.

— Allons-y, alors. Tu sais rouler à moto ?

— Un peu.

— Bien, tu apprendras.

— Où allons-nous ? demanda Eddie, à la fois curieux et excité. Il avait le sentiment que traîner avec Thomas serait très amusant. Ce dernier semblait différent des autres vampires qu'il avait rencontrés. Ne prenant pas tout aussi à cœur. Plus désinvolte.

— À la maison.

— À la maison ?

— Oui, tu emménages chez moi. Ça rendra les choses plus faciles. Objections ?

Eddie secoua la tête. Il avait l'intention de se conformer à tout ce que son mentor exigerait. Pas seulement pour satisfaire Samson et Nina, mais également parce qu'il voulait que Thomas fût fier de lui.

— J'espère que je ne serai pas un boulet pour toi. Je veux dire, si une fille débarque chez toi

et que tu as besoin d'intimité, je serai heureux de demeurer hors de ton chemin.

Thomas s'arrêta dans son élan.

— Une fille ? demanda-t-il avant de regarder de nouveau Samson. Tu ne lui as pas dit que je suis homosexuel ?

Homosexuel ? Thomas était homosexuel ? Eddie l'examina de la tête aux pieds. Il ne paressait pas du tout homosexuel. Il avait l'air... masculin et pas du tout efféminé. L'homme d'un homme.

— Est-ce un problème ? demanda le vampire gay, une tension à présent perceptible dans la voix.

Pendant un instant, le cœur d'Eddie s'arrêta. Il secoua la tête, non désireux de se le mettre à dos.

— Non, aucun problème.

Eddie se moquait des penchants de Thomas. Tout ce qui importait, c'était que son mentor se sentît à l'aise en sa compagnie. Il ne laisserait pas l'orientation sexuelle de Thomas interférer dans leur relation professionnelle. Après tout, ils étaient tous deux adultes.

— Je suis impatient de voir ta piaule, ajouta-t-il, prêtant à sa voix une note plus détendue de sorte à dissiper le malaise qui s'était créé pendant un instant.

— Avec quel genre de moto roules-tu ? Une Harley ?

Thomas lui sourit.

— Pas tout à fait. J'en ai plusieurs autres. Je te les montrerai. Si tu veux, nous irons faire un tour plus tard.

8

-----

ujourd'hui

Du coin de l'œil, Thomas regarda Eddie, tandis qu'il observait les danseurs et sirotait occasionnellement son verre. Eddie semblait perdu dans ses pensées. Ces derniers temps, il l'avait assez souvent vu dans cet état, presque comme si quelque chose le tracassait. Mais Thomas n'était pas du genre à s'immiscer dans les affaires des gens. Si Eddie avait besoin d'un conseil à propos de quelque chose, il viendrait le voir quand il y serait décidé. Dès le départ, lorsqu'il avait commencé sa mission en tant que mentor du jeune vampire, il s'était efforcé à ne pas le dorloter. Personne ne pouvait s'épanouir et devenir un homme si on prenait des gants avec lui. Thomas voulait qu'Eddie devînt un homme fort et indépendant, aux valeurs inébranlables. Et tout démontrait qu'Eddie était sur la bonne voie.

— Ils forment un super couple, n'est-ce pas ? lui souffla une voix familière, une main pointant Yvette et Haven du doigt.

Thomas tourna la tête et sourit à Maya.

— Effectivement. Tout comme Gabriel et toi.

— Charmeur ! le taquina-t-elle en avançant pour se tenir à ses côtés. Écoute, Thomas, je voulais ton avis sur quelque chose.

Il haussa un sourcil interrogateur et la laissa l'emmener à quelques pas d'Eddie et de Cain.

— À propos de ?

— J'ai le sentiment que certains d'entre nous ont traité Oliver un peu trop durement quand toute cette histoire avec Ursula et le bordel de sang s'est passée.

Thomas ne se rappela que trop bien la façon dont tout le monde avait essayé de sauver Oliver de lui-même. Ils n'avaient réalisé que plus tard qu'il était plus fort que ce qu'ils avaient tous cru, et qu'il gérait suffisamment bien tout seul le degré de tentation que le sang d'Ursula représentait.

— Ne me le rappelle pas. Mais tu sais aussi bien que moi que nous devions être stricts avec lui. Son histoire—

Maya leva une main pour l'interrompre.

— Tu n'as pas à me le dire. Nous avions tous nos raisons. Mais maintenant que les choses se sont bien terminées, et qu'il a vaincu son envie de sang, je pense que nous devrions célébrer ça.

Thomas sourit d'un air suffisant.

— J'ai le sentiment qu'il le célèbre chaque jour en privé avec Ursula.

Des yeux, il scruta la foule et vit Oliver en train de parler avec son créateur, Quinn. Le jeune vampire semblait décontracté et heureux.

Maya lui asséna un léger coup de coude dans les côtes.

— Ce n'est pas de ça dont je parle !

— Je le sais. C'était juste histoire de dire.

Maya roula des yeux.

— Je parle d'une fête comptant plus de deux personnes.

— Toujours les mêmes ?

Maya hocha la tête.

— C'est juste que j'ai besoin de trouver un prétexte pour cette fête. Je ne veux pas qu'Oliver sache ce que nous planifions, mais je veux m'assurer qu'Ursula et lui soient présents. Et je ne suis même pas tout à fait sûre de ce qu'il faudra lui dire à cette fête. Désolés, nous n'avons pas été sympas avec toi ?

Thomas analysa ses paroles.

— Hum, pas sûre. En as-tu parlé à Zane ? De ce dont je me rappelle, il

avait lui-même pour habitude de se comporter comme un imbécile. Peut-
être a-t-il quelques idées.

Maya grimaça.

— Si je lui en parle, il va devenir dingue. Tu sais ce qu'il pense à propos
des excuses. Je ne crois même pas qu'il sache comment on fait.

— Ce n'est pas son fort, tu as raison, répliqua Thomas en se passant une
main dans les cheveux. Pourquoi faut-il absolument une fête ? Ne peut-on
pas tout simplement lui envoyer un cadeau ?

— Un cadeau ?

— Oui, peut-être un voyage all-inclusive pour Ursula et lui dans un
chouette endroit. Je ne sais pas, Venise, Londres. Dis-moi. Je suis sûre qu'il
préférerait partir quelque part avec Ursula plutôt que de traîner avec nous,
les vieux.

Le front de Maya se rida, tandis qu'elle écoutait les suggestions de
Thomas.

— Hum. J'y penserai.

— Tu sais que, de toute manière, il va devoir songer à quelque chose
pour sa lune de miel. Pourquoi ne pas le soulager de cela ?

— Lune de miel ? répéta Maya.

— Chuut ! dit Thomas en jetant un œil autour de lui afin de s"assurer
que personne n'eût entendu Maya. Oui, une lune de miel. Il va la demander
en mariage, tôt ou tard. N'importe quel idiot en train de les observer peut le
voir. Je devine que nous allons avoir un autre lien par le sang avant la fin de
l'année.

— Tu le penses ?

— Absolument. En fait, je suis un peu surpris que ça ne se soit pas déjà
produit. Regarde-le en ce moment, dit Thomas en désignant Oliver, lequel
était toujours en train de parler à Quinn et à Rose. Tu vois comme il gesti-
cule ? Il ne supporte pas d'être éloigné d'Ursula. Dix billets qu'il sera le
premier à quitter la fête. Et vingt autres qu'il lui demandera de l'épouser
avant la fin de la semaine.

Maya sourit.

— Banco.

— Sur quoi pariez-vous ? demanda Cain en s'approchant.

Derrière lui, Eddie s'était également retourné pour les regarder.

— Sur rien, répondit Maya.

— Et si je veux en être ? investigua Cain.

— Bien, céda Thomas, riant sous cape. Nous parions sur le moment où Oliver demandera à Ursula de l'épouser. Je dis que ça se passera endéans la semaine.

— Tu te fous de moi. Il n'est avec elle que depuis quoi, un mois ? Et quel âge a-t-il ? Douze ans ? demanda Cain.

Thomas haussa les épaules.

— Douze ? Il me semble qu'il a eu vingt-cinq ans il n'y a pas très longtemps. De plus, des choses étranges se sont produites.

Il remarqua Eddie en train de se rapprocher, les mains fourrées dans les poches, mais silencieux.

— C'est bien trop tôt. Ces deux-là sont des gosses, dit Cain.

— Tu veux joindre l'acte à la parole ? le défia Thomas, s'amusant à présent.

— Cent billets que tu vas perdre.

— Marché conclu, dit Thomas en scellant l'affaire par une poignée de mains avec son collègue.

— Et maintenant, pour célébrer cette manière de gagner de l'argent facilement, que dirais-tu d'une danse ? proposa Cain en s'adressant à Maya. Ou est-ce que ton compagnon va me tuer ?

Maya lui prit le bras qu'il lui présentait.

— Seulement si tu mets tes mains où il ne le faut pas.

Tandis qu'ils s'éloignaient vers la piste de danse pour rejoindre Zane, lequel était en train de danser avec Portia, et Quinn occupé à tournoyer avec son épouse, Rose, dans les bras, Eddie se tourna vers Thomas.

— Comment se fait-il que tu sois si sûre qu'Oliver va bientôt faire sa demande à Ursula ?

Thomas lui fit un clin d'œil et se pencha plus près de lui de sorte à ce que personne ne pût les entendre. Tandis qu'il approchait ses lèvres de l'oreille d'Eddie, il put inhaler son odeur masculine. Son cœur se mit à battre la chamade, le pouls galopant. Il éprouva des difficultés à se rappeler ce qu'il voulait dire à Eddie.

— Parce que, l'autre nuit, j'ai vu Oliver acheter une bague.

Il s'écarta et s'éloigna d'un pas d'Eddie, mettant une certaine distance entre eux de sorte à ne pas être submergé par son désir pour le jeune vampire et, dès lors, commettre quelque chose de stupide.

Eddie en fut bouche bée.

— Toi, chien ! Tu viens juste de voler une centaine de dollars à Cain.

Quoique ses paroles fussent outrageuses, ses yeux pétillaient, et ses lèvres se recourbèrent en un sourire. Des fossettes apparurent sur ses joues et, pendant un moment, il ressembla exactement au jeune gamin que Thomas avait pris sous son aile un an auparavant. Thomas en éprouva un pincement au cœur. La vie lui avait distribué une carte qu'il ne savait pas comment jouer : il n'avait jamais aimé personne de la façon dont il aimait Eddie. Et ce faisant, il ne s'était jamais senti aussi impuissant.

Tu n'es pas impuissant, lui dit une voix au plus profond de lui. Il ne connaissait que trop bien la provenance de cette voix : du sombre pouvoir qui était en lui. Un pouvoir si fort qu'il pouvait imposer sa volonté à quiconque, particulièrement à un jeune vampire comme Eddie. S'il le voulait, il pourrait utiliser le contrôle de l'esprit pour qu'Eddie crût qu'il était attiré par lui. Il pouvait faire en sorte qu'Eddie le désirât. Mais ce ne serait pas juste. Ce serait une victoire tronquée, car il ne gagnerait jamais réellement l'amour d'Eddie. Ce ne serait qu'une imposture. Il violerait l'esprit de son jeune protégé. Tout comme il violerait son corps. Et cela, il ne pourrait le faire. Il s'en haïrait.

Soudain, il sentit une main lui serrer l'épaule. Il cligna et regarda Eddie dans le brun de ses yeux.

— Hé ! Je ne le pensais pas vraiment. Cain est un grand garçon. Il devrait être mieux renseigné quand il doit parier avec quelqu'un, dit Eddie.

Thomas força ses lèvres à expulser un rire.

— Pas de soucis. Garde ça juste pour toi. Je ne veux pas que les infos au sujet de la bague arrivent à l'oreille d'Ursula avant qu'Oliver n'ait eu la chance de s'agenouiller.

Eddie se mit à rire.

— S'agenouiller ? Tu ne penses pas vraiment qu'il va se mettre à genoux ? C'est vieux-jeu.

— Il n'y a rien de mal à être vieux-jeu. Si je trouvais la bonne personne, je me mettrais également à genoux.

Il tomberait à genoux pour Eddie si cela faisait la différence. Mais il savait que ce n'était pas le cas. Aucune courbette ne lui ferait gagner l'amour du jeune vampire qu'il ne pouvait bannir de son cœur.

Eddie baissa les paupières et détourna le regard.

— Oh hé, regarde ça, dit Eddie en désignant les danseurs. Je ne savais pas que Quinn était un si bon danseur.

Thomas ressentit un certain malaise dans le geste et dans la voix d'Eddie. Ce dernier était-il embarrassé qu'il eût parlé de trouver la bonne personne ? Peut-être valait-il mieux ne plus la ramener à ce sujet.

— Je suis certain que Quinn a abondamment pratiqué dans les salles de danse à Londres. Crois-moi, ça peut être une torture !

Eddie le regarda de côté.

— Tu as beaucoup dansé quand tu vivais à Londres, à l'époque ?

— Oui, jusqu'à ce que je puisse feindre une blessure à la jambe et avoir une bonne excuse pour plutôt m'asseoir aux tables de jeux. Ça, c'était marrant !

— Ouais, je ne suis pas un grand danseur non plus, admit Eddie. Nina a essayé de m'apprendre quand nous étions plus jeunes, mais elle a abandonné. Elle était vraiment déçue que je sois si maladroit. Je déteste la décevoir.

Il regarda vers le sol en gloussant.

— Elle prétend que j'ai deux pieds gauches, et elle a probablement raison, poursuivit-il.

— Il n'est jamais trop tard pour essayer.

— Et bien, de toute façon, on manque de filles, ici, répliqua Eddie en désignant le peu de femmes vampires dans l'assemblée.

— En fin de compte, c'était probablement une mauvaise idée de donner la réception d'Haven au salon, puisqu'aucun humain ne peut se joindre à nous.

Samson avait seulement imaginé donner une petite célébration de bienvenue. Thomas ne savait pas pourquoi on avait fait venir des musiciens.

— Et j'ai peur que la réception ne soit de courte durée, ajouta Gabriel en s'approchant d'eux. Je convoque une réunion du personnel. À l'étage. Dans quinze minutes.

Son patron semblait ordinaire dans son t-shirt et ses pantalons noirs, les cheveux tirés, comme toujours, en queue de cheval, et sa cicatrice ressortant, de l'oreille au menton, sur sa peau mate. Autrefois, il avait été beau, très beau. Mais la cicatrice qui gâchait un côté de son visage y avait mis un terme. Néanmoins, il avait trouvé l'amour. Cela prouvait juste que l'apparence extérieure n'avait pas d'importance.

Thomas hocha la tête et désigna le verre d'Eddie.

— Termine ton verre. Il est temps de travailler.

Thomas en était bien aise. Combien de temps allait-il pouvoir se tenir là à parler de choses sans importance avec Eddie, alors que ce qu'il voulait réellement faire, c'était lui demander s'il y avait une infime chance qu'il partageât un jour ses sentiments. Bien sûr, c'était une question qu'il ne poserait jamais, car il savait que la réponse ne ferait que le décevoir davantage. Pourquoi se torturait-il de la sorte ? Pourquoi ne pouvait-il pas tout simplement se rendre dans un de ces nombreux bars du Castro, le district homosexuel le plus célèbre de San Francisco, et lever un gars consentant, ressemblant peut-être même un peu à Eddie, et le sauter jusqu'à ce qu'il pût se sortir son obsession de la tête ? Pourquoi ne pouvait-il tout simplement pas baiser n'importe quel gars désireux de se faire baiser, fermer les yeux et imaginer qu'il s'agît d'Eddie ?

9

La réunion du personnel se tenait au deuxième étage, dans une grande salle de conférence pouvant contenir plus d'une centaine de personnes, si nécessaire. Elle était dépourvue de fenêtres. Cette nuit, seule une cinquantaine de vampires étaient rassemblés, attendant patiemment que Gabriel commençât. Bien qu'il fût le propriétaire de la compagnie, Samson présidait rarement les réunions. Depuis qu'il s'était uni à Delilah et était devenu père, il y avait de cela moins d'un an, il avait délégué la majeure partie de la gestion quotidienne des affaires à Gabriel.

Eddie s'assit à côté de Zane et se pencha vers lui.

— Tu sais de quoi il s'agit ?

— Ouais.

— Et alors ?

— Alors quoi ?

— De quoi s'agit-il ? précisa Eddie.

— Tu le sauras dans une minute.

— Merci beaucoup pour l'info, répliqua ironiquement Eddie.

— Pas de quoi.

Oliver s'assit de l'autre côté d'Eddie. Pas vraiment la personne que ce dernier voulût voir dans l'immédiat. Après tout, c'était la faute d'Oliver s'il était au courant des sentiments de Thomas à son égard. Des sentiments qui le rendaient mal à l'aise et avaient rendu embarrassante son amitié avec Thomas.

— Hé ! commença Oliver.

— Hé ! répliqua Eddie tout en maintenant le regard droit devant lui, comme s'il attendait, en retenant son souffle, que Gabriel commençât la réunion.

N'importe quoi pour ne simplement pas avoir à parler à Oliver.

— Comment ça va ?

— Bien.

Il parlait comme Zane. Peut-être était-ce la bonne façon de réagir à présent : comme s'il se moquait de ce que tout le monde pensait. Cela semblait marcher pour Zane, et personne ne paraissait lui en tenir rigueur, sachant que, de toute façon, on ne pourrait pas le changer.

En réalité, s'il avait été Zane, Oliver se serait probablement tu immédiatement, mais Eddie n'était pas si chanceux.

— Tu en es sûre ? Je me sens mal à propos de ce qui s'est passé. Peut-être que j'avais tort et que j'ai attaché trop d'importance à—

Eddie tourna brusquement la tête vers lui et le regarda furieusement.

— J'ai dit que j'allais bien. Alors, lâche-moi mes putains de baskets !

Il sentit sa mâchoire se crisper et grinça des dents. Les muscles de son cou enflèrent, et ses poings se serrèrent. S'il n'y avait pas eu autant de témoins tout autour, Eddie aurait exactement su qu'en faire.

— Désolé, mec, dit immédiatement Oliver en se retournant pour fixer le devant de la pièce, là où Gabriel se préparait à s'adresser aux employés.

Ce dernier s'éclaircit la gorge et frappa sur la table en bois, de sorte à attirer l'attention de tous. Les chuchotements dans la pièce diminuèrent, et tout devint calme.

— Merci d'être venus au dernier moment. Je vous ai appelés pour vous avertir d'un problème potentiel dont nous avons pris conscience. La semaine dernière, il y a eu un afflux inhabituel de nouveaux vampires à San Francisco. Personne ne connaît ces nouveaux venus, et nous ne sommes pas tout à fait certains de savoir quoi penser d'eux. C'est juste une intuition que certains d'entre nous avons, mais tous ces nouveaux venus semblent être en contact les uns avec les autres, comme un clan.

Eddie écouta attentivement. Un grand clan descendait sur San Francisco ? La dernière fois qu'un groupe de vampires étranges était arrivé en ville, il avait amené des prostituées dont le sang faisait planer les vampires. Cela avait mené au carnage.

— Bien qu'ils puissent être complètement inoffensifs, je veux que nous soyons préparés. Un important groupe de vampires arrivant dans notre ville sans s'intégrer à notre style de vie peut signifier toutes sortes d'ennuis. Nous ne voulons pas que ce qui s'est passé avec ces prostituées au sang spécial se répète. Dès lors, je vais devoir augmenter votre charge de travail.

Des lamentations parcoururent l'assemblée.

Gabriel souleva une main pour les arrêter.

— Je sais que vous êtes tous épuisés d'avoir effectué des heures supplémentaires ces quatre dernières semaines, à patrouiller pour regrouper tous les vampires dopés au sang de ces prostituées. Mais grâce à votre minutie, nous pensons que la tâche a été accomplie. J'aimerais pouvoir vous accorder un break, mais je crains que vous ne deviez poursuivre vos patrouilles.

Eddie regarda autour de lui et, tandis que certains vampires se plaignaient en marmonnant entre leurs dents, la plupart d'entre eux semblaient prêts à accepter leurs nouvelles missions. Ces nouveaux ordres ne dérangeaient pas Eddie. Puisqu'il n'était affecté à aucun client en particulier pour le moment, il était content d'avoir quelque chose à faire. Dans le cas contraire, Thomas lui aurait assigné un entraînement supplémentaire. Et étant donné que Thomas l'entraînait toujours personnellement, cela se serait traduit par passer plus de temps avec son mentor.

— Considérant nos inquiétudes à ce propos, continua Gabriel, j'ai assigné aux patrouilles tous ceux qui n'assurent ni la protection d'un client ni la gestion. Vous patrouillerez tous par deux. Je ne veux pas que l'un d'entre vous se retrouve là, tout seul. C'est un ordre strict. Vous ne vous y tenez pas, et vous pouvez tout aussi bien prendre vos affaires. Est-ce compris ?

Tout le monde acquiesça d'un hochement de tête.

— Rapportez immédiatement tout ce qui semble suspect. Et assurez-vous que les nouveaux venus ne sachent pas qu'ils sont observés. Nous n'avons aucune idée de la façon dont ils vont réagir. J'ai affiché le programme des patrouilles sur le tableau dans le couloir. Vous y trouverez le nom du partenaire qui vous a été assigné. Des questions ? demanda Gabriel en balayant la pièce du regard.

— Terminé, conclut-il, tandis que personne ne se manifestait.

Alors que la foule commençait à quitter la salle, Eddie se leva de sa chaise. Il se dirigea vers le tableau, désireux de découvrir avec qui Gabriel lui faisait faire équipe. Il espéra vraiment que ce ne fût pas Oliver. Quoiqu'il aimât le gars, en temps normal, il ne supportait plus d'être avec lui en ce moment, car sa présence lui rappelait constamment les termes de la conversation qu'il avait entendue.

Eddie se faufila entre les vampires rassemblés autour du tableau et chercha son nom sur les deux feuilles de papier.

S'il vous plaît, faites que ce ne soit pas Oliver, pria-t-il en silence. Zane serait même mieux qu'Oliver. Au moins, il ne parlait pas beaucoup. En fait, le gars était des plus taciturne. Et cela lui convenait parfaitement bien en ce moment.

Ses yeux scrutèrent la liste des noms jusqu'à ce qu'il trouvât finalement le sien. Son regard se décala légèrement et, à côté de son nom, il lut celui de son partenaire : Thomas.

— C'est tout simplement génial, se lamenta-t-il sans prendre la peine de cacher son mécontentement. En se retournant d'un coup sec, il se heurta à Thomas.

Étonné, son mentor le regarda. Celui-ci le laissa ensuite passer et s'approcha du tableau afin de jeter, à son tour, un œil à la liste de noms. Lorsqu'il se retourna quelques secondes plus tard, un étrange regard s'afficha sur son visage. Il vit de nouveau Eddie, toujours là, comme figé. Leurs yeux se rencontrèrent.

Eddie sut alors qu'il avait blessé Thomas. Et cela le fit se sentir comme un moins que rien. Thomas n'avait jamais rien fait de mal, ne l'avait jamais mal traité. Il ne méritait pas la façon dont Eddie le considérait à présent. C'était exactement ce que le jeune vampire avait craint depuis qu'il avait entendu parler Oliver et Blake : qu'il réagirait exagérément et heurterait les sentiments de Thomas dans la foulée. Il ne voulait pas que leur relation changeât. Il aimait avoir Thomas comme ami, mais comment pourrait-il continuer comme avant en sachant ce qu'il savait ?

Il se passa une main dans les cheveux. Comment allait-il se racheter vis-à-vis de Thomas ? D'une façon ou d'une autre, il devait s'excuser. Mais il ne savait pas comment.

10

Leur première patrouille était programmée la nuit suivante. Assis sur son lit, Thomas tira sur ses bottes et les noua. Son esprit revint à la nuit précédente, lorsque les missions avaient été attribuées. Eddie avait semblé plus que mécontent de faire équipe avec lui. Non seulement mécontent, mais franchement en pétard.

Thomas fouilla dans sa mémoire afin de découvrir s'il avait dit ou fait quelque chose qui eût pu insulter Eddie, mais ne trouva rien. Tout allait comme d'habitude. Ils n'avaient eu aucun conflit ou désaccord. En fait, ils étaient rarement en désaccord à propos de quelque chose. Tous deux aimaient les mêmes choses : conduire leurs motos et travailler sur leur ordinateur. Eddie était un super étudiant quand il s'agissait de quelque chose en rapport avec les logiciels informatiques. Il aimait tout particulièrement pirater les systèmes, et Thomas prenait plaisir à lui enseigner.

Thomas se leva du lit et attrapa sa veste en cuir dans le placard. Il ne pouvait comprendre pourquoi une tension s'était subitement élevée entre Eddie et lui, alors que durant toute cette année, ils avaient vécu comme des colocataires, en parfait accord. Tout en secouant la tête, il sortit de sa chambre et frappa à la porte de celle d'Eddie.

— Tu es prêt ?

La porte s'ouvrit immédiatement. Eddie apparut, habillé d'un t-shirt noir, d'un pantalon et d'une veste en cuir. Involontairement, Thomas dut sourire. Leurs collègues remarquaient souvent qu'ils avaient l'air de jumeaux, à la manière dont ils s'habillaient. Excepté qu'aujourd'hui, Thomas portait un t-shirt blanc.

— Rock n'roll, dit Eddie en l'effleurant, le regardant à peine.

Thomas opina de la tête et le suivit.

— Nous sommes affectés dans le Castro. Il n'y a donc pas besoin de prendre nos motos. On s'y rendra à pieds.

Le quartier du Castro se trouvait juste au bas de la colline de Twin Peaks. Ils ne mettraient pas beaucoup de temps à s'y rendre à pieds. Et une fois sur place, ce serait plus facile de patrouiller sans avoir à s'inquiéter de l'endroit où laisser les motos.

— Ça me va.

Ils quittèrent la maison en silence et descendirent la colline jusqu'à leur entrée dans le district du Castro. Il était encore tôt, et il faisait relativement calme. Les bars étaient à moitié vides, et les magasins étaient en train de fermer.

Thomas avait souvent patrouillé en compagnie d'Eddie dans un silence amical ; toutefois, ce soir, ce silence semblait empreint de tension. La respiration d'Eddie était inégale, et Thomas pouvait entendre les battements erratiques de son cœur. Comme si quelque chose le tracassait. Il essaya d'ignorer cette impression de malaise et se concentra sur sa tâche : observer les gens autour de lui.

Comme toujours, ses sens étaient aiguisés et en alerte. Durant plusieurs heures, ils errèrent dans le Castro, tout d'abord dans la zone commerçante, la résidentielle et, ensuite, de nouveau dans le quartier rempli de bars, de magasins et de restaurants. Les magasins étaient à présent fermés, mais les clients passaient d'un bar à l'autre.

— C'est un fiasco, dit Eddie.

— C'est parfois une bonne chose de ne rien trouver, répliqua Thomas.

Eddie haussa les épaules, mais s'abstint de répondre.

Continuant à parcourir le secteur, Thomas tourna dans une rue latérale qui s'avéra un cul-de-sac. Au milieu du bloc, l'accès d'un magasin était condamné par des planches en bois. D'un côté de celui-ci se trouvait un restaurant et, au bout du bloc, il y avait un chantier de construction : la charpente d'un immeuble à appartements de trois étages se dressait déjà. En face, on pouvait distinguer un wc chimique et une cabane à outils. Un mur de soutènement d'environ quatre mètres de hauteur encadrait l'autre côté de la rue. Thomas jeta un coup d'œil dans le cul-de-sac et, tandis qu'il était sur le point de faire demi-tour, il aperçut un mouvement dans la pénombre.

Il posa une main sur l'avant-bras d'Eddie, se tourna vers lui en lui faisant signe de demeurer silencieux et l'attira dans une entrée de porte. Depuis leur cachette, Thomas scruta l'endroit où il avait perçu le mouvement. L'avait-il imaginé ou y avait-il quelqu'un ?

Il retint son souffle et attendit, Eddie à ses côtés.

Quelques secondes plus tard, une autre ombre se déplaça et, cette fois, Thomas put nettement voir la personne. Son aura l'identifia comme un vampire, et la lumière d'un réverbère qui se reflétait sur lui confirma que c'était quelqu'un que Thomas ne connaissait pas. Il se pouvait qu'il fût un des nouveaux venus dont Gabriel avait parlé.

Quelqu'un d'autre apparut à côté de cet étrange vampire. Un vampire également. Ils regardèrent tout autour et s'avancèrent ensuite vers le bâtiment dont les accès était condamnés par des planches en bois avant d'être rejoints par deux autres de plus. Le premier vampire écarta une des planches d'une fenêtre qui donnait sur le chantier de construction et se faufila à l'intérieur. Les trois autres suivirent.

Thomas regarda Eddie.

— Tu as déjà vu ces gars avant ?

— Non.

— Allons vérifier.

Prudemment, ils s'avancèrent vers le bâtiment. Thomas vérifia sa botte, là où un couteau en argent était caché dans une gaine protectrice. Il fourra ensuite une main dans sa poche intérieure pour s'assurer que son pieu en bois se trouvait où il était censé l'être.

Tout en faisant signe à Eddie de le suivre, il s'avança vers l'autre côté de la maison barricadée où les quatre vampires étaient entrés. Sans faire de bruit, il en fit le tour, Eddie sur les talons. Toutes les fenêtres étaient condamnées à l'aide de plaques en contreplaqué mais, tandis qu'il atteignait l'arrière de la maison, lequel donnait sur un petit jardin rempli de matériaux de construction, il remarqua une porte ouverte.

Il s'en approcha prudemment, se pressa contre le mur adjacent et scruta l'intérieur. Il entendit des voix.

— ... sans l'approbation du patron.

— Mais celui-là est mûr pour la prise de pouvoir, dit fermement une autre voix.

— Je l'en aviserai. Si ça convient à notre plan, nous le prendrons.

S'efforçant d'écouter leurs voix basses, Thomas ressentit une étrange vibration le parcourir. Le sombre pouvoir en lui semblait s'éveiller sans la moindre provocation, suscitée par l'aura des quatre étranges vampires. Il ferma les yeux pendant un instant pour essayer de la refouler.

— Ne t'inquiète pas pour ça. Tout ce que nous pourrons avoir, nous le prendrons. Et plus nous prendrons, plus nous serons forts quand le temps sera venu, répliqua la seconde voix.

Un bruit derrière Thomas fit écho dans la nuit. Il tourna la tête. Une planche en bois sur le tas de matériaux tout près duquel Eddie et lui étaient passés quelques instants plus tôt avait bougé et avait causé ce bruit. Le regard de Thomas entra en collision avec celui d'Eddie, lequel lui désigna la porte ouverte.

À l'intérieur, les voix s'arrêtèrent soudainement. Les quatre étranges vampires avaient également entendu le bruit.

Saisissant Eddie par la manche de sa veste, Thomas l'entraîna avec lui, sautant par-dessus la basse clôture jusque dans la propriété adjacente. Ils se trouvaient derrière le chantier de construction, faisant face à un autre mur de soutènement.

— Merde, siffla-t-il à voix basse. Il n'y avait aucune issue par l'arrière. Ils auraient à se frayer un chemin à travers le bâtiment en construction et se feraient voir par les autres vampires.

Au son des pas qui s'approchaient, Thomas fouetta la tête sur le côté. Bien qu'il ne pût encore les voir, les quatre vampires arrivaient. Ce qui signifiait qu'ils ne pouvaient les voir non plus, Eddie et lui.

Une chose était claire : les vampires suspectaient d'avoir été entendus. Et ils ne verraient pas Thomas et Eddie d'un bon œil.

— On va devoir les combattre, murmura-t-il à Eddie.

Son jeune ami hocha la tête presque immédiatement et le poussa plus loin dans le coin où ils s'étaient retranchés, plus à l'écart des vampires qui s'approchaient. Thomas le regarda fixement.

— Trop nombreux ! chuchota Eddie à son tour.

— J'utiliserai le contrôle de l'esprit, suggéra Thomas.

Cela équilibrerait la donne. Quatre contre deux ne leur conférerait pas de grandes chances mais, s'il pouvait les combattre à l'aide du contrôle de l'esprit, Eddie et lui avait une chance de vaincre, s'ils en venaient à se battre.

— Non, tu ne feras pas ça ! Trop dangereux. Fais comme moi.

Avant que Thomas n'eût le temps de protester, Eddie le poussa dos contre le mur, vint se presser tout contre lui et l'embrassa. Surpris, Thomas se figea. Ceci ne pouvait être en train de se produire ! Il devait rêver, halluciner. Mais tout semblait réel : les lèvres chaudes d'Eddie sur sa bouche, sa langue poussant à la barrière de ses lèvres, ne demandant qu'à entrer, une main sur sa nuque, le maintenant collé-serré, tandis que son autre main lui encerclait la taille de manière à l'attirer encore plus contre lui.

Dans un gémissement, Thomas écarta les lèvres et invita Eddie à entrer. Lorsque leurs langues se rencontrèrent, tout son corps s'enflamma. Le sang se propulsa dans son membre en quelques secondes et l'amena en érection plus vite qu'il n'aurait pu le dire.

Son rêve devenait réalité.

11

———————

Quoique conscient de la folie de son geste, Eddie n'avait trouvé aucune autre issue au problème. Il n'autoriserait pas Thomas à combattre les quatre vampires en utilisant le contrôle de l'esprit. La dernière fois que ce dernier s'était engagé dans une telle lutte avec Keegan, son créateur, il avait failli mourir. Et affronter quatre vampires à l'aide de moyens conventionnels se traduirait également par un suicide. Non, il le lui devait.

Et cette tromperie pouvait tout aussi bien fonctionner : après tout, ils se trouvaient dans le Castro, là où les gays se comportaient avec un peu moins de retenue que partout ailleurs en ville. Ce qu'ils étaient en train de faire ici ne semblerait pas sortir de l'ordinaire. Avec un peu de chance, ils pourraient duper les quatre étrangers en leur faisant croire qu'ils étaient juste des homosexuels excités qui ne pouvaient attendre avant de se sauter dessus.

Pourvu qu'ils pussent rendre la scène réaliste.

Eddie inclina la tête de manière à plonger plus profondément dans la bouche de Thomas. À sa propre surprise, il n'éprouva aucun dégoût à embrasser un homme. Au contraire, il aimait le goût masculin de Thomas, la ferme caresse de sa langue contre la sienne, de même que la forte pression de ses hanches. Ses lèvres étaient chaudes et accueillantes, son souffle chaud et titillant. L'envie le foudroya, le désir jaillit en lui. Tout ça, c'était pour une bonne cause, se dit-il. Cela devait sembler réel, ou les vampires n'y croiraient jamais.

Autorisant un gémissement à franchir ses lèvres, Eddie relâcha son emprise sur la taille de Thomas, ramena une main sur son pantalon en cuir et fit sauter le bouton. S'il fallait montrer son postérieur dénudé aux quatre nouveaux venus pour les amener à croire que Thomas et lui étaient amants, il le ferait, tout simplement.

Sans gaspiller une autre minute, il baissa la fermeture éclair et tira sur son pantalon. Les mains de Thomas l'arrêtèrent. Eddie voulut protester et lui faire comprendre la nécessité de son geste lorsqu'il sentit les mains de son mentor glisser sur son derrière afin de lui baisser le pantalon.

Sur le devant, le vêtement en cuir se heurta à quelque chose. Instantanément, Eddie cessa de respirer lorsqu'il remarqua ce qui s'était produit : son pantalon s'était accroché à son érection, laquelle avait créé une énorme protubérance sous son slip Calvin Klein.

Putain ! Il avait une érection ? Comment cela avait-il pu se produire, bordel ? Mais avant qu'il n'eût le temps de s'engager plus longuement dans cette pensée, il sentit les mains de Thomas se diriger vers son aine, attraper le devant de son pantalon et le pousser vers le bas. Tandis qu'une main balayait la bosse, Eddie relâcha les lèvres de Thomas durant un instant.

— Putain ! siffla-t-il.

Il inspira rapidement mais, ensuite, les lèvres de Thomas firent leur réapparition, sa langue s'engouffrant à nouveau dans sa bouche, l'explorant, combattant avec lui. Dieu, on ne l'avait jamais embrassé de la sorte, avec tant de passion, tant de puissance, tant de détermination. Aucune femme ne lui avait jamais fait cela. Était-ce la façon dont les hommes embrassaient ? Était-ce à cela que ça ressemblait ?

Avant de comprendre ce qu'il était en train de faire, des mots qu'il n'aurait jamais cru pouvoir prononcer franchirent ses lèvres.

— Touche-moi !

Son ordre proféré dans un gémissement fut suivi par la main de Thomas sous son slip de sorte à le faire glisser. De l'air frais souffla contre son membre, une fraction de seconde avant qu'une paume de main chaude ne l'enveloppât et ne l'empoignât. Une décharge électrique foudroya Eddie.

Ses canines descendirent sans avertissement, et sa main agrippa plus fortement la nuque de Thomas, l'attirant plus près afin de l'embrasser plus intensément.

La deuxième main de Thomas fit glisser complètement son slip avant de lui enrober le postérieur. Putain ! Il ferait mieux de l'arrêter, de lui dire qu'il n'était pas de cette trempe-là, qu'il ne pouvait faire cela. Il n'était pas gay ! Tout ceci n'avait pour but que de duper ces vampires. Mais il ne pouvait empêcher son corps de réagir au toucher et au baiser de Thomas. Un baiser que, lui, Eddie, avait entamé.

Délibérément, son membre pompa dans la main de Thomas, s'enfonçant comme s'il s'enfonçait en lui, tandis qu'il lui caressait fermement la langue, la suçant plutôt comme si c'était son sexe. Cette pensée le choqua. Non, il ne pouvait penser à quelque chose comme ça. Il ne suçait pas des queues ! Il bouffait des chattes ! Voilà ! Excepté qu'en ce moment, il ne pouvait même pas se souvenir de la dernière fois où il en avait vu une !

La main de Thomas était parfaitement efficace. Comme si celui-ci savait exactement ce dont Eddie avait besoin. Une pression et une fermeté adéquates, la vitesse et le rythme parfaits.

Un « oui » enthousiaste franchit ses lèvres lorsqu'il prit une bouffée d'air, juste avant d'enchaîner à nouveau ses lèvres à celles de Thomas, un instant plus tard. Tandis qu'il intensifiait son baiser, Eddie sentit soudain la langue de Thomas caresser une de ses canines. Une chaleur ardente le percuta dans les testicules. Thomas réitéra ensuite son geste.

— Des pédés ! entendit-il soudain une voix, quelque part au loin.

— Déshonorant pour un vampire ! ajouta une autre voix.

Les pas s'éloignèrent. La menace était écartée, mais Eddie était incapable de se soustraire aux bras de Thomas.

— Jouis ! entendit-il Thomas grogner, tandis que celui-ci le masturbait plus fortement et plus rapidement tout en continuant à lui lécher les canines.

Eddie savait que les canines représentaient la zone la plus érogène d'un vampire, mais il ne l'avait jamais expérimenté lui-même. Maintenant qu'il le ressentait, il réalisa qu'il se trouvait sans défense face au sensuel assaut des caresses de Thomas. Il était totalement incapable de l'arrêter, car son corps n'en voulait que davantage : davantage de baisers et d'attouchements de son partenaire.

Ses hanches se murent frénétiquement, fourrant son érection dans la main très enthousiaste de Thomas. À présent, il se languissait, se languissait de la libération, et il avait atteint un point où il se souciait peu de qui la lui livrerait, que ce fût un homme, ou une femme. Tout ce dont il avait besoin, c'était un orgasme, ou son corps s'enflammerait.

Il y était tout près, presque, mais pas tout à fait. La frustration hurlant en lui, il jeta la tête en arrière et grogna.

— Putain !

Thomas sembla comprendre ce dont il avait besoin. Il amena sa seconde main aux testicules d'Eddie et les malaxa. Ensuite, de concert avec les tractions sur le membre d'Eddie, il commença à les serrer. Le toucher était doux et pourtant ferme, à la fois.

— Embrasse-moi ! exigea Thomas et, sans y penser, Eddie obtempéra, plongeant de nouveau ses lèvres sur les siennes, fourrant sa langue dans sa bouche tout en poussant son sexe dans sa main.

Des visions lui traversèrent la tête : eux deux faisant l'amour, couchés dans le lit, nus, leurs membres entremêlés, leur sexe complètement gorgé de sang. Eddie sentit leurs mains se rejoindre et venir enrober leur verge, monter et descendre, en synchronisation. Il pouvait fermement sentir celle de Thomas se frotter contre la sienne, tout comme il pouvait ressentir l'excitation grandir, tandis qu'ils se conduisaient mutuellement vers l'orgasme. Mais juste avant ce moment, Thomas roula sur le ventre, prit appui sur les mains et les genoux et se présenta.

Eddie gémit bruyamment, tandis que la vision dans son esprit se brouillait et qu'il arrachait sa bouche de celle de Thomas. Il sentit sa semence remonter dans son membre et jaillir en son extrémité. Son corps trembla sous l'intensité de son orgasme, et ses genoux menacèrent de se dérober. Une certaine chaleur et une moiteur l'engloutirent, alors que Thomas continuait à lui caresser le sexe jusqu'à ce que son orgasme diminuât.

La respiration lourde, Eddie tenta de reprendre ses esprits. Pourquoi était-il ici ? Pourquoi ceci s'était-il produit ?

Il se souvint des quatre étranges vampires qu'ils avaient suivis et de son plan pour les duper. Cela avait fonctionné ; les étrangers étaient partis en pensant que Thomas et lui étaient des amants gays et que, dès lors, ils n'avaient pas espionné leur conversation. Néanmoins, le plan avait mal tourné. Thomas l'avait gratifié d'une branlette ! Et il avait joui si fort qu'il avait, en réalité, eu des étoiles plein les yeux. Il en était tout retourné tant il était embarrassé. La panique n'était pas loin derrière. Thomas penserait-il à présent qu'il était homosexuel ? Oh Dieu ! Son mentor supposerait-il qu'il voulait être son amant ? Venait-il juste de donner carte blanche à Thomas de lui faire des avances ? Afin de le séduire à nouveau dès qu'ils seraient seuls à la maison ? Cela voudrait-il dire que Thomas entrerait dans sa chambre, dans son lit, désireux de répéter ce qu'ils venaient juste de faire ? Et non simplement les réitérer, mais également faire d'autres choses, des choses bien plus intimes ?

Eddie sentit un frisson lui parcourir le corps et, cette fois, ce n'était pas une réplique de son orgasme. Aussi rapidement qu'il le put, il remonta son slip, y fourra son sexe à présent tout flasque, remonta son pantalon et referma la fermeture éclair. Du coin de l'œil, il remarqua Thomas en train de s'essuyer la main sur son tee-shirt.

— À propos de ce qui vient de se produire, dit Thomas.

Eddie se détourna.

— Cela a fonctionné. Ils sont partis. Ils l'ont gobé.

Il sentit la main de Thomas sur son épaule, l'attirant à nouveau.

— Eddie, s'il te plaît...

— Ça va.

— J'aurais pu les vaincre en utilisant le contrôle de l'esprit. Alors, ce que nous venons juste de faire—

Eddie plissa les yeux.

— Tu as failli mourir quand tu as combattu Keegan !

THOMAS REMARQUA l'éclat provoquant dans les yeux d'Eddie et hésita pendant un instant. Eddie se souciait-il de lui ? Était-ce la raison pour laquelle il avait pris une telle mesure draconienne et l'avait embrassé ? Afin de duper les autres vampires en les amenant à penser qu'ils étaient amants ? Ou y avait-il autre chose derrière les actions d'Eddie ? Se pouvait-il qu'il ressentît une infime attirance pour lui ? Car ce qu'ils avaient fait était allé plus loin que cela n'avait été nécessaire : un baiser et quelques attouchements se seraient révélés suffisants afin de berner les inconnus. Qu'Eddie baissât son pantalon et que Thomas le branlât n'avait pas été utile. Certainement pas cela, car les vampires étaient déjà partis à ce moment-là. Il n'y avait pas eu lieu de faire jouir Eddie dans sa main. Mais Thomas avait été incapable de s'arrêter, et Eddie l'avait incité, sinon avec des mots, avec ses gémissements et ses implacables coups de hanches. Eddie avait voulu ceci ; il avait voulu que Thomas le fît jouir. Et Thomas avait ardemment désiré la sensation d'avoir Eddie s'abandonnant dans ses bras.

Durant ce moment unique, ils avaient été amants. Thomas n'avait jamais connu de séance de pelotage aussi satisfaisante avec quiconque. Même si Eddie l'avait à peine touché, qu'il n'avait jamais glissé la main pardessus son sexe, là où il eût pu sentir à quel point il bandait, son baiser avait été passionné et des plus consumant. Et pendant un instant, Eddie s'était retrouvé complètement sous son charme et s'était laissé aller au plaisir qu'il pouvait lui procurer. Cela s'était révélé le moment le plus doux de sentir Eddie jouir, de ressentir ses testicules se contracter avant que sa chaude semence jaillît dans sa main. À ce moment, il n'avait rien voulu de plus que retourner Eddie, lui enfoncer son membre dans son derrière toujours vierge et le monter jusqu'à l'évanouissement.

Thomas était toujours excité, et il savait que seules quelques caresses de plus l'amèneraient à jouir tout aussi violemment qu'Eddie ne l'avait fait dans sa main. Mais en le regardant à présent, il savait que cela ne se produirait pas, du moins pas grâce à la main du jeune vampire.

Il lut du regret dans le visage d'Eddie. Déçu, Thomas baissa les paupières. Durant un court instant, il avait espéré qu'Eddie eût été sur le point d'essayer de lui dire quelque chose, d'essayer de lui montrer qu'il ressentait la même chose que lui. Mais il s'était trompé. Tout ce qu'Eddie avait voulu, c'était duper les quatre vampires.

Toutefois, les lèvres de Thomas formèrent des mots à ne pas prononcer.

— Mais tu m'as laissé te toucher—

— Oublie ce qui s'est produit, répondit brusquement Eddie. Ça ne signifiait rien.

Ça ne signifiait rien ? Non, pour Thomas, cela signifiait tout. Il inspira une bouffée d'air.

— Oublier ? Putain, comment peux-tu t'attendre à ce que j'oublie ça ? Tu m'as laissé te toucher de cette façon. Tu aurais dû m'arrêter.

Car Thomas n'avait vraiment pas eu la force de le faire lui-même.

Eddie pinça les lèvres.

— Je l'ai fait pour t'arrêter de faire quelque chose de stupide ! Tu n'aurais pas pu combattre ces quatre-là avec le contrôle de l'esprit. Cela t'aurait tué !

— Oh, tu penses que je suis faible ?

Thomas n'avait aucune idée de la provenance de ces mots mais, néanmoins, il les avait prononcés.

— Je n'ai pas dit ça !

— Si, tu l'as dit.

Il attrapa Eddie par le tee-shirt et l'attira plus près.

— Je suis plus vieux que toi et plus fort. Alors, ne joue pas avec moi, ou tu le regretteras. La prochaine fois qu'une stupide idée te vient, du genre m'embrasser, sois prêt à tout faire. Provoque-moi encore une fois, et je prendrai ce que tu offres. Et la prochaine fois, je ne m'arrêterai pas à une branlette. Je te le promets.

Choqué, Eddie recula.

La poitrine de Thomas se soulevait. Venait-il juste de menacer de baiser Eddie si ce dernier posait encore une fois les mains sur lui ?

Tu devrais le punir maintenant ! lui suggéra une voix au plus profond de lui. *Il le mérite pour t'avoir vraiment énervé.*

Thomas lutta contre la voix, la refoulant là d'où elle provenait, dans les sombres recoins de son cœur. Il ne laisserait pas cette colère provisoire prendre la meilleure part de lui. Une fois qu'il se serait calmé, il ne ferait que regretter d'avoir laissé paraître son côté diabolique.

Des deux mains, Eddie poussa sur la poitrine de Thomas, l'écrasant ainsi contre le mur derrière lui.

— Tu me touches encore comme ça, et tu es un homme mort !

Sa respiration était lourde.

— Je ne suis pas de ce bord-là, tu piges ça ? ajouta Eddie. Je te faisais une putain de faveur.

Je pense que, dorénavant, je ferais mieux de te laisser te sortir toi-même du pétrin et ne pas lever le petit doigt.

Thomas sentit la fureur remonter de ses tripes jusqu'à sa poitrine. Ses mâchoires se crispèrent.

— À ce que j'ai pu voir la dernière fois, tu étais dans le même pétrin que moi. Qu'allais-tu faire sans moi ? Courir auprès de ta grande sœur et— ?

Les mots suivants furent refoulés dans la gorge de Thomas, tandis que le poing d'Eddie atterrissait sur sa bouche.

Putain ! La colère lui embrasait le cœur.

Plutôt que de renvoyer le coup, Thomas se redressa et regarda furieusement Eddie, le sombre pouvoir qu'il avait en lui désireux de faire surface, exigeant des représailles. Son corps se raidit, se préparant au combat, un combat contre lui-même.

— Tu te sens mieux grâce à ça ?

Eddie ne le gratifia d'aucune réponse ; il se tint tout simplement là, regardant également furieusement Thomas.

— Même si c'est le cas, ça ne changera pas le fait que tu as apprécié de te faire branler par un homo, ajouta Thomas.

Ou le fait que Thomas se repasserait cette image la prochaine fois qu'il se tiendrait sous la douche et se caresserait le sexe jusqu'à en jouir.

Eddie tourna sur les talons et s'enfuit.

Thomas se cramponna les mains sur les cuisses et lutta contre la sensation de nausée. La bataille invisible qui se livrait en lui faisait déjà rage. Ses deux côtés, le bon et le mauvais, s'affrontaient. Il tenta de calmer son esprit et de ramener la paix dans son cœur, mais de lumineuses étincelles commencèrent à danser sur ses mains. Sa vision se teinta alors de rouge, et il se rendit compte que ses yeux brillaient de cette même teinte. Des griffes aiguisées émergèrent du bout de ses doigts et s'enfoncèrent dans son pantalon, tandis qu'il luttait ardemment pour contrer l'attaque. La suivante le cloua à genoux, des étincelles blanches volant à présent tout autour de lui.

Le pouvoir qu'il possédait en lui menaçait de s'échapper. Cela attirerait d'autres vampires s'il ne pouvait le contenir. Avec la dernière once de volonté, il se taillada l'abdomen à l'aide d'une de ses griffes droites et se trancha profondément la chair. La douleur le fit crier, mais eut l'effet escompté : elle permit de stopper le pouvoir obscur et le fit se replier au plus profond de lui. Les étincelles lumineuses s'éteignirent, et l'obscurité l'apaisa. Une fois de plus, il l'avait conquis. Mais à chaque fois qu'il faisait une apparition, il semblait être plus fort et plus difficile à vaincre. Il était temps de le forcer à se soumettre à nouveau. Littéralement. Et Thomas savait exactement où trouver ce dont il avait à présent besoin.

12

Après être rentré à la maison en courant, comme si le diable l'avait pourchassé avec un pieu, Eddie sauta sur sa moto et descendit la colline en trombe en direction de la ville. Le souffle du vent sur son corps excité le fit se sentir un tout petit peu mieux. Toutefois, cela n'effaça en rien l'embarras qu'il éprouvait : il avait laissé Thomas le toucher intimement. Bon sang, il l'y avait encouragé, l'avait stimulé ! Mais qu'est-ce qui lui avait pris, bordel ? Une folie passagère, plus que probablement ! Il n'y avait pas d'autre explication. Car il n'était pas gay ! Il n'avait jamais été attiré par un homme, par le passé. Alors, pourquoi, bordel, avait-il apprécié les mains de Thomas sur lui ? Pourquoi s'était-il abandonné à son baiser et le lui avait-il retourné avec tant de passion ? Que lui arrivait-il ?

Sans savoir consciemment là où il se dirigeait, il traça son chemin à travers le trafic du centre-ville et se retrouva finalement en face du bâtiment où Nina vivait. Il leva la tête et regarda en direction du dernier étage. C'était éclairé. Il y avait quelqu'un à la maison. Il soupira. Peut-être avait-il besoin de voir sa sœur pendant un moment afin de se changer les idées. D'une façon ou d'une autre, elle le distrairait.

Il gara son engin devant l'entrée et mit un pied à terre. Tandis qu'il ôtait son casque et l'attachait à l'arrière de sa moto, il la balaya longuement du regard. Thomas la lui avait offerte. À ce moment-là, il avait dit que, de toute façon, c'était une de ses plus anciennes motos, et qu'il ne la conduisait plus. Lorsqu'Eddie avait voulu la payer, Thomas avait refusé de prendre l'argent. Tout comme il ne voulait pas percevoir de loyer pour la chambre qu'Eddie appelait la sienne. Cela le percuta soudainement : il vivait la vie d'un homme entretenu. Thomas le comblait de cadeaux et payait ses frais de subsistance de la même manière qu'un homme traiterait sa maîtresse.

Eddie tenta de se débarrasser de cette pensée, non désireux d'emprunter cette voie mais, à présent, il était devenu difficile de ne pas faire la liaison. Dès l'instant où il était devenu un vampire, sa vie avait changé. Tout d'abord, durant sa formation prodiguée par son créateur, Luther, il n'avait même jamais pensé aux femmes tant il était en proie à cette violente soif de sang. Quelque chose qui aurait tué son désir pour les femmes s'était-il passé durant sa transformation ? Quelque chose avait-il mal tourné, qu'il aimait à présent les hommes ?

Refoulant ces pensées, il se dirigeait vers la porte d'entrée lorsque celle-ci s'ouvrit et qu'un des locataires fît un pas à l'extérieur. Il avait vu ce gars plusieurs fois auparavant et le salua.

— Hé.

— Hé.

Le locataire lui tint la porte et le laissa entrer.

— Merci, à plus.

Lentement, Eddie avança à grands pas jusqu'au dernier étage. Lorsqu'il atteignit le palier, il se dirigea vers l'unique porte et appuya sur la sonnette. Il entendit un juron depuis l'intérieur et reconnut la voix d'Amaury. Apparemment, il venait d'interrompre son beau-frère. Après tout, cela n'avait peut-être pas été une si bonne idée de venir à l'improviste. Voulait-il vraiment se retrouver en présence de ces deux perruches ?

Eddie recula d'un pas, se retournant presque à moitié lorsque la porte s'ouvrit. L'imposant corps d'Amaury remplissait tout le cadre de la porte. Sa chemise était de travers, et ses cheveux hérissés. Ouais, il venait certainement d'interrompre quelque chose.

— Hé, Eddie.

— Amaury, désolé, je ne voulais pas déranger. Et si je repassais une autre fois ?

Il se détourna, mais la main d'Amaury sur son épaule le retint.

— Maintenant, tu es ici. Tu ferais tout aussi bien de rentrer.

— Eddie ? Est-ce que tout va bien ?

La voix de Nina provenait du salon.

Eddie entra et vit sa sœur se lever du divan, les mains tirant sur son tee-shirt. Elle lui lança un regard inquiet. Derrière lui, Amaury referma la porte.

— Ouais, bien sûr, je vais bien. Pourquoi n'irais-je pas bien ? J'étais juste dans le voisinage et voulais dire bonjour. Je ne peux pas saluer ma sœur ?

— Naturellement tu le peux.

Elle s'approcha de lui, l'entoura de ses bras et le serra.

Il réciproqua l'étreinte en la tenant plus longuement que d'ordinaire jusqu'à ce qu'il entendit le grognement d'Amaury derrière lui. Roulant des yeux, il la relâcha.

— Je ne comprends pas comment tu peux supporter cet homme qui est le tien au jour le jour.

Nina le gratifia d'un coup de poing sur le bras et le sermonna.

— Eddie !

— Ainsi, tu es venu pour m'insulter ? demanda Amaury, les mains sur les hanches.

Eddie sourit.

— Je ne l'avais pas prévu mais, à chaque fois, tu fais ressortir le meilleur de moi.

Amaury se mit à rire.

— Coulé dans le même moule que ta sœur, dit-il en laissant courir un regard amoureux sur sa compagne.

Lorsque les yeux de Nina et ceux d'Amaury se rencontrèrent, Eddie ressentit un désir, jusque-là inconnu, déferler en lui. Il voulait ce qu'ils avaient : un amour si fort que rien ne pourrait l'anéantir.

— Je ferais mieux de partir. Vous avez mieux à faire que de me recevoir.

Amaury arracha son regard de Nina et désigna ensuite le divan.

— Non, reste. Je t'offrirais bien un peu de sang, mais je n'en ai pas ici.

Eddie s'en était douté. Étant donné qu'Amaury ne buvait que le sang de Nina, il ne gardait aucun ravitaillement de sang en bouteille sous la main.

— Ça n'a pas d'importance. Je n'ai pas soif.

Eddie se laissa tomber dans le divan, et Nina et Amaury le rejoignirent.

— Tu étais dehors en train de patrouiller ? demanda Amaury.

Eddie hocha la tête.

— Ouais. Tu n'es pas également en service ? Je pensais avoir vu ton nom sur le tableau.

Son beau-frère haussa les épaules.

— J'ai échangé ma garde avec un des gars.

Eddie lança un regard latéral à Nina.

— Idée de Nina ?

Amaury gloussa.

— Je suis juste là, les gars, alors ne faites pas comme si je ne pouvais pas vous entendre, les interrompit Nina, avant de poser une main sur le bras d'Amaury. Bébé, pourquoi n'irais-tu pas me chercher un demi-litre de crème glacée au chocolat au magasin ?

—Maintenant ?

— Oui, maintenant. Je t'en serais vraiment reconnaissante, lui répondit-elle en battant des cils.

— Reconnaissante à quel point ? chuchota Amaury, la voix plus douce qu'auparavant.

— Très reconnaissante.

Eddie gémit intérieurement. Ces deux-là devaient-ils vraiment en rajouter ? C'était dégoûtant !

Amaury se leva et se dirigea vers la porte.

— Serai de retour d'ici peu.

Dès l'instant où la porte se referma derrière Amaury, Nina se tourna vers Eddie, le visage sérieux.

— Maintenant, dis-moi ce qui se passe.

— Que veux-tu dire ?

Elle tendit la main vers lui.

— Puis-je me présenter ? Je suis Nina, ta sœur. Et je te connais depuis toujours. Alors, pas de conneries. Tu ne débarques jamais ici à l'improviste. En fait, à moins qu'il n'y ait une réception, je te vois rarement.

— Tu ne t'en es jamais plainte avant. De plus, je ne veux pas m'immiscer dans ton petit nid d'amour.

Nina inclina la tête sur le côté.

— Et je ne m'en plains pas maintenant non plus. J'énonce juste un fait.

Elle marqua une pause et soupira.

— Eddie, je connais ce regard. Quelque chose te tracasse.

Il n'aurait pas dû venir ici. Sa sœur avait une façon de lui soutirer des informations qu'il ne voulait pas partager. Car, comment pourrait-il même entamer une conversation à propos de ce qui s'était passé entre Thomas et lui ? Non, personne ne devrait jamais le découvrir.

— Rien ne me tracasse. J'ai juste voulu vous voir.

— Mmm.

— Quoi ?

Nina replia les jambes sous elle.

— Même enfant, tu étais un très mauvais menteur.

— Qu'est-ce que ça a à voir ?

— Déballe.

Il soupira.

— D'accord. Je suis venu te demander un conseil. Je pensais à me prendre mon propre chez moi, mentit-il.

Nina haussa les sourcils.

— Tu veux dire déménager de chez Thomas ?

— Oui. Je veux dire que je sais me contrôler, maintenant. J'ai appris à manier mes compétences en tant que vampire. Je n'aurai plus besoin d'un mentor.

— Eh bien, cela fait plus d'un an. Tu n'as plus connu d'épisodes d'envie irrépressible de sang, n'est-ce pas ?

Il secoua la tête.

— Non, bien sûr que non. Le truc en bouteille me convient juste bien. Alors, qu'en penses-tu ?

— À propos de quoi ?

— De mon déménagement. D'acquérir mon chez moi. J'ai l'argent.

C'était vrai. Il pouvait certainement se permettre de se louer un endroit décent. Ce qui avait commencé comme un mensonge dans le but d'apaiser sa sœur pouvait juste s'avérer la solution à son problème. Il n'aurait plus à être seul avec Thomas. Ils ne se verraient qu'au boulot. Et même là, il se pourrait qu'il ne le vît pas tout le temps. Ils ne devraient plus toujours faire équipe. Tout particulièrement si Thomas n'était plus son mentor. Peut-être qu'en mettant un peu de distance entre eux, tous deux pourraient préserver leur amitié.

— Veux-tu que je jette un œil pour toi dans les environs pour voir ce qu'il y a ? lui proposa Nina en souriant.

— Ça serait génial, sœurette.

— Tu as un quartier particulier à l'esprit ?

Il haussa les épaules.

— Juste quelque chose au centre. Je ne veux pas vivre dans la cambrousse. Quelque part en ville, pas trop résidentiel. Et pas dans le *Central Poussettes* non plus.

Nina fronça les sourcils.

— Le Central Poussettes ?

— Oui, Noe Valley. Ne me dis pas que tu n'as jamais entendu ce surnom ?

Nina se mit à rire.

— Non. Mais, maintenant que tu en parles, ça convient parfaitement, avec tous ces couples avec des petits enfants qui courent autour. OK alors, je regarderai pour toi. Je suis sûre que nous pouvons te trouver quelque chose de bien et d'abordable.

— Lui trouver quoi ? demanda la voix d'Amaury depuis la porte.

— Un appartement. Eddie veut déménager et vivre seul.

Le regard d'Eddie se heurta à celui d'Amaury.

— Oh. Thomas n'a rien dit à ce sujet.

Eddie déglutit.

— Je ne lui ai pas encore dit.

Et il n'avait aucune idée de comment ou de quand le lui dire. Ce n'était pas une conversation qu'il aspirait à avoir, même s'il savait qu'il devait l'avoir ; bientôt, avant que les choses ne pussent dégénérer. En fin de compte, ce serait ce qu'il y avait de mieux à faire. Ils pourraient tout simplement être collègues et amis, avec une nette frontière entre eux que ni l'un ni l'autre ne franchirait à nouveau.

13

———————

Thomas entra dans la pièce dépourvue de fenêtres et l'observa. Rien n'avait changé. Elle était meublée d'à peine quelques bancs, une étagère avec diverses cordes et chaînes, plusieurs fouets, cannes et d'autres outils destinés à la flagellation. La plupart d'entre eux lui appartenaient, et il les stockait dans une pièce de son sous-sol qu'il utilisait pour des jeux sexuels avec ses différents partenaires. Le bondage sauvage et l'auto-flagellation avaient fait partie de sa routine mais, depuis qu'Eddie avait emménagé chez lui, il avait à peine fréquenté cette pièce. Certainement pas pour des jeux sexuels avec d'autres hommes. À l'occasion, il l'avait utilisée pour se flageller à chaque fois qu'il avait senti l'émergence de son obscur pouvoir. Il l'avait réprimé et contrôlé en utilisant un fouet en cuir généralement composé de cordes dotées d'un nœud en leur extrémité, le même genre d'outils que les membres de l'Opus Dei utilisaient durant la prière privée. Sauf qu'il ne priait pas.

Et ce soir, il avait besoin de quelque chose de plus que la simple flagellation qu'il pouvait s'administrer lui-même. Il lui fallait une main plus ferme qui serait capable de dompter son sombre pouvoir.

Thomas se dirigea vers l'évier situé dans un coin et ôta sa veste, la laissant tomber sur la chaise adjacente. Lorsqu'il se passa le tee-shirt par-dessus la tête, il put nettement voir les profondes entailles que ses griffes avaient laissées sur son ventre. Elles n'avaient pas encore guéri, et ce ne serait le cas que lorsqu'il aurait pris quelques heures de sommeil réparateur et suffisamment de sang humain bien frais.

Il déboutonna son pantalon en cuir et baissa la tirette. Balançant ses bottes et ses chaussettes, il se retrouva nu. Son sexe était à moitié en érection, réaction à l'odeur de la semence d'Eddie toujours présente sur ses mains. Quoiqu'il eût couru à la maison pour prendre sa moto et eût, dès lors, l'opportunité de se laver s'il l'avait voulu, il ne s'était même pas nettoyé les mains et les avait tout simplement essuyées sur son t-shirt.

Thomas regarda fixement l'évier. À présent, il pouvait se les laver et rendre ceci plus facile pour lui en ne se voyant pas constamment rappeler ce qu'il ne pouvait pas avoir. Mais il n'avait jamais été homme à emprunter le chemin le plus facile quand il pouvait en choisir un plus difficile. Cela faisait-il de lui un masochiste ?

Le miroir brisé ne lui donna aucune réponse. Celui-ci ne reflétait rien.

Lentement, Thomas se retourna et se dirigea vers l'étagère. Elle était de construction simple, avec plusieurs barres ancrées au sol et s'élevant jusqu'au plafond. Sur une barre transversale, plusieurs bracelets en cuir étaient suspendus. Thomas tendit les mains, les glissa dans les boucles et tira vers le bas de sorte à les resserrer autour de ses poignets. Quoique la force propre à son espèce pût lui permettre de s'en libérer, il aimait l'illusion d'être attaché et de se sentir impuissant.

Tout cela l'aidait à leurrer le sombre pouvoir et à le soumettre. Celui-ci ressentait tout ce que son corps ressentait. Si Thomas souffrait et se sentait à la merci de son bourreau, il en était de même pour l'obscur pouvoir en lui. Ce dernier croirait qu'il n'était pas aussi puissant qu'il ne l'était et battrait en retraite, de peur d'être anéanti. Aussi longtemps que Thomas pouvait feindre d'être impuissant, il avait une chance de vaincre le diable qui l'habitait. C'était la raison pour laquelle il aimait jouer au partenaire soumis, mais il était tout sauf cela. À chaque fois que son côté dominant émergeait, son sombre pouvoir apparaissait en même temps et faisait surface, tout comme il avait fait un peu plus tôt.

Sa vraie nature était d'être dominant et fort. Kasper avait vu cela en lui. Voilà pourquoi il l'avait choisi et lui avait donné son sang. Du sang pourri jusqu'à la moelle. Du sang qui l'amenait à vouloir faire de terribles choses.

Cette nature, il l'avait combattue chaque jour de sa vie depuis qu'il avait quitté Kasper. À l'époque, il avait pensé qu'une fois qu'il se serait soustrait à l'influence de son mentor, la soif du pouvoir se serait calmée. Mais il avait eu tort. Elle était toujours là, lui parcourant le corps tel un courant sous-marin, tel un contre-courant que personne ne remarquait jusqu'à ce qu'il fût trop tard.

Thomas écarta les jambes et concentra son regard sur le mur d'en face. Il prit de profondes inspirations, se préparant à ce qui allait arriver. Son rythme cardiaque ralentit. Le temps que la porte s'ouvrît quelques minutes plus tard, il était redevenu complètement calme et se tenait prêt.

Des pas s'approchèrent. Il ne se retourna pas, ne désirant pas voir l'homme qui allait lui donner sa punition. Lorsque ce serait terminé, il effacerait la mémoire de l'individu de sorte que personne ne pût découvrir ce qui s'était passé ici. Il l'avait fait plusieurs fois par le passé et, ce soir, ce ne serait pas la dernière.

— Le fouet en cuir.

Thomas donna simplement ses instructions. C'était un instrument avec neuf longues lanières en cuir. Le cuir le plus rêche avait été utilisé pour le façonner. C'était ce dont il avait besoin, ce soir.

L'homme ne répondit pas, mais Thomas l'entendit prendre un des outils au mur avant de s'approcher.

Les paumes de Thomas se resserrèrent autour des sangles. Simultanément, il serra les dents et se prépara.

Sans le moindre avertissement, le premier coup lui fouetta le dos nu. La douleur irradia à travers tout son corps, le faisant involontairement crier. Il aspira rapidement de l'air, mais aucun soulagement n'était en vue : le second coup de fouet suivit instantanément. Puis un troisième, et un quatrième. Sa peau se déchira, et il sentit l'odeur du sang qui commençait à suinter des plaies ouvertes. Cette odeur se mélangea à celle de l'humain qui le flagellait avec une infaillible précision.

Thomas sentit l'obscur pouvoir qu'il avait en lui désireux de lutter contre son agresseur. Il grinça des dents.

— Plus fort ! ordonna-t-il à l'étranger.

L'homme s'y conforma, sans un mot, fouettant ainsi le dos de Thomas avec, à présent, encore plus de férocité.

— Oui ! cria-t-il. Il vaincrait le sombre pouvoir. Il gagnerait cette bataille. Il le devait. Perdre n'était pas une option. Perdre signifiait la destruction.

Tandis que la douleur devenait plus vive et plus intense, Thomas essaya de séparer son esprit de son corps. Il focalisa son attention sur le mur face à lui, comme s'il voulait y forer des trous. Chaque coup de fouet tentait de lui faire faire marche arrière et de lui faire perdre sa concentration. Chaque décharge de cette cuisante douleur qui le percutait dans tout le corps lui démangeait les gencives. Avides d'une violente morsure, ses canines le suppliaient d'être libérées. Elles voulaient se loger dans l'homme qui le flagellait afin de le punir, de le détruire. Mais il combattit cette envie pressante de lui faire du mal.

En lieu et place, il se concentra de nouveau sur le mur totalement vide. Il prit une inspiration, mais l'odeur qu'il perçut fut celle d'Eddie. Elle était toujours là, en train de le tourmenter. Il ferma les yeux et, soudain, chaque coup de fouet ressembla à une caresse prodiguée par les mains d'Eddie. Comme si ce dernier lui caressait le dos.

— Plus bas ! ordonna-t-il. Et son esprit proféra un second ordre à l'homme. *Plus doucement.*

Le fouet se déplaça plus bas, les bandes en cuir lui fouettant le derrière. Cette fois, il ne ressentit pas la douleur. Il ressentit un ferme toucher, le toucher des mains d'Eddie sur lui. Ses doigts lui parcourant les fesses en glissant vers le bas, le caressant.

— Oui, cria Thomas.

Chaque lanière de cuir était ressentie tel un doigt glissant doucement sur son derrière. Lorsqu'une d'entre elles se logea dans la raie, Thomas gémit de plaisir. Aspirant à la libération, son sexe se durcit et se recourba sur l'abdomen.

— Encore, supplia-t-il. Encore !

Le fouet n'eut de cesse de lui toucher le derrière, et son esprit créa la sensation des mains d'Eddie en train de le caresser avec davantage de passion, de détermination. Il ressentit à nouveau la pression entre ses fesses. Et, à nouveau, il cria. Se penchant en avant autant que les entraves autour de ses poignets le lui permettaient, il offrit son postérieur de sorte à être flagellé encore plus intensivement.

Au coup suivant, ses canines s'allongèrent, et une salve de désir l'envahit. Le fouet le flagella à nouveau et, cette fois, ce dernier ne toucha pas uniquement la raie de ses fesses sur toute sa longueur, mais il toucha également ses testicules, envoyant ainsi une décharge électrique directement dans son membre. Ses testicules remontèrent et se contractèrent.

Il ouvrit brusquement les yeux. Bordel ! Il allait jouir.

L'homme qui le fouettait changea alors d'angle, ne claquant plus le fouet par le haut, mais bien par le bas, heurtant à nouveau les testicules de Thomas. La vision de celui-ci se brouilla. Sans y penser, il libéra une main de ses entraves et agrippa son sexe. De cette même main avec laquelle il avait procuré du plaisir à Eddie, il se masturbait à présent, tirant brusquement sur son sexe, de haut en bas, à la vitesse du vampire, tandis que la flagellation se poursuivait.

Il ferma les yeux et, une fois de plus, imagina que les lanières de cuir qui lui fouettaient le derrière et glissaient dans la raie étaient les doigts caressants d'Eddie qui le pénétraient afin de l'explorer.

Tout en gémissant, il explosa, envoyant sa semence sur son ventre et la laissant couler sur sa main. Il n'avait pas prévu ceci. C'était supposé n'être qu'une simple séance de flagellation. Qu'il fût si excité au point de ne pas être capable de se retenir, de se masturber face à un étranger en train de le flageller, n'avait pas fait partie du plan. Il ne pouvait que blâmer son besoin sans cesse grandissant d'Eddie. Il devait faire quelque chose pour stopper ça.

14

—————

Thomas ferma la porte derrière lui et fit un pas dans la rue. Il avait effacé la mémoire du gars et s'était habillé à toute vitesse. Des croûtes de sang s'étaient formées sur ses blessures, mais la douleur était encore fraîche. Son derrière lui faisait un mal de chien, mais cela en avait valu la peine. Il n'avait jamais joui aussi fort et aussi rapidement. Il ne lui avait fallu que quelques mouvements de sa propre main avant de parvenir à l'orgasme. Eddie représentait le fantasme le plus puissant qu'il eût jamais connu.

Ces derniers jours, il lui en fallait peu pour l'exciter. Penser à Eddie suffisait, et il devenait dès lors aussi dur qu'un pied-de-biche. Chaque soir, la première chose qu'il faisait après s'être réveillé était de sauter sous la douche et de se masturber en se laissant aller aux fantasmes d'Eddie et lui en train de faire l'amour. Et chaque jour, lorsqu'il allait se coucher, il s'allongeait dans le lit, la main autour de son érection, imaginant Eddie qui l'observait, nu, face à lui. Et ensuite, il se le représentait en train de s'abaisser sur le lit, enfouir sa tête entre ses jambes et le sucer. Chaque jour, il s'endormait sur cette image.

À présent, il disposait de davantage de détails à ajouter à ses fantasmes : il savait à quoi ressemblait le sexe d'Eddie, de quelle façon son corps se mouvait, de la manière si passionnelle dont il s'était fourré dans sa main, comme s'il avait été sincère. Et maintenant, il savait comment le jeune homme embrassait. Quel goût avait sa langue et à quel point ses lèvres étaient douces. Il l'avait senti frissonner dans ses bras lorsqu'il lui avait léché les canines. Cela avait été la plus douce des victoires. Quoiqu'elle n'eût pas duré longtemps.

Thomas se frotta le menton. Il pouvait encore ressentir le poing d'Eddie venir claquer contre son visage, une vive colère dans les yeux lorsqu'il avait repris ses sens. Il n'était pas gay, avait-il déclaré. Et il l'avait seulement fait afin de duper les quatre vampires à leurs trousses.

Conneries !

Il y avait autre chose. Aucun hétéro n'embrasserait un autre homme de la sorte et ne répondrait à une branlette avec autant d'enthousiasme qu'Eddie ne l'avait fait s'il ne se passait pas autre chose. Il le fallait ! Thomas ne *voulait* pas croire qu'il avait simplement voulu faire semblant. Il voulait espérer qu'il y avait plus que cela entre eux.

Thomas arriva près de sa moto et sortit la clé de sa poche.

— Ça t'a aidé ? demanda une voix masculine à l'arrière.

Thomas pivota et dévisagea la sombre silhouette qui émergeait de l'ombre du bâtiment adjacent. L'homme était habillé en vêtements foncés, lesquels semblaient ordinaires, quoiqu'onéreux. Ses cheveux étaient coupés courts, le visage impassible et quelque peu pâle. L'homme était indubitablement un vampire, un qu'il n'avait jamais vu. Le sombre pouvoir tourbillonnait autour de lui, se mélangeant à son aura. Il était faible, mais néanmoins présent. Thomas reconnut immédiatement sa signature.

Mais il n'avait nullement l'intention d'engager la conversation avec le vampire porteur du sang de Kasper.

— Je ne sais pas ce que tu veux dire.

Un sourire nonchalant se forma autour des lèvres de l'étranger.

— Oh, on a tous essayé, et finalement cédé. Ça ne marche pas. Pas pour longtemps, de toute façon. Le pouvoir est plus fort. Il surgira quand tu t'y attendras le moins.

— Qu'est-ce que tu veux ? aboya Thomas.

— N'était-ce pas évident dans ma lettre ? Je suis désolé, je ne l'ai pas signée. Je suis Xander.

Que la lettre émanât de lui n'était pas une surprise. Seul un des disciples de Kasper pouvait l'avoir écrite. Car eux seuls pouvaient connaître l'obscur pouvoir que le sang de Kasper leur avait apporté à tous.

Thomas serra les dents.

— Essaies-tu de me menacer ?

— Au contraire. J'ai été envoyé pour te demander de nous rejoindre. Tu es l'un de nous, tu ne peux le nier.

— Je ne serai jamais l'un de vous ! hurla Thomas, lequel sentait ses canines s'allonger.

— Tu dis ça maintenant, mais une fois que tu sentiras le pouvoir s'intensifier, tu seras incapable de résister. En toi, son sang est fort, plus fort que chez le reste d'entre nous. Tu étais un de ses premiers.

— J'ai détruit ce pouvoir. Tout comme j'ai détruit Kasper.

Ce qui, techniquement, ne reflétait pas la vérité. Rose avait abattu Kasper, ou Keegan comme il se faisait appeler à l'époque, bien que Thomas l'eût tué si Wesley n'était pas intervenu dans le combat et brisé sa concentration à l'aide d'un sortilège. Mais ceci n'avait pas d'importance. Il avait effectivement provoqué la mort de Kasper.

— Détruit Kasper ? demanda Xander, le visage arborant un air confus. Peu probable.

— Oui, exactement comme je te détruirai si tu ne sors pas de ma vie.

Les yeux de Xander ne firent état d'aucune crainte face à la menace de Thomas.

— Nous sommes nombreux. Il a créé une armée. Chaque jour, il y en a davantage qui arrivent. Ensemble, nous sommes forts. Tu le ressentiras bientôt. Tu es presque aussi fort que lui. Tu peux déjà nous sentir, n'est-ce pas ?

Tentant de nier les affirmations de Xander, même s'il savait que ce dernier avait raison, Thomas secoua la tête. Il pouvait ressentir le pouvoir émanant de son interlocuteur. Et maintenant, il réalisait également qu'il avait certainement dû percevoir une faible dose de celui des quatre vampires qu'il avait rencontrés un peu plus tôt dans la nuit.

— Je suis plus fort que Kasper. Parce que je peux résister au mal qui est en moi. Lui, il ne le pouvait pas.

— Tous les pouvoirs ne sont pas mauvais.

Thomas eut un petit rire dédaigneux. Kasper n'avait pas fait une seule chose dans sa vie qui n'eût été considérée comme mal. Il était pourri jusqu'à la moelle.

— Tu m'en diras tant ! Si tu crois ça, alors tu n'as visiblement pas vu les atrocités que Kasper a commises avec son pouvoir. Tu n'as pas vu la douleur qu'il a infligée, juste parce qu'il le pouvait. Ne me confonds pas avec lui. Je ne lui ressemble en rien.

L'étranger fit un pas vers Thomas.

— Ce que tu crois être ou les mensonges que tu te racontes n'a pas d'importance. Au fil du temps, son sang prendra le dessus. Il te transformera en ce que tu es censé être. Tu accepteras le sombre pouvoir qui est en toi, et tu reviendras vers le trône qu'il a construit.

Les mots de Xander étaient prononcés avec une telle détermination qu'un frisson parcourut la colonne vertébrale de Thomas. Il combattit la sensation de terreur qui tentait de l'engloutir.

— Le trône ? demanda-t-il en expulsant un rire amer. Je ne veux d'aucun trône qui repose sur la mort, la destruction et les larmes de femmes et d'enfants. Je n'en veux aucun morceau.

— Tu n'as pas le choix !

Thomas saisit Xander par la gorge et le claqua si rapidement contre le mur du bâtiment derrière lui que l'étranger n'eut pas le temps de cligner des yeux.

— J'ai le choix. J'ai le libre arbitre. Et je l'exerce. Tu m'entends ? J'ai fait mon choix le jour où j'ai quitté Kasper. Il le savait, mais ne l'a simplement pas accepté.

Il relâcha l'homme et fit un pas en arrière.

— Maintenant, pars. Je ne veux plus jamais te voir dans mon secteur. Aucun de vous. Quitte cette ville, ou je te pourchasserai.

Thomas se retourna à la vitesse du vampire, sauta sur sa moto et s'éloigna à toute vitesse sans se retourner. Il ne ferait jamais les choses que Kasper avait faites. D'horribles choses...

Londres, Angleterre, 1897

Thomas laissa la porte du manoir qu'il partageait avec Kasper et quelques autres se refermer derrière lui, laissant à l'extérieur l'air frais de la nuit. Jeeves, le maître d'hôtel, un homme filiforme au nez tordu, lui ôta la cape des épaules, tandis que Thomas se débarrassait de ses gants et les lançait sur la table du vestibule.

Il était sorti seul, pour se nourrir, Kasper ayant dit qu'il devait s'occuper de quelques affaires.

— Lorsque Maître Kasper reviendra, fais couler un bain dans nos chambres.

Le maître d'hôtel replia la cape sur son avant-bras et s'inclina.

— Mais, Monsieur, Maître Kasper est déjà à la maison.

— Impossible ! Il était en route vers Whitechapel quand je l'ai quitté. Tu dois te tromper.

Jeeves redressa les épaules.

— Maître Kasper nous surprend souvent en apparaissant inopinément. Peut-être a-t-il simplement changé ses plans.

Thomas plissa le front. Le maître d'hôtel avait raison. Kasper avait pour habitude de se montrer quand et où il était le moins attendu. Il semblait être omniprésent. C'était parfois irritant et ébranlant.

— Où est-il, maintenant ? demanda Thomas.

— En bas. Mais il a demandé à ne pas être dérangé.

Thomas se mit hors de lui. Kasper avait-il rendez-vous avec un autre homme ? Bien qu'il fût pleinement conscient que Kasper baisait avec qui il voulait, femme ou homme, la pensée que ces rendez-vous galants avaient lieu sous le toit qu'ils partageaient était quelque chose que Thomas ne pouvait supporter. Ils s'étaient mis d'accord sur le fait que toute fornication externe à leur relation aurait lieu à l'extérieur de leur maison.

Les canines de Thomas s'allongèrent, et un grognement sourd lui déchira les lèvres. Jeeves fit un pas en arrière. L'humain était conscient qu'il travaillait pour des vampires et était, en fait, au service de Kasper depuis plusieurs années, aisément manipulé par le contrôle de l'esprit et de généreux gages. Il était loyal à son maître.

— Qui est avec lui ?

Jeeves baissa les paupières à moitié.

— Personne, Monsieur.

— Tu es plus mauvais menteur que moi, Jeeves, répliqua Thomas en marchant à grands pas vers la porte qui menait au sous-sol du bâtiment.

— Monsieur, s'il vous plaît, le maître... dit-il en appelant Thomas.

Mais ce dernier l'ignora et descendit les marches deux à deux vers la cave.

Ça sentait l'humidité et le moisi. Des lampes électriques avaient été installées tout le long du couloir. C'était une amélioration par rapport aux vielles lampes à pétrole dont il se rappelait et qui équipaient la maison de campagne de son père. Kasper se tenait au courant de la technologie et, à chaque fois qu'une nouvelle invention voyait le jour, il était un des premiers à l'essayer.

Un bruit provint d'une des pièces au bout du couloir, et ses pieds l'en rapprochèrent, sa poitrine se serrant, les poings fermés, la jalousie se diffusant dans ses veines.

Thomas ouvrit brusquement la porte sans frapper. Il flaira instantanément l'humain, mais Kasper ne se nourrissait pas à même un humain, pas plus qu'il n'en baisait un. Le corps tout entier de Thomas se révolta à ce que ses yeux perçurent en une fraction de seconde.

Une femme était attachée à une étagère contre le mur, enceinte, le ventre bien en évidence. Il avait rarement vu des femmes enceintes en société, celles-ci se confinant chez elles dès qu'elles grossissaient mais, à en juger par une amie de la famille qu'il avait vue durant sa retraite, il réalisa, au vu de la taille du ventre de la femme, qu'elle était à quelques semaines, sinon à quelques jours d'accoucher.

Cependant, il réalisa immédiatement que le bébé ne verrait jamais la lumière du jour, pas plus que la femme ne reverrait le soleil briller sur son visage.

Un vampire se tenait devant elle, un couteau dans les mains. Et, à ses côtés, Kasper avait les yeux fixés sur eux deux.

— Tu ne peux pas les avoir tous les deux ! Tu ne peux en sauver qu'un. Choisis ! Soit ta compagne, soit ton enfant !

Thomas se précipita dans la pièce.

— Que faites-vous ?

Kasper fouetta la tête dans sa direction.

— Reste en-dehors de ça, Thomas ! gronda-t-il.

Il plissa ensuite les yeux et se concentra sur le vampire en sa présence.

Thomas vit comme des étincelles de lumière se dégager du corps de Kasper pour venir mitrailler le vampire.

— Non ! hurla Thomas en réalisant que Kasper faisait usage de son esprit pour contrôler l'homme au couteau et le forcer à exécuter sa sombre tâche.

— Il doit être puni ! cria Kasper, son visage se tordant en une affreuse grimace.

Moins d'une heure plus tôt, Kasper avait été d'une humeur excessivement bonne mais, maintenant, plus aucune trace de cette bonne humeur n'était visible. Presque comme s'il avait une double personnalité. Thomas avait commencé à la remarquer de plus en plus souvent. Mais c'était la première fois qu'il distinguait la véritable laideur que Kasper avait en lui, et il recula.

— Qu'a-t-il fait ?

— Il a défié mes ordres ! Maintenant, il va payer !

Kasper se retourna rapidement vers le vampire et le foudroya d'un aveuglant rayon de lumière. Le gars hurla, mais sa main qui tenait le couteau se souleva, et son pied avança vers sa compagne humaine dont les yeux étaient écarquillés de peur.

— Non, hurla-t-elle. S'il te plaît, ne fais pas ça, Georges, ne le laisse pas te faire ça ! Tu es plus fort.

Mais son compagnon avança, le visage tordu de douleur, tandis qu'il tentait de combattre le contrôle que Kasper détenait sur son corps. Il était évident qu'il n'y parvenait pas.

Le couteau trancha le bas du ventre de la femme, ses cris de douleur faisant écho contre les murs de pierre. Thomas en eut l'estomac retourné, et il se rua sur le vampire, tentant, d'un coup de pied, de faire tomber le couteau de sa main. Un autre coup de pied, de Kasper cette fois, dans l'abdomen de Thomas, stoppa net ce dernier.

— Reste en-dehors de ça ! ordonna le maître

— Thomas regarda furieusement son amant.

— Arrête ça, maintenant !

Mais Kasper n'écouta pas. Il visa de nouveau le vampire toujours sous son contrôle et lui envoya une autre décharge de pouvoir mental. À nouveau, l'homme trancha le ventre de sa compagne, sur une plus grande longueur, cette fois. Davantage de sang se répandit au sol, et la femme ne faisait plus que pendre à l'étagère, ses jambes s'étant dérobées sous elle.

Ses cris assourdissaient les oreilles de Thomas, tandis qu'il essayait de faire une nouvelle tentative pour les aider, son bébé et elle. Une décharge de pouvoir le heurta en pleine poitrine et, instinctivement, il résista, concentrant son esprit sur Kasper.

— Enfin ! lui dit Kasper en souriant. Je pensais que tu ne trouverais jamais le pouvoir qui se trouve en toi. N'est-ce pas formidable ? Tu le ressens, n'est-ce pas ?

Oui, Thomas avait ressenti cette force qui sommeillait en lui depuis que Kasper l'avait transformé et lui avait dit qu'il l'aiderait à l'exploiter. Exploiter le sombre pouvoir que son amant lui avait transmis par son sang. Le refusant, il l'avait réprimé. Mais, maintenant, au vu de l'injustice envers un innocent, le pouvoir émergeait.

Kasper se mit à rire et le repoussa à l'aide de sa puissance mentale, le clouant au sol.

— Peut-être que, maintenant, tu me laisseras t'entraîner. Regarde comment on fait !

Kasper posa de nouveau le regard sur le vampire qu'il contrôlait toujours.

— Donc, tu as décidé de sauver ton enfant. Bien...

Kasper désigna le ventre ensanglanté de sa compagne.

— Alors, ôte-le de son corps ! poursuivit-il.

Le vampire obéit à la commande de Kasper, et Thomas observa avec horreur, tandis que l'homme fourrait les mains dans l'utérus de la femme de sorte à y extraire l'enfant. Ce dernier était recouvert de sang, toujours relié au cordon ombilical, mais il était en vie.

— Maintenant, tue-le ! ordonna le maître, tandis que ses doigts mitraillaient la tête du vampire d'une lumière blanche.

Telle une marionnette, le vampire prit son couteau et visa l'enfant. Son visage tordu témoignait d'une lutte évidente : la façon dont il serrait les dents, et le tremblement de son bras, alors qu'il tentait de l'en écarter et qu'une main invisible le dirigeait à la fois toujours plus près de la gorge du bébé.

D'une incision, les pleurs du bébé furent arrêtés, une fraction de seconde après qu'ils eurent commencé. Ensuite, en un bruit sourd mêlé aux gémissements de la mère agonisante, la minuscule tête tomba au sol.

Thomas sentit un frisson aussi froid que la glace lui grimper au dos et se répandre dans tout son corps. Il se releva et regarda fixement Kasper.

— Tu es mauvais, Kasper. Vraiment mauvais. Je n'ai plus rien à faire avec toi !

Kasper expulsa un rire amer.

— Tu n'as pas le choix ! Je t'ai créé ! Tu es juste comme moi ! Tu as le même pouvoir qui coule dans tes veines.

— Je ne veux pas de ce pouvoir ! Je n'ai jamais demandé à l'avoir !

— Aucune importance. Tu l'as, et tu ne peux le rendre.

Thomas secoua la tête.

— Je ne l'utiliserai pas ! affirma-t-il en se retournant et en sortant de la chambre en courant, la voix de Kasper le poursuivant.

— Tu reviendras ! Le pouvoir est plus fort que toi ! Tu ne pourras pas résister à en faire usage.

Tandis que Thomas remontait précipitamment les escaliers avant de rentrer dans sa chambre et de jeter quelques effets personnels dans une valise, l'horreur de ce qu'il avait vu lui glaça le sang. Non, il ne serait jamais comme Kasper. Il préférerait mourir.

15

Thomas déposa la boîte de conserve contenant l'huile usagée de la Ducati sur le bord de l'établi de son garage et se pencha pour ramasser le tournevis, lorsque la terre se mit à trembler sous ses pieds. Instinctivement, ses mains cherchèrent un appui pour se soutenir et surmonter le séisme. Des outils et divers récipients s'entrechoquèrent sur les étagères métalliques tout le long du garage, et la maison gémit, tandis que les ondes du tremblement de terre la faisaient bouger.

Des outils commencèrent à tomber et, en esquivant la chute d'une clé à molette, Thomas heurta du dos le pied de l'établi. La boîte métallique contenant l'huile qu'il venait de déposer bascula. Thomas plongea le plus loin possible, mais ne fut pas assez rapide. Le contenu éclaboussa son tee-shirt et le devant de son jeans.

— Bordel ! siffla-t-il, alors qu'il sentait l'huile imbiber son tee-shirt.

Soudain, la secousse s'arrêta et tout redevint calme. Thomas observa attentivement le garage. Aucun dégât majeur grâce au fait que toutes les étagères étaient fixées au mur et au sol. Il se regarda. Aucun problème mis à part ses vêtements tâchés. Merde, ce truc puait ! Il se releva et se passa instantanément le tee-shirt par-dessus la tête en prenant soin que l'huile ne touchât pas sa tête.

Il le jeta dans le lavabo, ouvrit le robinet tout en faisant sauter le bouton de son pantalon, en abaissa la fermeture éclair et se débarrassa de son jean. Ce dernier rejoignit le tee-shirt dans l'évier, un instant plus tard. Au moins, l'huile n'avait pas encore percé jusqu'à son boxer-short.

Thomas maintint les mains sous l'écoulement de l'eau. Le vieux robinet eut des ratés, et l'eau lui éclaboussa le torse, nettoyant ainsi les gouttes d'huile qui s'étaient infiltrées à travers son tee-shirt. Un bruit provenant des escaliers lui fit fouetter la tête sur le côté.

De longues jambes vêtues de jeans apparurent depuis les escaliers.

— Tout va bien ? Bordel, c'était fort ! Tu en as déjà connu un pareil ?

Eddie apparut juste au moment où Thomas sentait l'eau couler sur sa poitrine et tremper son caleçon. Il était trop tard pour attraper une serviette : en quelques secondes, le doux tissu blanc fut imbibé et pratiquement transparent.

Eddie se figea au pied des escaliers, les yeux courant sur le corps virtuellement dénudé de Thomas. Cela suffit à ce dernier pour bander. Eddie en demeura bouche bée, son regard toujours concentré sur le sexe de Thomas. Sa pomme d'Adam bougea. Un souffle étouffé roula sur ses lèvres.

Thomas sentit davantage de sang pomper dans son membre, éloignant ainsi le tissu de son corps en forme de tente. Du coin de l'œil, il aperçut la serviette qui pendait à côté de l'évier et, pourtant, il ne put se décider à la saisir et en envelopper le bas de son corps.

Telle une statue incapable de bouger, il se figea durant tout le temps où Eddie le fixa du regard, sans prononcer un mot. Il ne voulait pas rompre le charme, car les yeux d'Eddie en train de se délecter de lui faisaient battre frénétiquement son cœur. Il voulait prolonger cette sensation, même s'il n'était pas sûr de ce que c'était : Eddie était-il choqué de le voir à moitié nu dans le garage ? Ou la vue l'excitait-elle ?

Seulement un jour auparavant, il avait menacé Eddie de prendre ce qu'il voudrait si ce denier le touchait à nouveau. Il aurait peut-être dû l'avertir que la même menace serait appliquée s'il le regardait de cette façon. Car, en ce moment, Thomas était prêt à sauter sur lui, à le traîner à l'étage et à lui déchirer les vêtements avant de s'enfouir profondément en lui et le chevaucher jusqu'à ce que tous deux pussent jouir.

Eddie fut celui qui brisa finalement le silence.

— Je vois qu'il n'y a aucun dégât. Je vais aller dormir, alors, poursuivit-il en se retournant vers les escaliers.

Thomas saisit la serviette.

— Il se pourrait qu'il y ait des répliques sismiques. Garde une lampe de poche à côté de ton lit, juste au cas où il y en aurait une plus forte qui arrive.

Eddie opina de la tête.

— Bien sûr.

Il disparut de la vue et, quelques secondes plus tard, la porte menant à l'étage était fermée, laissant Thomas à nouveau seul.

Son sexe lui faisait mal, désireux de sentir le corps d'Eddie, ses mains, sa bouche, son derrière. De n'importe quelle façon qu'il pût l'avoir.

Eddie se précipita dans sa chambre et ferma la porte derrière lui, la respiration lourde. Putain, il n'aurait jamais dû descendre au garage ! Mais lorsque le tremblement de terre avait frappé, certainement un de niveau 5, son inquiétude pour Thomas l'avait amené à y courir, sachant que ce dernier y travaillait sur une de ses motos. Que serait-il arrivé si une de ces lourdes machines était tombée sur lui, ou Dieu l'en gardât, si le SUV avait bougé d'une façon ou d'une autre et l'avait coincé contre un mur ?

Il s'était attendu au pire en se précipitant dans le garage, mais pas à voir Thomas en sous-vêtement. Dans son sous-vêtement presque transparent. Observer son torse humide avait été suffisamment mal comme cela : son mentor avait une poitrine musclée et imberbe pourvue de beaux pectoraux bien saillants, si parfaitement sculptés, que même le David de Michel-Ange n'aurait pu le concurrencer.

Mais le paquet qu'il portait entre les jambes avait amené Eddie à le regarder plus longuement qu'il ne l'aurait dû. Celui-ci avait nettement pu voir son sexe en érection à travers le tissu imbibé. En fait, il l'avait vu grossir devant ses yeux. Le membre de Thomas n'avait eu besoin que de quelques secondes pour se remplir de sang et se recourber vers le haut. Eddie avait toujours soupçonné que Thomas eût un gros sexe ; il l'avait remarqué quand, nonchalamment, il l'avait regardé alors que ce dernier était habillé. Mais voir cette longue et grosse verge à travers le tissu mouillé avait confirmé ses soupçons. Eddie pouvait facilement deviner la raison de l'excitation de Thomas : celui-ci avait aimé le fait qu'il l'eût surpris et dévisagé.

Pendant un instant, une lueur de fierté étincela en lui. *Il* avait fait bander Thomas. Bon sang, il n'avait pas à en être fier ! Il devait plutôt se sentir dégoûté. Aucun hétéro ne devrait se délecter de l'excitation d'un homosexuel à son égard !

Furieux contre lui-même, Eddie se rendit dans sa salle de bains particulière et se prépara à se mettre au lit, tentant de se débarrasser de toute pensée relative à Thomas en se concentrant plutôt sur d'autres choses. Le tremblement de terre. Il ferait mieux de vérifier si les autres allaient bien. En fonction de la localisation de l'épicentre, il pourrait y avoir eu des dégâts dans d'autres parties de la ville. Après tout, la maison de Thomas était érigée sur de la roche et, dès lors, le tremblement devait avoir été moins intense en cet endroit qu'au centre-ville.

Uniquement vêtu de sa culotte de pyjama, Eddie s'assit sur son lit et attrapa le téléphone. Il composa rapidement le numéro.

Il ne fallut que trois sonneries avant qu'une voix féminine ne répondît.

— Eddie, quelque chose ne va pas ?

— Salut sœurette, désolé de déranger, mais je voulais m'assurer que vous alliez bien.

— Euh ? Pourquoi n'irions-nous pas bien ?

— Le tremblement de terre. C'était un puissant. Il y a eu des dégâts chez toi ?

À l'arrière-plan, il entendit la voix d'Amaury.

— *Tremblement de terre ?*

— Oh, c'était un tremblement de terre ? gloussa Nina.

Un profond grognement émana d'Amaury, puis un rire stupide de Nina.

Eddie roula des yeux. Ces deux-là n'avaient même pas senti le tremblement de terre à cause de leurs acrobaties horizontales.

— Est-ce qu'il ne te laisse jamais te reposer ?

— Qui dit qu'elle veut se reposer ? lui provint la voix d'Amaury à travers la ligne. Celle-ci était forte et claire, comme s'il avait pris le téléphone des mains de Nina.

— Oublie que j'ai appelé. Apparemment, mon inquiétude n'est pas la bienvenue.

— Dors bien, Eddie, lui dit Nina, au loin.

La ligne fut alors coupée.

Eddie déposa le cornet. Cela lui apprendrait à ne pas appeler sa sœur pendant la journée, quand Amaury était à la maison. Quoique son possessif compagnon ne fût pas toujours sorti la nuit non plus.

Il s'avérait qu'Amaury passait de plus en plus le temps à la maison avec Nina et de moins en moins à Scanguards. Ces deux-là n'en avaient-ils pas marre l'un de l'autre ?

Glissant sous les couvertures, Eddie secoua la tête. Il tendit la main vers la lampe de chevet et l'éteignit. L'obscurité l'enveloppa, tandis qu'il s'enfonçait dans l'oreiller et fermait les yeux. Il repoussa, visiblement pour toujours, les visions du corps à moitié dénudé de Thomas en train de le narguer. Cependant, il sentit son sexe durcir et, furieux, passa rapidement un doigt sur le gland de sorte à le faire dégonfler. Il ne se masturberait pas face à des images de Thomas. Il ne pouvait autoriser la moindre escalade à sa folie. Que l'avoir embrassé et, maintenant, le voir pratiquement nu, le fissent remettre sa sexualité en cause était déjà suffisamment pénible ; il n'en rajouterait pas une couche en se laissant aller à ses irrépressibles envies. Il devait plutôt combattre ces sensations qui l'habitaient. Elles n'étaient pas justes. Il était probablement confus. Elles passeraient s'il parvenait à les ignorer suffisamment longtemps.

Fatigué par ce combat mental qu'il se livrait, il se laissa apaiser par les craquements de la maison, tandis qu'elle réagissait au contrecoup du tremblement de terre. Il se blottit plus profondément dans l'oreiller, la douceur des draps lui caressant la peau. Un parfum dériva vers lui : terriblement tentant, excitant, alléchant. Si familier, et si interdit : le parfum de Thomas. Une ombre se dirigea vers le lit.

Un air frais souffla ensuite sur lui, tandis que des mains soulevaient le drap de lit et le laissaient là, étendu et nu. Le matelas s'abaissa, et une bouche chaude déposa de doux baisers sur sa poitrine, tandis que de douces mains le caressaient. Chaque caresse était prodiguée plus vers le bas, jusqu'à ce que les mains atteignissent la culotte de pyjama. Des doigts défirent le nœud de la corde, tirèrent sur le tissu et le baissèrent sous les hanches.

Sans y penser, Eddie souleva son derrière pour aider l'autre à le débarrasser de son vêtement. Un léger souffle se fit entendre lorsque celui-ci tomba sur le parquet. Les mains de Thomas se trouvaient sur ses cuisses et les écartaient, de sorte à pouvoir glisser entre elles et s'y installer. Nu.

Silencieusement, la tête de Thomas s'abaissa vers le bas-ventre d'Eddie. Il savait ce que son mentor y trouverait : un sexe plus dur qu'il ne l'avait jamais été. Il était aussi désireux que quiconque de sentir les lèvres de Thomas sur lui. Son pouls accéléra tant il était impatient, et de minuscules gouttes de sueur se formèrent sur son front et son cou. Sa poitrine se souleva, tandis que le désir qu'il avait tenté de réprimer refaisait finalement surface.

Comme si Thomas avait attendu après ceci, ses lèvres s'enroulèrent finalement autour du bout du sexe d'Eddie et, lentement et minutieusement, glissèrent jusque la base. Eddie se retrouva englouti dans une chaleur humide qui menaçait de le consumer. Un gémissement s'échappa de ses lèvres, tandis qu'il se soulevait et poussait plus profondément dans la bouche de Thomas. Il n'avait jamais rien éprouvé d'aussi bon. Si intense. Si chaud.

Des mains le pressèrent à amener les jambes par-dessus les épaules de son amant. Cela l'écarta davantage, exposant pleinement ses testicules si sensibles. Des paumes de mains bien chaudes enrobèrent ses bourses, les pressèrent doucement pendant que la tête de son amant s'agitait de haut en bas, en train de le sucer en un rythme régulier.

Il ne pouvait s'empêcher d'imiter les mouvements de Thomas et de pousser en sens contraire à lui, baisant sa bouche comme si sa vie en dépendait. Sous le couvert de l'obscurité, il pouvait se permettre de s'abandonner au toucher de son amant, à ses lèvres et à sa bouche. Simplement se laisser aller au plaisir que Thomas lui prodiguait. Il ne devrait pas éprouver ce plaisir. Et pourtant, c'était le cas.

L'aguichante langue de Thomas le léchait, et sa bouche le suçait avec une pression si parfaite qu'il ne put résister au besoin de le stimuler, de le féliciter en le laissant entendre les gémissements et les soupirs qu'il ne pouvait plus contenir.

— Oui, putain, oui ! cria-t-il.

Il poussa son membre plus profondément dans la chaude bouche de Thomas, plus fort et plus rapidement. Il posa les mains sur l'arrière de la tête de son amant de sorte à l'y maintenir à cet endroit, sans qu'il pût s'en échapper. Il mut frénétiquement les hanches vers le haut et vers le bas. Tout ce temps, une main ferme lui pressait les testicules, au même rythme. Ensuite, il sentit un doigt glisser le long de la raie de son derrière, appuyant contre le cercle serré des muscles qui y gardaient la sombre entrée.

Une décharge le foudroya, lui envoyant une intense vague de plaisir à travers le corps. Lorsqu'elle heurta son engin, il ouvrit les yeux, le regard se focalisant sur l'espace entre ses jambes. Sa propre main était enroulée autour de son sexe, un sexe qui faisait gicler du sperme tout chaud dans l'air. Thomas était parti. Non, pas parti : il n'avait jamais été là !

Tout ça n'avait été qu'un rêve. Une éjaculation nocturne. Le rêve le plus érotique qu'il eût jamais fait. Et le plus perturbant, par la même occasion.

Il avait joui en imaginant la bouche de Thomas sur lui, sa main lui tenant les testicules, et un doigt lui frottant l'anus. Et tout cela l'avait excité, même ce doigt contre l'étroite entrée enfouie entre ses fesses. Cela l'avait particulièrement excité. Si excité qu'il avait joui sans prévenir. Affligé, il s'assit et s'essuya la main et l'estomac, tous deux couverts de sperme, au drap de lit avant de le lancer à terre. Quelque chose n'allait pas chez lui. Cela ne pouvait lui arriver : il venait d'avoir des rêves érotiques homosexuels. Cela voulait-il dire qu'il devenait gay ?

Il se passa une main tremblante dans les cheveux. Il devait trouver ce qui n'allait pas chez lui, de manière à pouvoir y remédier.

16

———————

La maison de Samson sur Nob Hill resplendissait de lumière lorsqu'Eddie pénétra dans le vestibule. Delilah ferma la porte derrière lui, Isabelle, son bébé, dans les bras. Éveillée, la petite fille lui adressa un sourire presque édenté. Aucune dent de devant n'avait encore poussé ; toutefois, de minuscules canines pointaient de ses gencives. Isabelle était plus grande et avait le regard plus alerte qu'un bébé humain, comme si elle comprenait bien davantage de choses que les enfants normaux. En tant qu'hybride, mi-vampire et mi-humaine, elle avait les caractéristiques des deux espèces, sans toutefois leurs inconvénients. Elle pouvait demeurer au soleil, mais serait, un jour, aussi forte qu'un vampire.

— Salut Delilah, j'espère que je ne dérange pas, dit-il en saluant l'épouse de Samson.

— Pas du tout. Entre. Je ne t'ai pas vu depuis un moment. Comment était la réception en l'honneur de Haven ? lui demanda Delilah en le précédant dans le salon avant de lui faire signe d'y entrer.

— Ils auraient vraiment dû la donner dans un endroit où Nina et toi auriez pu nous rejoindre. Ainsi qu'Ursula.

— Ne t'inquiète pas pour moi, lui répondit-elle avec un mouvement dédaigneux de la main. Je ne suis pas amatrice de réceptions. De plus, j'aurais dû trouver une baby-sitter pour Isabelle.

Eddie sourit au bébé. C'était une mignonne petite fille, et il était sûr, qu'un jour, elle éconduirait un gars et lui briserait le cœur.

— Je ne pense pas que tu aurais le moindre problème à trouver une garde-enfants. C'est un des bébés les mieux élevés que j'ai rencontrés.

Delilah gloussa.

— Et combien de bébés as-tu rencontrés ?

— Eh bien, quelques-uns, mentit-il.

Delilah roula des yeux.

— De toute façon, mon problème, c'est que je dois trouver un vampire ou un hybride pour la garder. Elle rendrait fou n'importe quel humain dès qu'elle réaliserait qu'elle est plus forte que lui ou elle. N'est-ce pas ? demanda-t-elle à sa fille en lui adressant un regard complice.

Eddie se mit à rire.

— Tout n'est que question de discipline.

— Si un jour, tu deviens père, je te rappellerai ça, d'accord ?

Sa fille et elle se regardèrent droit dans les yeux durant un long moment. Ce fut alors qu'Eddie réalisa qu'elles étaient en train de communiquer par télépathie. Isabelle disposait d'un don spécial qui lui permettait de dire ce qu'elle voulait à sa mère, quoiqu'elle ne pût pas encore prononcer plus que quelques syllabes.

— Excuse-moi, Eddie, mais Isabelle veut son biberon, maintenant.

— Pas de souci. De toute façon, je suis ici pour voir Samson. Il est ici ?

Elle opina de la tête.

— Ne lui amènerais-tu pas Isabelle pendant que je chauffe le biberon ?

Sans attendre la réponse d'Eddie, Delilah lui tendit la fillette.

Isabelle le gratifia d'un regard évaluateur avant de lui sourire et de l'entourer de ses petits bras.

— Elle t'aime bien.

— Moi aussi, je l'aime bien, répliqua-t-il en passant une main sur ses doux cheveux.

— Viens, poursuivit-il, allons voir ce que ton papa est en train de faire.

— Papa, dit la petite.

— C'est juste : papa.

Eddie la porta tout le long du sombre corridor lambrissé vers l'arrière de la maison.

Lorsqu'il atteignit la porte du bureau de Samson, il frappa brièvement et entendit immédiatement la voix de son patron.

— Entre.

Il ouvrit la porte et entra. En les voyant, Samson se leva de son fauteuil à l'arrière de l'imposant bureau et le contourna.

— Hé, Eddie.

Sa voix se transforma ensuite, devenant plus douce et plus enjouée.

—Et quelle belle petite femme m'as-tu amenée, aujourd'hui ? ajouta-t-il.

Quelque chose ressemblant à un gloussement émana des lèvres d'Isabelle, tandis qu'elle s'étirait vers Samson en tendant les bras le plus loin qu'elle le pouvait.

— Papa !

— Hé, poupée ! roucoula-t-il en l'extrayant des bras d'Eddie et en lui déposant un doux baiser sur le front tout en la berçant dans ses bras.

— Elle a beaucoup grandi, remarqua Eddie, se sentant quelque peu gêné face à cet échange de tendresse entre le vampire le plus puissant de San Francisco et sa fille.

Samson regarda vers le haut et sourit.

— Plus vite que je ne le voudrais. Et à ce rythme, elle aura grandi et aura des rencarts avant même que je n'aie eu le temps de cligner des yeux.

— Et elle sera un bourreau des cœurs, spécula Eddie.

— Tu crois que je ne le sais pas ? Je vais devoir les repousser avec un bâton.

Eddie fit un clin d'œil.

— Pas tous. Il y en aura au moins un que tu devras laisser se rapprocher.

— Il ferait mieux d'être un homme bien, dit Samson en feignant de regarder sa fille d'un air sévère. Tu m'entends, ma poupée ? Tu ferais mieux de tomber amoureuse d'un type bien, ou nous aurons un problème.

Isabelle tourna la tête dans le creux du cou de Samson, et Eddie l'entendit claquer ses lèvres.

Samson se mit à rire.

— Et si tu penses que tu vas pouvoir m'apaiser avec un baiser, tu te trompes.

Il se retourna ensuite vers Eddie et poursuivit.

— Alors, quoi de neuf ? Tu voulais me voir ?

Eddie opina de la tête.

— C'est à propos de Luther.

L'expression de Samson se durcit immédiatement.

— Luther ?

— Mon créateur.

— Oh, je sais de qui tu parles. De quoi s'agit-il ? demanda fermement Samson.

— J'ai besoin de le voir.

— Luther est incarcéré.

— Je le sais. Mais il faut quand même que je le voie.

Seul Luther pouvait répondre aux questions qu'il se posait. Des questions auxquelles il avait besoin de trouver des réponses aussi vite que possible. Il ne pouvait attendre.

— Après tout ce qu'il t'a fait, à toi, à ta sœur et à nous tous ?

Eddie remarqua la façon dont Samson serrait davantage Isabelle et comprit ce qui se passait dans son esprit. À cause de Luther, son patron avait presque perdu Delilah, enceinte d'Isabelle à cette époque.

— Malgré tout, je dois lui parler, insista Eddie.

— Pourquoi ?

— J'ai peur que ce ne soit entre mon créateur et moi. C'est privé.

Samson haussa un sourcil et demeura silencieux, comme s'il réservait prudemment sa réponse.

— As-tu des problèmes ?

— Il y a des choses que je dois clarifier.

— Tu as un mentor très capable. Je suis certain qu'il peut t'aider. Thomas est là depuis longtemps. Il sait tout ce qu'il y a à savoir. Tu peux—

— Non. C'est entre Luther et moi.

Thomas était la dernière personne à qui il pouvait parler de ça.

— Comme tu veux. Je parlerai au conseil et demanderai que tu puisses lui rendre visite. Je ne peux te promettre qu'elle te sera accordée. Si je savais de quoi il s'agit, tu aurais une meilleure chance d'influencer le conseil.

Eddie évita le regard de son patron et se concentra plutôt sur ses chaussures.

— S'il te plaît, demande-leur simplement. C'est important.

Lorsqu'il releva les yeux, il rencontra ceux de Samson.

— Bien, je vais m'en occuper.

— Merci, j'apprécie. Vraiment.

Il se retourna ensuite et se dirigea vers la porte.

— Eddie, s'il y a quoi que ce soit que je puisse faire pour t'aider, tu viendras me trouver, n'est-ce pas ?

Eddie posa la main sur la poignée de la porte et regarda par-dessus son épaule.

— C'est quelque chose pour lequel tu ne peux pas m'aider, Samson.

Il tourna la poignée et quitta le bureau au son de ses bottes faisant écho dans le couloir, tandis qu'elles martelaient le parquet.

17

Au quartier général de Scanguards, assis à son bureau, Thomas releva la tête et s'étira. Il avait entré dans le système informatique les profils des quatre vampires qu'il avait vus la nuit où il était sorti patrouiller avec Eddie, de sorte à ce que chaque vampire de Scanguards pût les voir. Il les avait décrits du mieux qu'il l'avait pu. Si quelqu'un d'autre devait les rencontrer par hasard, il serait sur ses gardes et pourrait agir.

Après avoir accompli cette tâche, il avait recherché l'acte notarié du magasin de Al, mais n'avait trouvé que celui datant d'une vingtaine d'années auparavant, lorsque Al avait été le premier à acheter l'endroit. S'il existait un nouvel acte, alors, il n'avait pas encore été téléchargé dans le système informatique de l'Enregistrement. Il se trouvait, plus que probablement, dans la boîte de réception d'un employé en vue d'être scanné.

Cela valait-il la peine d'entrer par effraction dans l'hôtel de ville pour fouiller dans les fichiers papiers ? Ou devrait-il envoyer un employé humain durant la journée afin de solliciter une copie de l'acte ? Cette dernière suggestion était probablement plus prudente. Le service de sécurité étant devenu plus strict que jamais après que la Cour Suprême eût ouvert la voie aux mariages gays en Californie et que des affrontements en eussent résulté entre les partisans et les opposants au mariage homosexuel, une effraction s'avérait le dernier recours.

Thomas écrivit un email invitant un employé à se procurer une copie de l'acte et envoya son ordre à l'unité centrale d'expédition de Scanguards. Il repoussa ensuite son fauteuil et reposa ses pieds sur le bureau, fixant le plafond. Cette pose de relaxation fut interrompue par un coup à la porte.

— Entre.

La porte s'ouvrit, et Cain passa la tête à l'intérieur.

— Hé ! Tu as une minute ?

Thomas désigna la chaise placée devant son bureau et ôta ses bottes du bureau.

— Que puis-je faire pour toi ?

— J'ai vu les profils que tu as téléchargés.

Thomas se redressa directement.

— Tu as rencontré ces types ?

— Je ne peux en être sûr à cent pour cent. Mais j'ai vu quatre vampires, ce soir. Je n'ai vu que la mise à jour du système quand je suis rentré il y a quelques minutes. Est-ce que tu as une meilleure description de ces types ?

Merde ! Thomas sentit un sentiment de contrariété déferler en lui. À cause de ce qui s'était passé avec Eddie, plus tard cette nuit-là et, ensuite, de la rencontre avec un des disciples de Kasper, il n'avait pas rapporté l'incident plus tôt. Il avait foiré.

— Non, malheureusement. J'ai dû faire attention à ne pas être remarqué et n'ai pu que les apercevoir. Mais je les ai entendus parler. Je pourrais probablement reconnaître leurs voix. Où les as-tu vus ?

— Je les ai vus entrer dans la grande librairie de Sergio.

— Il y a combien de temps ?

— À peu près une demi-heure.

Thomas sauta de son siège et attrapa sa veste.

— Ils t'ont vu ?

— Non. Nous ne sommes pas entrés. De plus, ils n'ont rien fait de suspect. Nous les avons vus passer les piles de livres en revue.

— Allons-y. Avec un peu de chance, il se peut qu'ils soient toujours là.

Il hésita un instant.

— Avec qui patrouillais-tu ? poursuivit-il.

— Oliver.

— Où est-il, maintenant ?

— Notre garde était finie ; il a dit qu'il rentrait chez lui.

— L'as-tu réellement vu partir ?

Lentement, Cain secoua la tête, fronçant les sourcils.

— Tu ne penses pas qu'il ferait quelque chose de stupide ? Comme jouer au héro ?

Il ne le pensait pas, mais il valait mieux vérifier. Thomas sortit son portable de sa poche tout en quittant son bureau à toute vitesse, Cain sur les talons. Près de l'ascenseur, les sonneries retentirent. Il se précipita à l'intérieur, Cain toujours derrière lui, et appuya sur le bouton du lobby.

Oliver répondit au téléphone.

— Thomas ?

— Où es-tu ?

— Je rentre à la maison.

Un sentiment de soulagement envahit Thomas.

— Changement de plans. Retourne à la libraire de Sergio. Mais assure-toi de ne pas être vu par les quatre vampires qui y sont entrés. Attends-nous, Cain et moi. Nous serons là dans dix minutes.

Au rez-de-chaussée, les portes de l'ascenseur s'ouvrirent. Thomas et Cain traversèrent le lobby et sortirent du bâtiment.

— Ne devrions-nous pas demander du renfort ? demanda Cain.

— Appelle le central.

Il regarda en direction de sa moto qui était garée en face du bâtiment et s'adressa ensuite à Cain.

— Où est ta voiture ?

— Je suis à pied.

Thomas lui fit signe de le suivre vers sa moto.

— Monte. On ira plus vite ainsi.

Il décrocha le casque de l'arrière de sa moto et le tendit à Cain, lequel oscilla la tête.

— Prends-le, dit Cain.

Thomas mit son casque et monta sur son engin. Le moteur vrombit, et Cain se glissa derrière lui.

— Tiens-toi bien.

Cain enroula un bras autour de la taille de Thomas, et la moto s'infiltra dans le trafic et dévala la rue très fréquentée. Au carrefour suivant, la machine tourna à droite et se dirigea vers North Beach, là où se trouvait la librairie de Sergio. Thomas entendit Cain pendu à son portable, en train d'appeler le central de Scanguards afin de demander du renfort. Ce dernier rangea ensuite son téléphone et enroula également l'autre bras autour de sa taille.

Il était rare qu'il transportât quelqu'un sur sa moto, mais cela ne le dérangea pas. Pas plus qu'il n'éprouvât aucune sorte de désir ou d'excitation au contact des cuisses de Cain serrées contre les siennes et de ses bras lui étreignant l'abdomen. Il appréciait Cain en tant que personne, mais c'était tout.

Thomas serpenta à travers le trafic, esquivant les voitures et les bicyclettes, évitant les bus et les taxis sans cligner des yeux. Conduire une moto était comme une seconde nature chez lui. Il pouvait pratiquement le faire en dormant. Il se pencha très bas dans le virage suivant, inclinant ainsi l'engin à presque quarante-cinq degrés.

— J'espère que tu sais ce que tu fais, dit Cain à l'arrière. Je détesterais atterrir sur le cul.

— Ça ne t'arrivera pas. Promis.

Un sourire involontaire se déroba des lèvres de Thomas. Si Eddie était sur la moto avec lui, il se délecterait de l'excitation de la conduite, et au plus elle serait rapide et dangereuse, et mieux ce serait.

Lorsqu'il bifurqua au bloc d'immeubles suivant, là où se situait la grande librairie de Sergio, une petite rue étroite près de l'avenue Columbus, il ralentit et roula au pas afin de chercher un endroit commode où se garer. Il s'arrêta devant un tripot. Cain sauta de la moto, et Thomas la gara avant d'observer attentivement les environs.

Un rire rauque provint de la porte ouverte d'un bar, et Thomas aperçut Oliver émerger de l'entrée du bâtiment situé à côté de celui-ci.

— Que se passe-t-il ? demanda Oliver en les rejoignant.

— Les quatre vampires que tu as vus tout à l'heure, je les ai vus l'autre nuit. Ils parlaient d'une prise de contrôle. Et de quelques plans. D'un grand patron. Je n'ai pas aimé ce que ça sous-entendait.

— Allons vérifier.

Oliver semblait désireux d'un peu d'action.

— S'ils sont toujours là, interrompit Cain.

— Il y a une façon de le découvrir. Attendez les renforts ici, dit Thomas.

Il traversa la rue et utilisa les arbres et les voitures en stationnement pour demeurer hors de vue.

Le magasin semblait fermé, à ce qu'en indiquait l'enseigne sur la porte, mais une faible lueur provenait de l'arrière, là où se situaient le bureau et la réserve. Entre deux voitures, la tête baissée, Thomas braqua les yeux sur la lumière et se concentra dessus. Une porte à l'arrière semblait entrebâillée, quoiqu'il ne vît aucun mouvement.

Demeurant penché, il fit quelques pas en avant en direction de l'entrée de la libraire et tendit la main vers la poignée de porte. Il tenta de la pousser et, à sa surprise, la trouva déverrouillée. L'ouvrant délicatement de quelques centimètres, il scruta la pièce plongée dans l'obscurité. Le magasin était assez grand. Il y avait six ou sept rangées de livres empilés sur une hauteur de deux mètres, de confortables places assises dans un coin pour que les gens pussent les feuilleter, et la caisse enregistreuse vers le centre de la pièce. L'odeur des livres dériva vers lui. Cela lui rappela la libraire que son père tenait dans sa vieille maison, en Angleterre. Il ferma les yeux pendant un instant et inhala plus profondément.

Choqué, il vacilla et faillit perdre l'équilibre.

Bordel !

Il se retourna et fit signe à Cain et Oliver d'approcher. Immédiatement, ils obéirent à son ordre et le rejoignirent à l'entrée au moment où il se redressait de toute sa hauteur. Il n'y avait à présent plus aucune raison de se cacher. Thomas savait que les vampires étaient partis.

Lorsqu'il entrebâilla davantage la porte et pénétra dans la pièce, Cain et Oliver le suivirent. L'odeur s'intensifia, mais ce n'était pas celle des livres et du papier.

— Oh, merde ! s'exclama Oliver.

— Les bâtards, dit Cain.

Thomas ouvrit la porte qui donnait à l'arrière, et l'odeur du sang humain l'assaillit. Attachée à une chaise renversée, une femme était étendue dans une flaque de son propre sang. Elle était enceinte, et son ventre était criblé de coups de couteaux.

Thomas tomba à genoux à côté d'elle et lui caressa son ventre rond, les yeux recherchant, avec incrédulité, ceux de ses collègues. Il la reconnaissait. Il l'avait rencontrée une ou deux fois.

— C'est la compagne de sang-mêlé de Sergio.

— Qui ferait une chose pareille ? s'exclama Oliver.

— Là, répondit Cain en désignant un endroit au sol, quelques mètres plus loin.

Thomas se retourna pour regarder et remarqua la fine couche de cendres recouvrant le sol. En son centre, se trouvaient quelques pièces, une alliance et des clés, choses qui demeuraient là lorsqu'un vampire voyait arriver sa fin.

— Quelqu'un a poignardé son compagnon, devina Cain.

— Et ensuite, ils l'ont tuée avec son bébé, ajouta Oliver.

Un son à peine perceptible émana de la femme étendue à terre. Thomas la fixa du regard.

— Silence ! ordonna-t-il à ses collègues avant d'écouter attentivement.

Un pouls ! Il n'était pas trop tard.

— Faites venir Maya ! Maintenant !

Tandis qu'Oliver composait le numéro à toute vitesse sur son portable, Thomas se pencha sur la femme, la délia et l'aida à se coucher à plat sur le sol.

— Nous sommes là. Nous allons prendre soin de toi, lui murmura-t-il.

Il perçut un souffle sur sa joue.

— Mon bébé.

Elle tenta de soulever une main, mais celle-ci retomba.

Thomas posa une main sur les blessures de son ventre de manière à tenter d'arrêter le saignement.

— Nous ferons tout ce que nous pourrons. Tu m'entends. Tiens bon.

Il se retourna ensuite vers Oliver, lequel avait terminé son appel.

— Combien de temps ? lui demanda-t-il.

— Elle n'est pas loin. Cinq minutes, dix tout au plus.

— Mon bébé, gémit à nouveau la femme. Sauvez mon bébé.

Thomas baissa la tête sur le ventre de la femme et écouta, les mains toujours sur elle. Tout ce qu'il pouvait entendre, c'était la faible et irrégulière respiration de la blessée. Rien d'autre. Il ferma les yeux, tentant de repousser la douleur qui l'envahissait. Ce soir, un innocent était mort. Si seulement il avait établi le signalement des quatre types plus tôt, peut-être que ceci aurait pu être évité.

Quelque chose cogna contre sa main. Il ouvrit les yeux. Il était là, à nouveau, un minuscule mouvement : un battement de cœur. Faible, mais il était là.

— Le bébé est vivant ! dit-il en se tournant vers Cain et Oliver. Faites une pression sur les autres blessures ; nous devons essayer d'arrêter l'hémorragie, ou nous les perdrons tous les deux.

Cain et Oliver s'exécutèrent, chacun d'entre eux pressant les mains sur les blessures béantes du torse et du cou de la mourante.

— Donnez-lui du sang, ordonna Thomas.

Oliver amena son poignet à sa bouche et le mordit. Du sang s'écoula instantanément des deux piqûres faites par ses canines. Il plaça rapidement la blessure ouverte près de la bouche de la femme, mais celle-ci détourna la tête.

— Bois ! la pressa-t-il.

Une larme coula le long de la joue de la victime.

— Sergio.

Sa voix se brisa.

— ... l'ont fait regarder...

Un gargouillis émana de sa gorge.

— ... l'ont fait choisir.

Horrifié, Thomas ferma les yeux. Les souvenirs de son passé lui revinrent précipitamment : il avait vu pareille scène par le passé, celle où un vampire avait été forcé de choisir entre son enfant et sa compagne. Et les avait ensuite perdus tous les deux. Thomas n'avait jamais connu qu'une seule personne aussi cruelle et si insensible pour faire une telle chose. Une personne qui était morte. Mais sa signature était toujours intacte. Intacte parmi ses disciples. Et ils essayaient de lui adresser un message.

Les secondes passèrent jusqu'au moment où il réalisa qu'il n'aurait rien pu faire pour empêcher cela. Ils avaient planifié ceci depuis le début : lui montrer l'ampleur de leur pouvoir et jusqu'où ils iraient pour lui faire comprendre que leur proposition de les rejoindre n'était pas une proposition, mais bien un ordre : *rejoins-nous, ou quelqu'un que tu connais mourra.*

— Fais-la boire, ordonna-t-il à nouveau à Oliver mais, autant son ami s'y évertuait, autant la femme s'y refusait.

— Fais-le pour ton enfant si ce n'est pour toi. Si tu meurs avant que nous puissions sortir ton bébé, il mourra également, la pria Thomas. S'il te plaît !

La femme le dévisagea. L'avait-elle entendu ? L'écouterait-elle ?

18

Maya arriva au moment même où Eddie et Gabriel se précipitaient dans le bureau de la librairie. Choquée, elle observa durant une seconde la scène qui se déroulait devant elle et se mit ensuite à l'œuvre, se laissant tomber à genoux à côté de la femme.

— Peux-tu sentir le pouls du bébé ?

Thomas opina de la tête.

— Il s'affaiblit. Il est probable que le couteau ait également touché le fœtus, murmura-t-il en désignant les coups de couteau sur le ventre de la victime tout en se penchant plus près de Maya, de sorte que la compagne de Sergio ne pût l'entendre.

Si elle pensait que son bébé ne s'en sortirait pas, elle abandonnerait probablement immédiatement tout désir de vivre.

Maya se pencha au-dessus de la femme et plaça deux doigts sur son cou afin de prendre son pouls.

— Est-ce que quelqu'un lui a donné du sang de vampire ?

— Oliver. Mais elle n'en a pas bu beaucoup.

Maya le gratifia d'un regard grave.

— Nous allons devoir la transformer pour la sauver. Ses blessures sont trop graves. Nous ne pouvons pas la guérir.

— Je craignais que tu ne dises ça. J'ai pensé la même chose.

Thomas regarda à nouveau le visage de la femme et se souvint finalement de son nom : Helen. Ses yeux étaient à présent clos.

— Je dois d'abord sortir le bébé. Si nous la transformons avec le bébé toujours en elle, il mourra, poursuivit Maya.

— Que puis-je faire ?

Maya prit son sac et fouilla à l'intérieur.

— Je n'ai pas de scalpel, et on n'a pas le temps d'aller en chercher un à mon cabinet. J'ai besoin d'un couteau.

— Tu vas faire une césarienne ?

Thomas sentit un frisson le parcourir. Sans anesthésie, la souffrance d'Helen serait insupportable.

— On ne peut pas sortir le bébé par le canal utérin. Ça sera trop long. Elle n'a pas ce temps, ajouta-t-elle en jetant un œil au visage d'Helen.

Thomas sortit le couteau en argent de sa botte et le tendit prudemment à Maya de sorte qu'elle ne touchât pas la lame. Il remarqua à quel point elle déglutit difficilement, la main tremblante. De la paume de la main, il enveloppa celle de Maya, laquelle saisissait le couteau et le serrait.

— Si quelqu'un peut le faire, c'est toi.

— Elle est choquée. Elle ne sentira presque rien. Mais, juste au cas où elle ressentirait quelque chose, j'ai besoin que tu la distraies. Peux-tu utiliser le contrôle de l'esprit sur elle ?

Thomas acquiesça. Du coin de l'œil, il apercevait ses collègues en train de les regarder en retenant leur souffle.

— Donnez-nous de l'espace, s'il vous plaît. Et que quelqu'un trouve quelque chose de propre pour envelopper le bébé.

Il se concentra ensuite sur Helen et posa une main sur son front. Du plus profond de lui, il initia le contact avec elle.

Helen, peux-tu m'entendre ?

Il y eut un léger murmure.

Tu sens de douces mains qui te caressent, qui te libèrent de la douleur en te massant. Ton corps se détend, et tu prends une grande respiration. Tu sens toute la tension qui s'écoule de toi, toute l'anxiété qui s'en va.

À plusieurs reprises, il répéta ces mots dans son esprit et vit à quel point la respiration d'Helen se calmait. Pendant un instant, il regarda l'endroit où

Maya était en train d'ouvrir le ventre avec la lame en argent. Il remarqua la prudence dont elle faisait preuve pour trancher la peau et les muscles, n'allant pas trop profondément afin de ne pas blesser le bébé à l'intérieur.

Lorsque Maya déposa le couteau sur le côté et entra les mains dans le ventre d'Helen, Thomas tourna la tête. Il n'avait pas besoin de voir ça. Il redoubla plutôt d'efforts afin de calmer Helen par le biais de son esprit et de contrôler ses sensations, ses sentiments et, par la même occasion, sa vie.

Les secondes qui s'écoulèrent semblèrent des heures. Un cri aigu transperça ensuite le silence de la pièce. Les yeux d'Helen s'ouvrirent.

— Elle est belle, annonça Maya. Belle et en bonne santé.

Thomas regarda le petit bout ensanglanté, toujours raccordé au cordon ombilical, qui gesticulait entre les mains de Maya.

— Mon bébé, murmura Helen, la respiration difficile.

Maya déposa le bébé sur la poitrine de sa mère, et celle-ci le regarda.

— Le bébé a eu de la chance ; le couteau ne l'a pas touché, dit Maya à Thomas, la voix basse. Transforme-la, maintenant. Fais-le, poursuivit-elle tout aussi bas.

Thomas secoua la tête. Il ne pouvait pas le faire. Son sang était mauvais, et il ne soumettrait jamais Helen au même genre de bataille qu'il menait chaque jour.

— Cain, s'il te plaît. Tu dois le faire.

Cain s'accroupit immédiatement et se taillada le poignet, mais Helen tourna la tête.

— Sergio attend...

— Non ! dit Thomas. Non ! Helen ! Ton bébé a besoin de toi.

Hésitant, Cain le regarda.

— Que veux-tu que je fasse ?

— Sergio, murmura Helen, tandis que son dernier souffle était expulsé de ses poumons et que sa tête roulait sur le côté.

Thomas sentit une larme couler le long de sa joue. Il pressa la main sur le coup de la mourante, à la recherche d'un pouls. Il releva ensuite la tête.

— Elle est partie.

— Il faut couper le cordon ombilical. Maintenant, dit Maya en reprenant le couteau.

Thomas lui saisit le poignet et l'arrêta.

— C'est de l'argent. Le bébé va le sentir.

— Quoi alors ? demanda-t-elle en scrutant la pièce.

— Tes griffes, coupe-le avec tes griffes, suggéra Thomas.

La petite fille se remit à pleurer, et Thomas lui caressa la tête, l'apaisant, tandis que Maya coupait le cordon ombilical à l'aide de ses griffes. Tout en soulevant le bébé de la poitrine de la défunte mère, Thomas regarda en l'air.

— Avons-nous quelque chose avec quoi l'envelopper ? Une serviette ? Quelque chose de propre ?

Oliver arriva en courant du magasin, deux grandes feuilles de papier dans les mains.

— Voilà, c'est tout ce que j'ai pu trouver.

Thomas le dévisagea.

— Du papier cadeau ?

Oliver haussa les épaules.

— C'est propre, et c'est presque aussi doux que du papier de soie.

N'ayant nul autre choix, Thomas prit le papier des mains d'Oliver, couvrit le bébé, le pressa ensuite contre son torse et le berça.

Lorsqu'il entendit des pas précipités en provenance du magasin, il tourna la tête vers la porte. Un instant plus tard, Samson entra à toute vitesse, les yeux se précipitant sur le corps gisant au sol et, ensuite, sur le bébé dans les bras de Thomas.

— Sergio ? demanda-t-il.

Gabriel désigna la poussière à terre.

— On suppose qu'il a été poignardé. Sa compagne a dit qu'ils l'ont obligé à regarder.

Samson ferma les yeux.

— Oh, Dieu !

Il était aisé de lire ses pensées : lui-même vampire lié par le sang, père d'un petit enfant, l'horreur de ce que Sergio avait dû ressentir était gravée sur son visage. Lorsqu'il ouvrit les yeux, il proféra ses ordres.

— Gabriel, appelle le maire. Ceci ne doit pas être rendu public. Scanguards s'occupera du nettoyage et de l'enquête. Notre propre équipe médico-légale doit venir ici. Fais en sorte que le maire nous facilite la tâche et fasse usage de son autorité pour garder la police hors de ceci. Nous devons découvrir qui a fait ça.

— Nous le savons déjà, annonça Cain.

Samson fouetta la tête dans sa direction.

— Qui ?

— Quatre de ces nouveaux venus. Oliver et moi les avons vus entrer dans la boutique, plus tôt dans la soirée.

— Et vous ne les avez pas arrêtés ? aboya Samson.

Thomas se leva.

— Ils ne faisaient rien de suspect. Cain et Oliver ne sont pas fautifs. Je le suis.

— Explique !

— J'ai aperçu ces quatre-là, la nuit dernière, durant ma patrouille. Je n'ai pas bien pu les voir. Mais je savais que quelque chose clochait. Je n'ai pas introduit leurs signalements dans notre base de données avant ce soir. Cain et Oliver ne savaient donc pas qu'ils allaient être sur notre liste des gens à surveiller.

— Je me serais attendu à mieux de ta part ! dit Samson, d'un ton mordant.

Eddie fit un pas en avant.

— Si c'est la faute de Thomas, c'est également la mienne. Je patrouillais avec lui. Et c'est vrai, nous ne les avons pas très bien vus. Seulement entendus.

Étonné qu'Eddie se mît en avant pour le défendre, Thomas le regarda.

— Quoi qu'il en soit, vous connaissez la procédure. Tous les deux.

Eddie opina et baissa la tête.

— Qu'avez-vous entendu ? demanda Samson en regardant de nouveau Thomas.

— Parler de prise de contrôle. Et d'un patron. Seulement quelques bribes. Pas grand-chose.

Mais cela avait semblé suspect, particulièrement depuis qu'il les soup-çonnait à présent d'être les disciples de Kasper, quoiqu'il ne pût le dire aux autres. Samson avait raison de le réprimander. Thomas aurait dû en faire rapport immédiatement. Et en tant que plus ancien garde du corps au sein de Scanguards, c'était son devoir, pas celui d'Eddie.

— Nous formerons une équipe pour les rechercher, annonça Samson. Et qu'allons-nous faire avec le bébé ? poursuivit-il en regardant l'enfant dans les bras de Thomas.

— J'ai une idée, dit Maya en fixant Gabriel dans les yeux.

Une seconde passa, et son compagnon opina de la tête. Maya sourit.

— Elle aura une bonne maison avec des parents qui l'aimeront comme leur propre fille, annonça-t-elle.

19

Le temps que l'équipe médico-légale arrivât sur les lieux afin d'y relever tous les indices, Thomas avait repassé ses décisions une centaine de fois dans sa tête. Aurait-il pu prévenir cette tragédie ?

Il fit un pas sur le trottoir et inhala l'air frais de la nuit. Le bar situé de l'autre côté de la rue avait fermé, et la moto d'Eddie ainsi que la sienne étaient à présent les seules à y être stationnées. Lorsqu'il entendit des pas à ses côtés, il tourna la tête et vit Cain en train de le rejoindre.

— Ils l'auraient fait, de toute façon, dit Cain.

— Quoi ?

— Ces quatre vampires. Si non ce soir, ils les auraient eus à une autre occasion. Ça semblait délibéré. Planifié. Et nous ne pouvons être partout en même temps. Même si ces signalements avaient été disponibles plus tôt, il n'y a aucune garantie qu'Oliver et moi ayons pu les arrêter ou être suffisamment près d'eux pour savoir ce qu'ils étaient en train de faire avant qu'il ne soit trop tard.

Cain posa la main sur l'épaule de Thomas et la serra.

Thomas rit amèrement.

— Ça ne me fait pas me sentir mieux.

Car cela n'effaçait pas le fait que le crime portait intégralement la signature de Kasper. Essayaient-ils de lui adresser un message ? Était-ce une menace directe ?

— Maya et toi avez sauvé le bébé. Est-ce que ça ne vaut rien ?

Lentement, Thomas acquiesça. Un innocent avait, au moins, été sauvé.

— Si. Bonne nuit, Cain.

— Bonne nuit, Thomas.

Le cœur lourd, Thomas traversa la rue et s'approcha de sa moto. Tandis qu'il mettait la clé dans la serrure et grimpait sur son engin, il remarqua que quelque chose clochait. Il examina ses pneus.

— Merde !

Il sauta de sa moto et vérifia les dégâts. Les deux pneus avaient été tailladés et étaient complètement dégonflés. En colère, il asséna un coup de botte contre le pneu arrière. Pourquoi quelqu'un lui entaillerait-il ses pneus ? Était-ce un autre message ?

— Quelque chose ne va pas ?

La voix d'Eddie lui parvint de derrière.

— Un connard a crevé mes pneus.

Eddie apparut et examina la moto.

— Oh, merde !

Thomas se passa la main dans les cheveux et ferma les yeux pendant un moment. Ensuite, il regarda de nouveau Eddie.

— Peux-tu m'emmener avec toi afin que je puisse prendre le van ?

Eddie cligna des yeux dans l'obscurité. Ce moment d'hésitation confirma à Thomas qu'Eddie appréhendait de se retrouver à nouveau physiquement proche de lui. Il était sur le point de dire qu'il pourrait prendre un taxi lorsqu'Eddie opina soudainement de la tête.

— Certainement, aucun problème. Monte.

Eddie grimpa sur sa moto et souleva la béquille du pied gauche avant de faire pivoter l'engin en direction de la rue et de tourner la clé. Thomas s'assit derrière lui et enroula les bras autour de sa taille. Lorsque la moto accéléra et s'engagea dans la rue, Thomas se sentit projeté en arrière et s'accrocha plus fermement au ventre d'Eddie. Il remarqua que, comme souvent, Eddie n'avait pas mis son casque. Tous deux aimaient conduire sans et, ce soir, l'air frais lui soufflant sur les oreilles était exactement ce dont Thomas avait besoin.

Il ne pouvait se rappeler de la dernière fois où il était monté à l'arrière de la moto de quelqu'un d'autre, mais il se souvenait qu'il n'avait jamais trop apprécié cela. Mais, ce soir, il était content de ne pas avoir à se concentrer sur le trafic et de plutôt laisser vagabonder ses pensées.

Se tenir à Eddie lui procurait une étrange sensation de paix et de confort. De sécurité aussi, tandis qu'il savait qu'il ne l'était jamais réellement, que ce fût à cause des menaces extérieures de la part des disciples de Kasper ou de la menace que l'obscur pouvoir en lui représentait. Et pourtant, ressentir la chaleur du corps d'Eddie s'infiltrer dans sa poitrine lui procurait un sentiment d'appartenance qu'il n'avait plus ressenti depuis longtemps. Car, pour lui, Eddie représentait son foyer.

Thomas soupira et rapprocha la tête d'Eddie, inhalant ainsi le parfum de ses cheveux et de sa peau, son odeur masculine. Ses cuisses se pressèrent volontairement plus fort contre l'extérieur des cuisses d'Eddie, et il lui sembla que ce dernier les poussait également contre lui. À chaque endroit où leurs corps entraient en contact, Thomas se sentait en feu. S'il ne descendait pas bientôt de cette moto afin de s'éloigner du corps si tentant d'Eddie, il se consumerait. Ou il ferait quelque chose de stupide, comme faire descendre Eddie de la moto au prochain feu et le dévorer de baisers.

Lorsque la moto se pencha dans le virage suivant, la main de Thomas glissa et atterrit sur la cuisse d'Eddie. Il l'agrippa afin de se soutenir jusqu'à ce qu'Eddie fût sorti du virage et eût redressé la moto. Sous sa main, les muscles d'Eddie se tendirent, et il put sentir son corps se raidir, comme s'il essayait d'endiguer une attaque.

Déçu de la réaction d'Eddie, Thomas ôta la main de sa cuisse et la ramena autour de sa taille. La veste d'Eddie était ouverte sur le devant, et la main de Thomas glissa accidentellement à l'intérieur, sentant ainsi les durs muscles abdominaux sous le tee-shirt de son jeune protégé. La chaleur irradia la paume de sa main, tandis qu'il la laissait errer. Il désirait tant le toucher, explorer son corps et l'exciter à nouveau.

Thomas bougea les hanches, lesquelles vinrent involontairement heurter Eddie. Celui-ci laissa échapper un grognement des lèvres. Rapidement, Thomas ramena autant de distance entre eux que le siège de la moto ne le permettait et fut content lorsqu'ils bifurquèrent finalement dans sa rue.

Eddie appuya sur l'ouvre-porte du garage, et la porte se souleva. Il entra et arrêta la moto. Thomas en descendit aussi rapidement qu'il le pouvait, tandis qu'Eddie coupait le moteur, abaissait la béquille et descendait du véhicule en stationnement.

— As-tu besoin d'aide pour remorquer ta moto ? demanda Eddie sans le regarder.

— Non, c'est bon, répondit-il en se dirigeant vers le van avant d'en ouvrir la portière. Il put presque entendre le silencieux soupir de soulagement qu'Eddie libérait, tandis que ce dernier avançait vers les escaliers qui menaient à l'étage. De toute évidence, il ne pouvait le fuir assez vite.

Thomas sauta dans le fourgon et referma la portière en la claquant. De toute manière, c'était mieux s'il se retrouvait seul. Dans l'état où il était en ce moment, il ne pouvait nullement savoir ce qu'il ferait à Eddie.

20

A présent lavé, habillé et enveloppé dans une couverture propre, le bébé dormait. Cain le regarda, tandis qu'il se dirigeait vers la barrière du jardin et l'ouvrait. L'aboiement de plusieurs chiens alerta instantanément les occupants du petit cottage. Le bébé commença à pleurer, et Cain le berça doucement.

— Il vaut mieux que Maya ait raison, marmonna-t-il, alors qu'il atteignait la porte et faisait retentir la sonnette.

Il ne dut attendre qu'une fraction de seconde avant l'ouverture de la porte. Haven, le compagnon d'Yvette, en envahit l'encadrement. Derrière lui, deux chiots Labrador aboyaient et couraient à travers ses jambes, tout excités. Un plus gros chien passa la tête par la porte de la cuisine et regarda le spectacle avant de disparaître à nouveau.

— Cain ? C'est une surprise, le salua Haven.

La voix d'Yvette provint du salon.

— Qui est-ce ?

— C'est Cain, chérie.

Cain ôta la couverture de la tête du bébé et le tourna pour le montrer à Haven.

— Je viens en porteur de cadeaux.

Les yeux d'Haven s'écarquillèrent, tandis qu'il fixait le bébé et regardait ensuite de nouveau Cain. Bouche bée, il fit un pas en arrière.

— Tu ferais mieux d'entrer.

Lorsque Cain entra dans le salon, Haven le suivant de près, les chiots dans son sillage, il fonça presque sur Yvette. Elle portait des leggings qui accentuaient ses longues et fines jambes ainsi qu'un tee-shirt décontracté, sans soutien-gorge, remarqua-t-il immédiatement. Ses seins étaient néanmoins fermes. Haven était un chanceux enfoiré d'avoir décroché une telle beauté comme compagne. Cain ne pouvait s'empêcher d'imaginer à quoi cela pouvait ressembler de coucher avec une femme comme elle. Bien qu'il n'oserait jamais toucher la compagne d'un autre vampire. Cela était pratiquement synonyme de peine de mort pour tout homme qui s'y essayait.

— Hé, Yvette. Désolé de déranger si tard, mais il y a eu un incident.

Yvette inspira fortement, les yeux immédiatement baissés vers le paquet qu'il tenait dans les bras. Elle ouvrit plus grand la bouche.

— Oh mon Dieu !

Cain regarda le joli bébé qu'il tenait dans les bras.

— C'est une hybride. Ses parents ont été assassinés ce soir. Il n'y a aucune autre famille. Maya a dû l'extraire de la matrice de sa mère mourante. C'est un bébé en parfaite santé.

Yvette tendit les mains vers le bébé, et Cain le lui déposa dans les bras.

— C'est horrible, dit Haven. Que s'est-il passé ?

— Quatre des nouveaux venus que nous traquons ont attaqué Sergio dans sa librairie, l'ont tué et ont poignardé sa compagne de sang-lié. C'est un miracle que le bébé ait survécu. Nous avons leur signalement et sommes en train d'investiguer.

Yvette caressa les doux cheveux du bébé.

— Elle est parfaite, dit-elle, les yeux scintillant d'humidité, tandis qu'elle les levait à la recherche de ceux d'Haven.

Cain sourit, heureux de l'accueil qu'Yvette réservait au bébé. Il déposa le sac qu'il s'était accroché plus tôt à l'épaule sur le canapé et le pointa du doigt.

— Delilah a emballé les choses essentielles. Langes, lait maternisé, vêtements. Juste pour que vous puissiez démarrer.

— Pour démarrer ? répéta Haven.

— Oui. C'est-à-dire, si vous la voulez. Elle a besoin d'un foyer. Et d'une bonne mère, poursuivit-il en regardant Yvette.

Une larme roula sur le visage d'Yvette. Ses lèvres s'entrouvrirent, mais aucun mot ne les franchit. Haven enroula un bras autour d'elle et lui déposa un baiser sur le crâne. Il regarda de nouveau Cain, l'humidité se formant également dans ses yeux.

— Naturellement que nous la voulons. Elle sera comme de notre propre chair et notre propre sang. Je peux te le promettre.

Sa voix se brisa.

Un sanglot déchira la poitrine d'Yvette, tandis qu'elle levait la tête vers son compagnon.

— Merci, dit-elle en s'étendant pour lui déposer un baiser sur les lèvres.

— Ne me remercie pas moi, chérie. Remercie le destin de nous avoir bénis avec ce cadeau, répondit-il en caressant la tête du bébé. Elle est mignonne. Merci, Cain. Je ne peux te dire ce que ça représente pour nous.

Cain refoula les sentiments qui menaçaient de l'émasculer. Il n'était pas du genre à se laisser aller à ses émotions, mais ce qu'il voyait devant lui faisait quand même vibrer sa corde sensible. Yvette rayonnait comme si elle était la femme qui avait accouché ce soir. Cain n'avait aucune inquiétude au sujet de la petite fille qu'elle tenait dans ses bras. Elle grandirait au sein d'un foyer aimant avec des parents qui l'adoreraient et la protègeraient. Maintenant, elle serait en sécurité.

Tentant de briser la larmoyante atmosphère de la pièce, Cain osa une blague.

— Et vous feriez mieux de l'élever avec une main plus ferme que vous ne l'avez fait avec vos chiens.

Il désigna les chiots en train de courir en rond, battant de la queue contre ses jambes et tirant sur son pantalon, comme s'il s'agissait de leur nouveau jouet favori.

Haven sourit.

— Oh, ceux-là ! Ouais, nous avons commis quelques erreurs avec eux.

Il marqua une pause.

— Tu en veux un ? demanda-t-il.

Cain leva les mains en l'air.

— Oh, tu dois te moquer de moi ! Je ne vais pas laisser ces petits bougres chambouler ma maison.

Haven haussa les épaules et gloussa.

— Ça valait le coup d'essayer.

— Peut-être que le bébé aimera jouer avec eux.

Yvette sourit.

— A-t-elle déjà un nom ?

Cain oscilla la tête.

— On n'en a pas eu le temps. Vous êtes ses parents, maintenant. Vous décidez.

— Merci, Cain.

Il était sur le point de se tourner vers la porte lorsque la voix d'Yvette le retint.

— Encore une question : qui a suggéré que nous devrions l'élever ?

— Maya.

Un autre sanglot déchira la poitrine d'Yvette, tandis qu'elle répétait le nom.

— Maya.

21

———————

Le tour en moto de presque trois heures sembla durer une éternité, alors qu'il aurait dû passer comme une flèche. Eddie avait recherché l'adresse et était parti dès le coucher du soleil sur le Pacifique. Il aurait pu prendre le SUV aux vitres teintées et partir durant la journée, mais il avait besoin de sentir le vent sur son corps. Cela lui conférait un sentiment de liberté que le confinement d'une voiture ne lui procurait pas. Quoique cela ne lui éclaircit pas les idées. Elles étaient toujours aussi confuses. Sinon plus.

En voyant Thomas lutter pour maintenir en vie la femme enceinte et son enfant, il avait éprouvé, au plus profond de son cœur, de l'attendrissement pour lui. Il avait physiquement ressenti sa douleur. Thomas les connaissait, Sergio et elle et, quoique ceux-ci n'eussent pas été des amis proches, Eddie avait ressenti de la compassion déborder du cœur de Thomas. Celui-ci s'était culpabilisé de ce qui s'était passé.

Le retour à la maison en moto, avec Thomas qui l'"étreignait, avait été une pure torture. Il aurait voulu se blottir contre lui pour que ce dernier sût que, quelle que fût sa douleur, il le réconforterait. Mais lorsqu'il avait senti le dur contour de l'érection de Thomas pressé contre son derrière, il avait paniqué et avait conduit aussi vite que la machine qu'il tenait entre ses jambes ne le permettait. Il voulait être l'ami de Thomas, mais ne pouvait lui donner plus que cela. Thomas devait le comprendre. Il ne pourrait jamais y avoir davantage que cela entre eux, car les choses qu'Eddie ressentait en ce moment ne pouvaient être qu'éphémères. Confusion momentanée de sa part.

Eddie s'arrêta à un stop en face d'un grand bâtiment à deux étages ressemblant à un bunker dépourvu de fenêtres. Il était caché au bout d'un sentier lugubre, quelque part à l'est de Sacramento et avoisinant les collines des Sierras. Il coupa le moteur et descendit de la moto en se débarrassant du casque avant de l'attacher au guidon.

Le bâtiment semblait inhabité et plongé dans l'obscurité. Pas une seule lumière à l'extérieur n'attirait l'attention sur lui. Regardant en vain tout autour pour voir si quelqu'un d'autre était dans les alentours, Eddie se dirigea vers la porte d'entrée. C'était une simple porte grise en métal dépourvue de toute inscription. Comme si les seules personnes à venir ici savaient ce qui se trouvait derrière ces murs.

Un buzz retentit à la porte, et Eddie l'ouvrit. Sa visite avait été annoncée, et il était certain qu'il y avait des caméras placées tout le long du périmètre afin que les personnes à l'intérieur fussent alertées de tout visiteur ou intrus.

Tandis qu'il marchait le long du sombre couloir et entendait la porte claquer derrière lui, Eddie inspira. Ça sentait le propre et le stérile, et non le moisi comme il l'avait suspecté. Il atteignit une autre porte et, à nouveau, un buzz retentit, l'autorisant à entrer.

Il fit un pas dans une pièce bien éclairée et plissa les yeux un instant, leur permettant ainsi de s'ajuster à l'abondance de lumière. La pièce était une zone d'accueil pourvue d'un comptoir et de quelques chaises d'apparence inconfortable. De toute évidence, cet endroit n'était pas construit pour y trouver du confort ou du luxe. Aucun pénitencier ne l'était.

Le vampire de sexe masculin derrière le comptoir hocha la tête à son intention.

— Nom ?

— Eddie Martens.

Il examina le bloc-notes face à lui et cocha quelque chose

— Vous êtes en retard.

— Le trafic—

— Signez ici.

L'employé lui tendit le bloc-notes et lui indiqua une ligne. Eddie signa et remit ensuite le bloc-notes et le stylo à ce vampire assez antipathique.

— Vous aurez quinze minutes avec le prisonnier, lui dit-il en désignant une porte grise.

Eddie s'avança vers elle et l'ouvrit. Il entra, la porte se refermant derrière lui en un bruit sourd. L'effet de surprise le projeta contre elle. Eddie s'était attendu à devoir longer un autre couloir, mais se retrouva plutôt dans une pièce vide pourvue de deux chaises. Une d'elles était occupée.

— Eddie ! s'exclama Luther en sautant de sa chaise, visiblement surpris et content à la fois. Ils ne m'ont pas dit qui venait me voir.

Eddie souleva une main, empêchant Luther de se rapprocher.

— Luther.

Il le parcourut des yeux. Vêtu d'une salopette grise de la prison, le visage de son créateur

semblait pâle, sans vie. Comme s'il avait perdu toute volonté de vivre. La lueur qu'Eddie avait vue dans ses yeux au moment où il était entré semblait s'être à nouveau estompée.

— Comment vas-tu, depuis lors ? demanda Luther. Est-ce qu'ils te traitent bien ?

Eddie acquiesça.

— Ils ont été bons envers moi, chez Scanguards, répondit Eddie en s'éloignant de la porte. Et toi ?

Luther haussa les épaules.

— Je vis.

Il soupira et poursuivit.

— Mais j'ai en quelque sorte le sentiment que tu n'es pas venu pour me questionner sur mon bien-être.

— Tu as raison. Ils m'ont donné quinze minutes avec toi. Alors, ne perdons pas de temps avec des bavardages qui ne nous intéressent ni l'un ni l'autre.

— D'accord, confirma Luther.

— Je veux savoir ce que tu m'as fait.

Luther haussa un sourcil, comme s'il n'avait pas compris la question.

— Qu'est-ce que j'ai fait ? Veux-tu m'expliquer ce que tu veux dire par là ?

— Pendant ma transformation. Tu as foiré quelque chose.

Le prisonnier pivota la tête d'un côté à l'autre.

— De ce que je peux voir, tu es juste bien transformé. Un vampire parfait. Fort. Invincible.

Il marqua une pause.

— Quoiqu'un peu têtu mais, d'autre part, tu l'étais déjà en tant qu'humain.

Eddie serra les dents.

— Tu as changé quelque chose d'autre chez moi. La façon dont je me sens. Ce que je ressens.

Bordel, il n'était pas aisé de dire ça. Il n'y avait aucun mot qu'il pût employer pour rendre ceci moins embarrassant. Devait-il entrer dans les détails ?

— J'ai bien peur d'être perdu. Eddie, s'il y a quelque chose que tu veux savoir, tu ferais mieux de le demander directement. Je crains que mes capacités à lire dans les pensées ne laissent à désirer.

Luther lui lança un regard, comme s'il voulait le défier au combat.

— Tu as changé quelque chose en moi. Tu as changé mes... désirs, dit Eddie.

— Parlons-nous de désir de sang ?

Comment pouvait-on être si débile ! Eddie fit un mouvement impatient de la main.

— Je ne parle pas de ce putain désir de sang. Je parle des personnes qui m'attirent.

Lentement, un des sourcils de Luther se souleva. L'expression de son visage changea ensuite en une expression de compréhension.

— Ah ! Maintenant, je comprends. Tu as changé de camp.

Eddie fit un pas vers Luther et lui enfonça l'index dans sa poitrine.

— Ce n'était pas mon choix ! Tu—

— Ça ne l'est jamais, l'interrompit Luther. Être homosexuel n'a jamais été un choix. Personne ne choisit d'être homo ou hétéro. C'est la nature.

Ce mot agaça Eddie : homosexuel.

— Je ne suis pas homo !

— Ah ! Donc tu as des tendances homosexuelles, tout comme ce pasteur. Quel était son nom ?

Eddie ignora la question, sa colère grandissant face à l'attitude désinvolte de Luther envers son problème.

— Je pensais qu'en tant que créateur, tu étais censé me soutenir. Tu as foiré ! Tu m'as rendu comme ça. Maintenant, change-moi et rends-moi comme je l'étais avant.

Luther bascula en arrière sur ses talons.

— Comme tu l'étais avant ? Oh, Eddie, tu es comme tu l'as toujours été. Te transformer en vampire n'a pas changé qui tu es ou qui tu aimes. Ce que tu ressens maintenant était déjà là lorsque tu étais humain. Latent, peut-être. Mais tu l'avais déjà en toi.

Eddie poussa une main contre l'épaule de Luther, le faisant ainsi reculer de quelque pas en arrière.

— Qu'es-tu en train de dire ? Que j'étais un putain de pédé quand j'étais humain ? Je peux t'assurer que je ne l'étais pas ! Je n'ai jamais regardé un autre homme ! J'aimais les femmes !

— Hein ? Vraiment ? Enfin, tu dois avoir eu des petites copines à gauche et à droite. Avec une beauté comme la tienne et tout, elles devaient affluer. Comment c'était ? Beaucoup de baise ?

Une expression moqueuse se dessina sur le visage de Luther.

Eddie inspira profondément, ses pensées remontant à son adolescence, son jeune âge d'homme. Il avait eu des petites amies occasionnelles et avait évidemment couché avec des femmes auparavant, mais il n'avait pas eu de mœurs légères. Ce n'était juste pas son genre. Il avait toujours respecté les femmes et n'était pas pour tirer profit d'elles. En fait, il avait beaucoup de copines.

— Je vois, continua Luther. Pas tant que ça, hein ? Je suppose, qu'après tout, tu n'aimais pas tant que ça de sauter des femmes, n'est-ce pas ?

En colère, Eddie le poussa contre le mur.

— Tu as tort ! Ce n'est pas parce que je ne couche pas avec tout ce qui bouge que je n'aime pas les femmes.

— Ne te leurre pas, Eddie ! Si tu craques pour les hommes maintenant, c'est que ta vraie nature finit par se montrer.

Devant les yeux d'Eddie, l'image de Thomas se tenant à moitié nu devant l'évier du garage apparut. Elle envoya une décharge de désir à travers son bas-ventre et propagea de la chaleur dans ses cellules. Soudain, il lutta pour trouver de l'air.

Malheureusement, son créateur était terriblement perspicace.

— Oh, donc ce n'est pas juste n'importe quel homme. C'est un en particulier. Qui est-ce qui te chatouille ? Je le connais ?

— Il n'y a personne ! mentit Eddie.

— Le mensonge ne te va pas bien. De plus, tu n'es pas très bon à ce jeu-là.

D'un geste de la tête, Luther désigna la prison tout autour de lui.

— Si on ne m'avait pas ligoté ici, je t'aurais tout enseigné. Au lieu de cela, j'ai dû te laisser entre les mains de Scanguards. Pour que tu y continues ton éducation, dit-il, le sourire en coin.

— Tu avais promis de me rendre fort, invincible. Ceci ne faisait pas partie du marché !

— Non, ça ne faisait pas partie du marché, mais ce n'est pas de ma faute. Ne peux-tu pas t'entrer ça dans la tête, le têtu ? Je suppose que non ! Car en tant que vampire, tu es encore plus têtu que tu ne l'étais en tant qu'humain. Quels qu'étaient tes traits de caractère, ils n'ont fait que s'intensifier en tant que vampire. C'est comme ça que ça marche ! Humain, tu étais capable de réprimer n'importe quel sentiment que tu éprouvais pour les hommes mais, maintenant, en tant que vampire, tu ne peux plus le faire. Tes désirs sont plus forts, et ils se fortifient chaque jour davantage. Laisse-toi simplement aller et révèle ton homosexualité.

— Non ! cria Eddie. Il ne pouvait accepter ça. Il devait y avoir une autre explication.

Un sentiment de frustration le parcourut. Ses canines descendirent, et ses mains se recroquevillèrent en poings. Il se vit claquer le visage de Luther du droit, lui fouettant ainsi la tête sur le côté.

— C'est toi qui m'as fait ça !

Luther le repoussa vers le milieu de la pièce et vint ensuite vers lui.

— Tu veux te battre ? Allons-y. Mais ça ne changera rien aux faits.

Le créateur d'Eddie bascula et lui infligea un crochet du droit sous le menton.

Eddie perçut le goût du sang, tandis que ses canines lui transperçaient la lèvre. Cela le rendit plus en colère. Saisissant Luther par les épaules, il le catapulta contre le mur à quelques mètres derrière lui. Il sauta ensuite sur lui et le roua de coups de poings. Mais Luther n'était nullement disposé à être un punching-ball. Il riposta en attaquant avec ses griffes, tranchant de profonds sillons dans la poitrine et les bras d'Eddie.

L'odeur du sang emplit la pièce, et de bruyants grognements se mêlèrent aux respirations. Cela fit écho dans la salle presque vide en rebondissant contre les murs.

— Alors, qui est donc ton amant ? le provoqua Luther.

Plissant les yeux et serrant les mâchoires, Eddie bascula et visa la tempe de Luther. Ses jointures craquèrent sous l'impact, mais il ignora la douleur et continua à rouer son créateur de coups de poings, même s'il savait que le battre ne changerait rien à la manière dont il se sentait. Cela n'éradiquerait pas les sentiments qu'il éprouvait pour Thomas.

— C'est un vampire ?

— Je vais fermer ta putain de bouche si tu n'arrives pas à le faire toi-même ! répondit Eddie en la visant afin de lui renvoyer les mots au fond de sa gorge. Mais Luther l'esquiva et lui infligea plutôt un coup dans le côté, le faisant trébucher.

Les railleries de Luther ne cessèrent pas.

— Est-ce un bon coup ?

Furieux, Eddie lutta pour retrouver son équilibre, se lança sur son adversaire et le tacla au sol.

— Tu te fais enculer ou c'est lui ?

— Va te faire foutre ! hurla Eddie en le clouant au sol.

Luther sourit malgré le sang qui s'écoulait de sa lèvre fendue.

— Non, qu'il aille se faire foutre ! Car c'est de ça qu'il s'agit, n'est-ce pas ? Tu veux le baiser, mais tu as besoin d'une excuse parce que tu ne peux admettre ce que tu es. Tu veux blâmer quelqu'un d'autre pour ce que tu ressens.

La respiration lourde, le cœur battant à toute vitesse, Eddie se retira. L'envie de se battre l'abandonnait, le désertait comme des rats quittent un bateau en train de sombrer. Il était en train de perdre la bataille.

— J'ai entendu qu'ils t'avaient assigné un nouveau mentor. Pourquoi ne lui as-tu pas demandé ? Il aurait pu te dire la même chose que moi. Ça t'aurait épargné le voyage.

Eddie évita son regard et se leva. Du revers de la main, il essuya le sang de son visage, la respiration toujours lourde.

Un petit rire déchira ensuite les lèvres de Luther.

— Ah, je vois, maintenant ! Tu ne pouvais pas le lui demander, n'est-ce pas ? Tu ne pouvais pas le demander à Thomas parce que tout ça est à propos de lui. C'est lui que tu veux.

— Va te faire foutre ! siffla Eddie en pressant le bouton à côté de la porte pour qu'on le laissât sortir.

Un instant plus tard, il quittait son créateur et la prison. Luther avait-il raison ? Avait-il toujours eu des *tendances homosexuelles* en tant qu'humain ? Eddie se rappela sa tendre enfance et ses amis de l'époque. Nina et lui avaient vécu avec des parents adoptifs, mais ses premières années en famille d'accueil n'étaient en rien sorties de l'ordinaire. Il avait été tout comme les autres petits garçons : curieux. Tous les enfants n'aimaient-ils pas de jouer au docteur et d'examiner le corps des autres ? Un autre garçon et lui avaient parfois joué ainsi, à se toucher l'un et l'autre. Bien sûr, cela avait cessé quand sa mère adoptive les avait surpris et avait renvoyé l'autre gamin chez lui. Ce dernier n'avait plus été autorisé à leur rendre visite. Et Eddie n'avait plus pu regarder la télé pendant une semaine. Cela avait été une bonne leçon, et il ne l'avait plus jamais fait.

Plus tard, lorsqu'il avait rejoint l'équipe de lutte de son lycée, il s'était toujours senti embarrassé dans le vestiaire. En grande partie parce qu'il avait eu des érections à des moments les plus inopportuns. Cela avait été gênant, et certains autres garçons l'avaient souvent enfermé à l'extérieur des douches à cause de cela, ne désirant pas qu'il soit là pendant qu'ils se douchaient. Ils l'avaient brimé parce que son corps faisait des choses sur lesquelles il n'avait aucun contrôle.

Il avait alors abandonné le sport, et Nina en avait été déçue. Elle l'avait accusé de ne pas être capable de se tenir à quelque chose. Bien sûr, il n'avait pas pu lui dire ce qui s'était réellement passé, car aucun garçon de quinze ans ne parlait de trucs sexuels à sa sœur. Il s'était alors promis de ne plus la décevoir. Elle s'était battue pour obtenir sa garde afin de quitter la dernière maison d'accueil où ils vivaient, après que leur père adoptif eût abusé d'elle. Et Eddie n'avait pas voulu se montrer ingrat en lui imposant plus de soucis.

Ces incidents avaient-ils été des indications de ce qu'était sa vraie nature ? La vraie nature dont Luther parlait était-elle en train d'émerger du fait qu'il était un vampire ?

Avait-il caché ses besoins si profondément dans sa psyché qu'il avait été complètement aveuglé de leur existence ?

Que se produirait-il s'il s'arrêtait de combattre l'émergence de ses désirs ? Détruiraient-ils ses relations avec Nina, son amitié avec Thomas, et la vie qu'il s'était construite ? Les gens le traiteraient-ils différemment s'ils le savaient ? Surtout Nina : le regarderait-elle avec, à nouveau, de la déception dans les yeux ?

22

____

Sous la douche, Thomas laissait couler l'eau chaude comme si elle pouvait balayer ses soucis. Une autre nuit était passée sans le moindre signe des quatre vampires qui avaient tué Sergio et sa compagne. Et tandis qu'il savait objectivement qu'il n'aurait pas pu empêcher cette tragédie, dans son fort intérieur, il se sentait responsable.

Il tenta de chasser ces pensées de son esprit, mais cela se traduisit uniquement par l'émergence d'autres réflexions. Ces dernières concernaient Eddie. Il ne l'avait pas vu de toute la nuit et, après avoir vérifié la liste du personnel, il s'était rendu compte que ce dernier avait pris un jour de congé. Samson, lui-même, le lui avait autorisé. Étrange, ni Eddie ni Samson ne lui en avaient parlé. Et Eddie était parti en moto dès le coucher du soleil.

Thomas tendit la main pour attraper le savon et se frotta, nettoyant la graisse de son corps après avoir bricolé une de ses motos pendant quelques heures. Cela l'avait aidé à se concentrer. Il devait faire quelque chose. Demeurer assis à attendre la prochaine atrocité n'était pas une option. La nuit prochaine, il sortirait et rechercherait Xander, l'homme qui lui avait demandé de rejoindre les disciples de Kasper. Il l'utiliserait pour dénicher les autres et ensuite décider de la façon de les détruire.

Se sentant mieux après avoir élaboré ce plan, il se rinça et coupa l'eau.

Tout était à présent silencieux, mais ce silence fut interrompu par la respiration régulière d'un autre homme. Il inhala et reconnut l'odeur.

— Pars ! ordonna-t-il en continuant à fixer le carrelage qui tapissait sa cabine de douche surdimensionnée.

Mais aucun bruit de pas n'obtempéra à son ordre.

— Eddie, sors, maintenant ! Tu ne peux pas être ici. Je n'ai pas la force de réprimer mon désir pour toi, pas aujourd'hui. Tu ferais mieux de t'enfermer dans ta chambre. Pars ! S'il te plaît, pars !

De la main, il se soutint au mur de carrelage, tandis que son corps le trahissait, son membre s'engorgeant de sang au point de se soulever, tel un Phoenix. Il ne pouvait nullement se retourner dans l'immédiat. C'était déjà suffisamment moche qu'Eddie pût voir son postérieur dénudé. Lui montrer son érection et admettre son impuissance à se contrôler en sa présence n'aurait fait qu'empirer les choses.

Lorsqu'il entendit le bruit des pieds nus au sol, il laissa presque échapper un soupir de soulagement— jusqu'à ce qu'il réalisât que ceux-ci se rapprochaient au lieu de s'éloigner. Il ferma les yeux et serra les mâchoires, combattant l'irrépressible envie de se retourner et d'attirer Eddie dans la douche avec lui.

— Tu dois partir, le pria-t-il une fois de plus.

Mais c'était trop tard.

La main d'Eddie lui toucha l'épaule, le retournant pour qu'il lui fît face. Les yeux marron d'Eddie le dévisageaient, connectant son regard au sien avant d'errer vers le bas de son corps et s'arrêter à l'endroit où son sexe se tenait en érection.

Le cœur de Thomas s'arrêta de battre, tandis que ce dernier laissait son regard voyager sur le corps d'Eddie. Il était torse nu. De fermes abdominaux se contractaient juste au-dessus de son pantalon de pyjama à taille basse. Le fin tissu formait un monticule à l'endroit de son bas-ventre. La gorge de Thomas devint sèche. Il était incapable de déglutir.

Pas plus qu'il ne fut capable de bouger lorsque la main d'Eddie lui caressa le torse, lui frôlant le mamelon et l'amenant à se durcir comme de la roche en un instant. Mais la main d'Eddie ne demeura pas à cet endroit. Elle plongea plus bas, dépassa son nombril et atteignit la touffe qui gardait son sexe. Lorsque les doigts du jeune vampire passèrent à travers les poils drus, Thomas retint sa respiration, de peur de rompre le charme. Au premier contact de la main d'Eddie avec son sexe, il expulsa un gémissement involontaire. Ensuite, sa respiration s'emballa.

La main d'Eddie l'enveloppa, la peau chaude de sa paume le recouvrant telle une couverture.

— Bordel ! siffla Thomas à voix basse.

Les yeux d'Eddie se soulevèrent brusquement pour rencontrer son regard. Ses lèvres entrèrent en mouvement.

— Tu aimes ?

Il se lécha les lèvres. Sa langue était toute rose. Cela amena Thomas à expulser un autre bruit de plaisir. Était-il en train de rêver ? Car tout ceci ne pouvait réellement se passer. Pourquoi Eddie se trouvait-il soudainement dans sa douche, en train de le toucher alors que, seulement deux nuits plus tôt, il avait clairement expliqué que le baiser sur le chantier n'avait simplement été qu'une tactique de diversion ? Qu'est-ce qui avait changé dans l'esprit d'Eddie ?

Eddie resserra son étreinte sur l'érection de Thomas avant de laisser glisser la main vers le haut et vers le bas.

— Si nous faisons ça, tu dois me promettre quelque chose, exigea-t-il.

— Tout ce que tu veux, répliqua Thomas sans réfléchir, son cerveau étant déjà à l'arrêt, son sexe se chargeant à présent de toute réflexion.

— Personne ne devra jamais le découvrir.

— Personne, répondit Thomas dans un murmure, sa respiration le désertant, tandis qu'Eddie se rapprochait.

— Déshabille-moi.

Thomas tendit la main vers les cordes qui retenaient le pantalon de pyjama d'Eddie et les dénoua, les doigts tremblants. Lorsqu'elles furent dénouées, il desserra la ceinture et poussa le bas de pyjama sous le niveau de ses fines hanches. Depuis cet endroit, le vêtement tomba sur le sol humide de la douche, flottant dans la flaque dans laquelle les pieds du jeune vampire baignaient.

Thomas baissa le regard et fixa le sexe d'Eddie. Il était en pleine érection et plus beau que tout ce qu'il eût jamais vu. Complètement engorgé de sang, les veines bien rebondies s'enroulaient autour du membre, sa tête pourpre scintillant de liquide pré-éjaculatoire. Il prit une profonde inspiration, inhalant l'alléchante odeur qui lui envoya une onde de choc à travers le corps.

— Eddie, murmura-t-il, incapable de formuler une phrase cohérente.

Il glissa plutôt la main entre les jambes de son jeune partenaire et enroba les testicules avant de saisir son érection. La respiration d'Eddie marqua un arrêt et, pendant un instant, sa main posée sur le sexe de Thomas cessa ses mouvements.

Eddie le relâcha et posa ensuite sa main sur celle de Thomas pour qu'il l'ôtât de lui. Déçu, Thomas le dévisagea.

— Ensemble, murmura Eddie en pressant son sexe contre celui de son mentor avant d'envelopper leurs membres de sa main. Celle-ci ne put toutefois recouvrir complètement la circonférence combinée des deux sexes.

La main de Thomas rejoignit celle d'Eddie et, ensemble, ils les murent de haut en bas de leurs érections unies l'une à l'autre. Sentant la douce peau du sexe d'Eddie contre le sien, Thomas se sentit submergé par les sensations qui le parcouraient à toute allure : le feu le percutait dans toutes ses cellules, l'électricité alimentait les flammes de son corps, le désir déferlait.

Eddie laissa échapper un souffle irrégulier tout en baissant les paupières. Thomas inclina la tête et, de ses lèvres, vint caresser celles d'Eddie. Un gémissement s'échappa de la gorge du jeune vampire, et Thomas le captura en lui recouvrant la bouche de ses lèvres.

Au moment où leurs langues se rencontrèrent, un plaisir si intense que Thomas crut qu'il le tuerait l'envahit. Tant de fois, il avait rêvé de ceci, avait passé tant de jours dans son lit à imaginer à quoi ça ressemblerait. Mais maintenant que cela se produisait, maintenant qu'Eddie et lui faisaient l'amour, il réalisa que ses fantasmes avaient été de pâles images en comparaison avec ce qu'il était en train d'éprouver.

Tandis que la main d'Eddie le caressait, sa langue se battait en duel avec la sienne et ses cuisses le poussaient, emballant dès lors son pouls. Et si les vampires pouvaient souffrir de crises cardiaques, Thomas en mourrait certainement. Il fit glisser sa main libre sur le derrière d'Eddie et s'écrasa contre lui, lui faisant prendre conscience de son insatiable désir pour lui.

La main d'Eddie commença à se mouvoir à un rythme plus rapide, tandis qu'elle glissait de haut en bas de leurs sexes. Thomas assortit ses caresses à celles d'Eddie, sentant son excitation monter en même temps que la sienne.

Il intensifia le baiser, suça, caressa et explora son amant avec davantage de ferveur, plongeant plus profondément dans les douces cavernes de sa bouche, lui mordillant les lèvres et les lui léchant.

Lorsque la tête d'Eddie tomba en arrière, rompant ainsi le baiser, Thomas embrassa la tentante colonne de son cou, ses lèvres jetant leur dévolu sur la veine dodue qui pulsait à cet endroit. Il put ressentir le sang qui se précipitait dans la veine, la sensation de cette pulsation qui témoignait du battement de cœur, tout comme il put percevoir l'odeur du sang. Cela l'attira telle une balise en train de guider une âme en peine vers le rivage. Prendre le sang d'un amant faisait partie de ce que beaucoup de vampires faisaient pendant l'acte sexuel. Cela accentuait leur excitation et intensifiait l'accouplement. La tentation gronda en lui, tandis que ses canines s'allongeaient et venaient se frotter contre la chaude peau d'Eddie.

EDDIE SENTIT la bouche de Thomas sur son cou et ses dents aiguisées glisser le long de sa peau. La sensation le transperça d'une chaleur en son centre et droit dans son membre. Il n'avait jamais rien ressenti de mieux dans sa vie, et tout ce qu'ils étaient en train de faire, c'était frotter leurs sexes l'un contre l'autre, les mains jointes, leurs rythmes en parfaite harmonie.

Peut-être était-ce la manière de se libérer l'esprit de tout ça. Du moins, c'était ce à quoi il avait d'abord pensé en entrant dans la salle de bains de Thomas. Juste une baise rapide, et il réaliserait que ceci n'était pas ce qu'il voulait. Il aurait finalement tué son désir pour Thomas et redeviendrait son ami. Malheureusement, dès l'instant où il avait touché son mentor et enveloppé sa magnifique verge dans sa main, il s'était rendu compte que ce ne serait pas si facile. Peut-être devraient-ils baiser plus d'une fois afin de pouvoir satisfaire ses *tendances homosexuelles*.

La main libre d'Eddie erra sur le corps de Thomas, explorant les dures nervures de son abdomen et la peau lisse et imberbe de son torse. Il lui parcourut ensuite le dos, glissant vers le bas, jusqu'à la courbe, là où attendait son ferme postérieur. Thomas serra les joues lorsqu'Eddie l'enroba, et un gémissement correspondant roula sur ses lèvres. Eddie sentit la main de Thomas se resserrer autour de son postérieur et tenta de réprimer sa propre réaction face à cela, mais un soupir abandonna néanmoins ses lèvres. Ce contact possessif lui fit quelque chose, le pressa de réagir à l'appel de son amant, tels des animaux qui répondent aux appels d'accouplement de leurs partenaires.

Les hanches de Thomas bougèrent, poussant plus fortement et plus rapidement son sexe, tandis que sa main se resserrait sur celle d'Eddie afin de presser leurs membres plus fort l'un contre l'autre. Il pouvait déjà sentir l'humidité qui les lubrifiait. Eddie ne put dire avec certitude de quel sexe elle avait suinté. Probablement des deux.

— Je viens, dit Thomas entre les dents, la voix rauque et la respiration difficile. Il souleva la tête du cou d'Eddie.

— Je ne peux plus me retenir, ajouta-t-il.

Eddie se libéra du contrôle avec lequel il s'était retenu et poussa plus fort.

— Oui, cria-t-il, fier du fait qu'il pouvait faire perdre le contrôle à un vampire comme Thomas, juste en lui pompant le sexe de sa main.

— Jouis, le pressa-t-il en lui capturant les lèvres en un baiser passionné.

Il sentit alors de l'humidité se répandre entre ses doigts et un bruyant gémissement provenant de la poitrine de Thomas. Le plaisir de sentir son amant s'abandonner dans ses bras le tua : du sperme chaud jaillit dans son sexe et explosa en son bout, coulant ainsi tant sur sa main que sur celle de Thomas pendant qu'ils continuaient à se caresser, à présent plus lentement. Son corps frémit de plaisir, ses genoux chancelant, par la même occasion. Tentant de retrouver sa respiration, il arracha ses lèvres de la bouche de Thomas lorsqu'il sentit le bras libre de celui-ci lui entourer la taille, le rattrapant avant que ses genoux ne pussent se dérober sous lui.

— Je t'ai, murmura Thomas, pressant son front contre celui d'Eddie.

Eddie ferma les yeux, incapable de renvoyer le regard de son amant. Il venait juste de faire l'amour à un homme et, bordel, il avait aimé ça. Qu'est-ce que cela faisait de lui ? Il ne voulait pas répondre à cette question. Il n'était pas prêt à entendre la réponse. De plus, tout ce qu'ils avaient fait, c'était se masturber ensemble. Les mecs ne faisaient-ils pas tout le temps cela à l'université ?

Juste, répondit une voix sarcastique dans sa tête. *Et ils se touchent probablement tout le temps le sexe.*

Eddie repoussait cette pensée lorsqu'il sentit de l'eau chaude couler le long de son corps et la main de Thomas le laver doucement. Sans réfléchir, il se pencha vers lui.

— J'ai aimé, lui dit Thomas.

Eddie ne put parvenir à réciproquer ces mots même si, au plus profond de lui, il savait qu'il ressentait la même chose. Il enfouit plutôt sa tête dans le creux du cou de Thomas.

Il sentit Thomas tendre la main vers la serviette qui pendait juste à l'extérieur de la douche afin de la lui mettre autour du dos et de le tapoter pour le sécher. Il se laissa faire comme s'il était un enfant, impuissant. Il était incapable de rompre le contact avec le corps de Thomas et se rendait compte que c'était à cause de l'envie : l'envie d'en avoir davantage. Cet... *épisode* n'avait fait qu'aiguiser son appétit.

23

————————

Ne pars pas, dit Thomas.

Eddie se tenait sur le pas de la porte, une serviette enroulée autour du bas du corps, sur le point de quitter la chambre de Thomas. Il lui avait fallu tout ce qui lui restait de volonté pour faire les quelques pas vers la porte après que Thomas les eût séchés tous les deux. Mais il ne parvenait pas à tourner la poignée et sortir. Ce que Thomas offrait était trop tentant pour le décliner. Son corps voulait ceci, mais son esprit le combattait.

Thomas était debout, derrière lui, les mains sur ses épaules, les laissant doucement glisser le long de ses bras en le caressant avec les doigts. La chair de poule apparut sur sa peau, et un soupir s'échappa de ses lèvres. Il n'avait pas réalisé qu'un homme pût avoir un toucher si tendre. Il n'y avait rien de brutal.

— Je devrais y aller.

— Pourquoi ?

Eddie n'eut aucune réponse quoiqu'il fouillât longuement dans son esprit pour en trouver une.

— De quoi as-tu peur ?

Les mains de Thomas le caressèrent tout le long du dos, ses doigts glissant sous la serviette, la détachant et envoyant ainsi des coulées de lave sur son derrière.

La respiration d'Eddie marqua un arrêt. S'il restait, il savait ce qui se passerait. Thomas le prendrait de la seule façon dont un homme pouvait le faire. Il n'était pas prêt pour cela. Bon sang, il ne pensait jamais être un jour prêt pour cela. Comment pourrait-il autoriser un autre à faire ça, à le prendre comme ça.

— Je ne ferai rien que tu ne veuilles pas, ajouta Thomas.

La serviette tomba à terre, et de l'air frais souffla contre son corps échauffé. Les mains chaudes de Thomas glissèrent sur son derrière, l'enrobèrent, l'incitant à se presser contre elles, même si son esprit lui disait de s'échapper tant qu'il le pouvait.

— Je ferai seulement ce que tu veux que je fasse.

Les mains de Thomas se déplacèrent autour de ses hanches, glissèrent vers l'aine, et ses doigts peignèrent la touffe de poils présente autour de son sexe, lui promettant davantage de plaisir.

Eddie ferma les yeux. À présent, son corps tremblait presque. Il n'avait plus les idées claires.

— J'aime te toucher, admit Thomas en recouvrant le sexe d'Eddie de ses mains pour le caresser.

Sous ce toucher, son membre durcit. Il tenta de lutter contre cela, mais en vain. Tandis que les mains de Thomas le caressaient, sa verge se redressa de toute sa longueur et se recourba vers le haut, en réclamant davantage. Le désir se répandit dans tout son corps, bouillant dans son ventre. Il fut incapable de le contenir plus longuement. Bientôt, ce désir dominerait son corps et prendrait les décisions pour lui.

— Laisse-moi te sucer. Je te promets que tu aimeras ça.

Eddie n'en avait aucun doute. Mais s'il laissait cela se produire, ses sentiments ne seraient-ils pas renforcés ? Cela n'empirerait-il pas les choses ? Un autre homme en train de le sucer—n'était-ce pas considéré comme du sexe homosexuel ? Bien plus encore que de laisser Thomas le masturber ? S'enfonçait-il encore et encore plus profondément là-dedans ? Ne serait-ce pas mieux de partir maintenant et considérer ceci comme un stupide acte unique ? Une faute de jugement. Tout le monde commettait des erreurs. N'était-il pas autorisé à en commettre une également ? D'accord, peut-être deux, s'il comptait le baiser sur le chantier et la branlette subséquente dont Thomas l'avait gratifié.

Thomas le retourna de sorte qu'il pût lui faire face. Ses yeux plongèrent dans ceux d'Eddie.

— Reste.

Incapable de prendre une décision, Eddie le dévisagea simplement et ne protesta pas quand Thomas le conduisit vers le lit. Eddie se coucha sur le dos et le regarda. Nu et excité, son mentor, le plus beau spécimen de virilité qu'il eût jamais rencontré, se tenait au-dessus de lui. Pourrait-il réellement résister à Thomas et se refuser le plaisir d'être désiré par un homme comme lui ?

Sans autre mot, Thomas s'abaissa et écarta les cuisses d'Eddie. Celui-ci se sentit exposé. Et pourtant, à la vue du regard affamé que Thomas jetait sur lui, il frémit de plaisir. Il ne s'était jamais senti autant désiré de toute sa vie. Et cela était bon— trop bon pour opposer de la résistance, même s'il savait qu'il le devrait.

Lorsque ses lèvres s'écartèrent, Eddie ne sut pas pourquoi. Ce ne fut qu'au moment où il entendit ses propres mots qu'il sut qu'il avait pris une décision.

— Suce-moi.

Au moins pour aujourd'hui, il s'était laissé aller aux désirs de son corps. Demain, il réfléchirait à ce que tout cela signifiait.

EDDIE ÉTAIT ÉTENDU sur le lit tel un somptueux festin. Thomas laissa errer ses yeux, s'abreuvant de la vue du corps nu allongé devant lui. Tout comme il s'abreuvait de l'odeur de l'excitation d'Eddie. Dur et lourd, le sexe de son jeune partenaire se recourbait en direction du nombril. Thomas l'avait senti bander dans la douche et était content de voir que son jeune amant était de nouveau si vite d'attaque. Tout particulièrement depuis qu'il avait ressenti son hésitation. Eddie avait toujours peur de ses sentiments ; il n'y avait aucun doute à ce propos. Même la façon dont ses yeux le regardaient à présent lui disait qu'Eddie ne s'était pas totalement abandonné à son nouveau lui. Et Thomas ne l'y pousserait pas aujourd'hui. Quoique son sexe le fît souffrir et autant il voulait l'enfouir en Eddie et le baiser jusqu'au lever du soleil sur l'océan Pacifique, autant il savait que son amant n'y était pas prêt. Celui-ci aurait besoin de plus de cajoleries pour accepter l'inévitable.

Une once de culpabilité s'insinua dans l'esprit de Thomas, tandis qu'il enfonçait la tête entre les jambes d'Eddie. Était-il en train de séduire une personne naïve ? Utilisait-il, par inadvertance, son pouvoir afin de leurrer Eddie et l'amener dans son lit ? L'espace d'un instant, il se retira et rechercha en lui le moindre signe de son sombre pouvoir éventuellement remonté à la surface. Il laissa circuler ses sens et ressentit la paix tout autour de lui. Non, il n'avait pas fait usage de ce pouvoir occulte pour amener Eddie à venir vers lui. Tout ce qu'il avait fait, c'était lui montrer le plaisir qu'un homme pouvait lui prodiguer. À n'importe quel moment de leur rendez-vous galant, Eddie aurait pu s'en aller. Et pourtant, il était resté, tout comme il s'était étendu sur le lit de sa propre volonté.

Thomas abaissa de nouveau la tête, sortit la langue et lécha le bout du sexe d'Eddie. Sous lui, son amant eut un sursaut, un gémissement émanant de lui au même moment.

— Tout doux, tout doux, ce n'est pas encore fini, murmura Thomas.

Il remarqua les mains d'Eddie en train d'agripper les couvertures comme si sa vie en dépendait. Glissant les siennes le long des cuisses de son amant, il les écarta davantage et le pressa de plier les jambes. Cette position l'exposait davantage et libérait ses testicules afin de pouvoir les toucher.

Dans un soupir, il enfonça les lèvres sur l'érection d'Eddie et mit le gland dans sa bouche. Il lécha par-dessus et tout autour du bout, lubrifiant doucement la peau avant de glisser sur toute sa longueur, le prenant dans sa bouche aussi profondément qu'il le pouvait.

— Bordel !

Ce simple mot d'Eddie fut assez encourageant pour répéter l'action, relâchant son sexe une fraction de seconde avant de l'aspirer de nouveau dans sa bouche tout en aplatissant la langue contre la face inférieure du membre et glisser vers le bas.

Un autre gémissement émana d'Eddie. Celui-ci fourra alors une main dans les cheveux de Thomas et le pressa de remonter. Son sexe sortit de la bouche de son partenaire, tandis que ce dernier lui lançait un regard inter-rogateur.

— Tu n'aimes pas ça ?

— Tu continues comme ça, et je ne tiendrai pas plus de dix secondes.

Thomas sentit un sourire lui tirer les lèvres.

— Ne t'inquiète pas. Je sais comment te faire tenir plus longtemps.

Il plongea alors à nouveau la bouche sur l'érection d'Eddie et le suça encore plus fort. Il s'assurerait que son jeune amant appréciât pleinement ceci et revînt pour en avoir davantage. Et lentement, de séduction en séduction, ils deviendraient plus proches, et leurs rapports sexuels n'en seraient que plus intimes.

Thomas n'était rien de moins que patient. Il avait attendu ceci pendant plus d'une année et, maintenant qu'Eddie était dans son lit, il pourrait patienter jusqu'à ce que celui-ci pût s'abandonner entièrement.

Sentir la verge d'Eddie pulser dans sa bouche, entendre ses gémisse-ments, ses soupirs et sentir ses hanches pousser vers le haut lui procurait presque autant de plaisir que lorsque la main de son jeune amant l'avait amené jusqu'à un orgasme en or. Son sexe était déjà dur comme le roc mais, dans l'immédiat, il devait l'ignorer et se concentrer sur Eddie. Il devait lui montrer le genre de plaisirs que les hommes pouvaient se prodi-guer, et qu'il n'y avait rien de mal à cela.

Thomas saisit l'érection d'Eddie par la base sans ôter sa bouche et tira vers le haut, puis le caressa à nouveau vers le bas, ajoutant plus de pression avec sa main. Des jointures de son autre main, il caressa les testicules d'Ed-die, lesquels s'étaient contractés et se soulevaient, signe qu'il était proche de la jouissance. Ne désirant pas que cela se terminât si vite, Thomas lui enroba le scrotum et tira doucement les bourses vers le bas. Il les sentit se détendre sous sa poigne et continua de lécher le sexe de haut en bas.

— Putain, c'est bon ! cria Eddie.

Thomas entendit le bruit d'une déchirure et remarqua que les mains d'Eddie déchiquetaient les draps, tandis qu'il tentait de garder le contrôle. La fierté emplit la poitrine de Thomas : il faisait ressortir le côté vampire d'Eddie— ses instincts primaires, son côté qui contrôlait sa pulsion pour le sang et le sexe.

Un fin lustre de transpiration s'était formé sur le cou et la poitrine de son binôme, et de minuscules ruisseaux arpentaient à présent les canaux creusés par les muscles de son torse. Il était mince, moins corpulent que Thomas—seulement trois ou quatre centimètres de moins— mais parfait en tout sens. Un torse imberbe, un ventre plat, de fortes jambes. Et ensuite, son membre. Thomas ne s'était pas attendu à ce qu'il fût si gros. Et si beau.

Thomas ne pouvait se rassasier de lui. Plus il suçait et léchait, plus il pompait le sexe d'Eddie de haut en bas, et plus il voulait que cela continuât. Le goût d'Eddie était intoxiquant, et les minuscules gouttes d'humidité qui suintaient du bout créaient une dépendance. Chaque fois qu'il avait sucé d'autres hommes, il avait voulu, en définitive, que cela se terminât de sorte à pouvoir poursuivre avec d'autres choses mais, ici, c'était différent. Ce n'était pas simplement un prélude à autre chose. Ce n'était pas juste une pipe qu'il prodiguait à un amant afin que ce dernier pût, plus tard, se pencher par-dessus lui. Non, cette fois, Thomas n'attendait rien d'autre en retour que de voir un pur plaisir se répandre sur le visage de son jeune amant. Tout ce qu'il voulait, c'était qu'Eddie pût reconnaître que c'était lui qui lui procurait ce plaisir.

Lorsqu'il sentit de nouveau la main d'Eddie sur sa tête, il se demanda si celui-ci voulait le retirer une fois de plus mais, ensuite, celle-ci glissa sur sa nuque et les doigts chauds d'Eddie le caressèrent. Un frisson lui parcourut la colonne vertébrale jusqu'au coccyx, là où le picotement se répandait pour atteindre son sexe.

Putain ! Il n'était pas un novice. Une caresse si innocente ne devrait pas avoir un tel effet érotique sur lui et, pourtant, c'était comme si Eddie lui caressait la verge. Il gémit involontairement, et le souffle qu'il libéra vint heurter l'érection d'Eddie, laquelle eut un sursaut dans sa bouche.

— Je viens, Thomas ! Je viens ! laissa échapper Eddie dans un gémissement essoufflé, tandis qu'il tentait de retirer son sexe de la bouche de Thomas.

Mais ce dernier ne l'y autorisa pas. Il le suça plus fort, le retenant par la base afin de l'empêcher de s'échapper.

— Tu n'as pas à..., commença Eddie, mais ses mots moururent, tandis qu'il se cambrait et que son sexe se contractait.

De chaudes giclées de sperme jaillirent dans la bouche de Thomas. Elles arrivèrent telles des impulsions électriques, et Thomas avala le liquide tout aussi rapidement. Ses canines s'allongèrent en même temps et pointèrent de ses lèvres, frôlant dès lors la peau d'Eddie. Sans réfléchir, il laissa le sexe sortir de sa bouche, enfonça ses canines dans la cuisse de son partenaire et les guida bien profondément dans la chair.

Surpris, un cri et un soubresaut émanèrent d'Eddie mais, ensuite, il s'installa de nouveau sur le lit, ses membres se décontractant. Thomas tira sur la veine bien dodue et goûta le riche liquide rouge qui lui remplissait la bouche. Le sexe l'avait toujours affamé mais, cette fois, c'était plus que cela. Cette fois, il voulait intensifier le plaisir d'Eddie et le sien par le biais d'une sensuelle morsure.

Le sang d'Eddie était acidulé avec un parfum de musc. Riche et jeune. Thomas laissa le liquide couler dans sa gorge et la napper tout en fermant les yeux pour savourer cette sensation. S'il pouvait vivre aux dépens du sang d'Eddie, il le ferait. Malheureusement, le sang de vampire ne sustentait que peu un autre vampire. Il savait néanmoins que Maya ne buvait que le sang de Gabriel. Toutefois, ce dernier étant partiellement satyre, son sang avait d'autres vertus nourrissantes capables de sustenter Maya. Eddie et lui seraient toujours forcés de boire du sang humain. Cela ne l'empêcha pas d'apprécier son sang en ce moment, d'en savourer chaque goutte.

Son corps tout entier était en flammes, chacune de ses cellules se rechargeant de force et d'espoir. Son esprit se calma et, pour la première fois en presque un siècle, il pouvait à peine ressentir le sombre pouvoir en lui. Comme si celui-ci diminuait. Tandis que le sexe avait toujours été une distraction et l'avait empêché de penser au mal qui vivait en lui, il n'était jamais parvenu à le refouler à une profondeur telle qu'il en fût devenu à peine perceptible. Eddie lui donnait-il la force dont il avait besoin pour vaincre le mal qu'il avait en lui ?

Thomas puisa une dernière et longue fois dans la veine ouverte avant de rétracter ses canines et de refermer les minuscules piqûres en les léchant.

Ensuite, il se redressa et s'étendit sur le lit à côté d'Eddie, le tirant dans ses bras. Eddie ouvrit les yeux, le regarda avec émerveillement et écarta les lèvres, mais rien n'en sortit.

— Merci, murmura Thomas. Tu n'as pas idée de ce que cela signifie pour moi.

La main d'Eddie remonta vers la nuque de Thomas pour le faire redescendre. Sans un mot, il pressa ses lèvres sur celles de son amant et l'embrassa— un baiser plus passionné que Thomas n'eût jamais ressenti de sa part auparavant. Quelque chose avait-il changé entre eux ? Eddie l'acceptait-il, de même que les sentiments qui grandissaient entre eux ?

24

Eddie enjamba sa moto, la fit rouler hors du garage et referma la porte derrière lui avant d'allumer le moteur. Bien que le soleil vînt juste de se coucher, Thomas dormait déjà, et il ne voulait pas le réveiller. Il ne savait pas comment agir avec lui après ce qui s'était produit moins de huit heures plus tôt.

Il n'avait pas prévu de dormir dans le lit de Thomas, mais après que celui-ci l'eût sucé avec tant de passion, il avait été incapable de soulever le moindre membre pour partir. Il avait voulu prolonger la sensation du corps de son mentor et amant près du sien. Et ce dernier s'en était accommodé : il s'était lové contre lui tout le temps, les jambes repliées sous ses genoux, le bas-ventre en parfait alignement avec son postérieur. Et il avait aimé la sensation des bras protecteurs de Thomas autour de lui, telle une cage. Cela faisait-il de lui une fille ?

Eddie repoussa cette pensée. Non, il était un homme. Parce qu'il avait juste laissé Thomas le tenir de cette façon ne faisait pas de lui une fille.

Eddie s'arrêta au feu suivant, attendit que celui-ci passât au vert, et traça son itinéraire dans sa tête. Nina lui avait envoyé un texto urgent pour le rencontrer à une adresse dans la Mission, et il se demandait si quelque chose clochait. Amaury et elle s'étaient-ils disputés, et était-ce la raison pour laquelle elle ne voulait pas le voir chez elle ?

Quelque peu préoccupé par sa sœur, il poursuivit sa route vers le bas de la colline. Il s'était toujours senti responsable de Nina, quoiqu'elle fût de trois ans son aînée. Mais après les affreux événements au sein de leur dernière maison d'accueil, il avait ressenti le besoin de faire attention à elle tout comme elle avait fait attention à lui après la perte de leurs parents. Ils avaient tenu le coup contre vents et marées et étaient finalement parvenus à partir et à recommencer une nouvelle vie.

Eddie trouva facilement l'adresse, bien qu'il ne pût voir le numéro sur la maison à deux étages. Mais quand il vit Nina devant la bâtisse en train de lui faire signe, il sut qu'il était au bon endroit. Il s'arrêta en face du garage et coupa le moteur, ôtant son casque un instant plus tard avant de l'accrocher au rétroviseur.

— Hé Nina ! Que se passe-t-il ? Tu as des ennuis ? demanda-t-il en abaissant la béquille tout en descendant de la moto.

Elle secoua ses boucles blondes.

— Pourquoi aurais-je des ennuis ?

— Ton message semblait dire que c'était urgent.

— Je dois te montrer quelque chose, répondit-elle en lui faisant signe d'approcher.

Il s'exécuta et la serra rapidement dans ses bras avant qu'elle ne se retournât vers la porte d'entrée et sortît une clé de la poche de son jeans. Elle la fourra dans la serrure, la tourna et poussa la porte.

Eddie la suivit à l'intérieur et remarqua que l'endroit était vide. Pas le moindre meuble ne se trouvait dans la grande pièce à plan ouvert dans laquelle ils entraient. Subitement, il réalisa. Il sut pourquoi Nina l'avait amené ici : cet endroit était libre à la location.

Un pincement de culpabilité provenant de nulle part le percuta. Regarder un appartement après ce qui venait de se passer plus tôt entre Thomas et lui fut ressenti comme une trahison. C'était un tort, car il n'avait rien promis à son mentor. Ils ne s'étaient rien dit, n'avaient pas discuté de la façon ou de l'endroit où ils poursuivraient leur relation sexuelle. Et pourtant, fouiner derrière le dos de Thomas, clandestinement, à la recherche d'un endroit où vivre le faisait se sentir comme un con.

— Je ne sais pas, Nina, commença-t-il tout en jetant un coup d'œil rapide tout autour de la pièce.

— Je sais qu'elle n'a l'air de rien pour l'instant. Ils ne l'ont pas meublée, mais imagine-la juste avec quelques meubles sympas. Et elle aurait également besoin d'être repeinte, mais je suis sûre que tu pourras avoir quelques gars pour t'y aider, l'interrompit-elle.

Elle parlait comme un vrai agent immobilier vantant les mérites d'un truc à retaper infesté de rats.

— Viens, je vais te montrer la cuisine.

Elle lui attrapa le bras et le tira vers l'arrière de la maison.

— La cuisine n'est pas vraiment mon grand souci, répondit-il en la suivant. Comme tu le sais, je ne mange pas ; par conséquent, je ne cuisine pas.

Elle tourna la tête et roula des yeux.

— C'est important pour la valeur de revente. Les cuisines vendent les maisons, prétendit-elle.

— Revente ?

— Oui, cet endroit est à vendre. J'ai pensé que tu pouvais tout aussi bien acheter quelque chose ici plutôt que de louer. Les loyers ont vraiment augmenté en ville, et si tu n'achètes pas maintenant, tu ne pourras plus t'acheter quelque chose de décent dans quelques années. Fais-moi confiance à ce sujet !

Nina entra dans la cuisine en piétinant. Il entra après elle et dut admettre que la pièce était grande et spacieuse malgré le fait qu'elle semblât démodée.

— Le carrelage originel est des années 1960, mais tout peut être changé. Imagine quelques appareils en acier inoxydable, un plan de travail en granit et quelques nouveaux placards. Tu pourras même mettre un îlot central, et il y aura toujours suffisamment d'espace pour se déplacer aisément.

Eddie soupira.

— Nina, acheter ne m'intéresse pas vraiment. Je voulais juste…

Enfin, il n'était plus vraiment sûr de ce qu'il voulait. Les choses avaient quelque peu changé. Mais il ne pouvait en parler à sa sœur. Et s'il lui disait soudainement qu'il ne voulait pas vraiment déménager dans l'immédiat, elle soupçonnerait quelque chose de louche et continuerait à creuser jusqu'à déterrer la vérité. Il valait mieux mentir.

— Si c'est l'argent qui t'inquiète, Amaury a dit qu'il t'accorderait un prêt afin que tu ne t'adresses pas à une banque, dit Nina.

— C'est gentil de sa part, mais je n'en veux vraiment pas. Je ne suis pas prêt pour une maison. Je voulais juste un petit appartement.

Et s'il était honnête, il admettrait immédiatement qu'il n'était pas vraiment sûr de vouloir son propre chez lui. Avoir passé la journée dans le lit de Thomas avait rendu les choses confuses et compliquées.

— Si tu n'aimes pas cette maison, je peux chercher et t'en trouver d'autres. Et elle ne doit pas non plus être aussi grosse que celle-ci. Peut-être juste un petit cottage comme celui d'Yvette et Haven ?

Ses yeux étincelèrent soudainement.

— Oh, je parie que maintenant qu'ils ont le bébé, ils voudront probablement un endroit plus grand. Ils n'ont que deux chambres, et je sais que la deuxième chambre n'est pas grande. Peut-être qu'ils voudront vendre leur maison. Je peux leur demander.

— Non !

C'était tout ce dont il n'avait pas besoin : que tout le monde à Scanguards découvrît qu'il cherchait un endroit où vivre. Cela ne prendrait que deux secondes avant d'atteindre les oreilles de Thomas.

— Pourquoi pas ? Telegraph Hill est un excellent quartier.

Eddie laissa échapper un souffle exaspéré.

— Nina, je viens juste de te dire que je ne veux pas de maison.

Elle haussa les épaules en soupirant.

— Bien. Mais tu sais qu'avec un appartement, tu auras toujours des voisins, et tu devras toujours être plus prudent afin que personne ne découvre ce que tu es.

Il hocha la tête automatiquement.

— J'en suis conscient.

— Bien, je suppose que tu es décidé. Je dirai à Amaury de dire à l'agent que ce n'est pas ce que tu recherches.

Elle se dirigea vers la sortie.

Soulagé, Eddie la suivit.

— Comment as-tu eu la clé, d'ailleurs ? Les agents immobiliers ne sont-ils pas censés accompagner les clients éventuels ?

Nina ouvrit la porte d'entrée et passa le pas de celle-ci.

— Tu oublies qu'Amaury a également un permis d'agent immobilier. Il reçoit les clés des agents à chaque fois qu'il en veut une. Fais-moi confiance, ils sont heureux de ne pas faire une visite en soirée quand ils préfèrent être en famille à la maison.

Eddie attendit sur les escaliers, tandis que Nina verrouillait la porte et remettait la clé dans sa poche.

— Peux-tu m'emmener ? demanda-t-elle. Amaury m'a déposée tout à l'heure, mais il devait aller au bureau pour s'occuper de plusieurs choses.

— Bien sûr, je vais te reconduire chez toi.

Il se dirigea vers la moto en stationnement et balança une jambe par-dessus tout en soulevant la béquille par la même occasion.

— Oh, je ne rentre pas à la maison. Peux-tu me conduire chez Portia ? Elle et moi voulions aller faire du shopping pour acheter quelques trucs pour le bébé d'Yvette. Nous lui préparons une baby-shower, dit-elle en montant derrière lui.

— Une baby-shower ?

— Oui, une baby-shower, tu vois, quand toutes les filles se rassemblent et amènent des cadeaux pour le bébé.

Eddie secoua la tête.

— Tant que je ne dois pas y assister, marmonna-t-il dans un souffle.

Il saisit alors le casque du guidon et le tendit à sa sœur.

— Tu dois porter ça.

Nina le prit sans protester et le mit.

— Prête ? demanda-t-il en sentant les bras de sa sœur s'enrouler autour de sa taille.

— Allons-y.

Il s'engagea dans la rue et, ce faisant, observa sa vitesse. C'était une chose de rouler avec un autre vampire, c'en était une autre d'avoir un humain sur la moto. Il ne prenait jamais le moindre risque quand Nina était avec lui. Alors qu'il pouvait s'en sortir indemne de n'importe quel accident, une humaine fragile comme Nina ne serait pas nécessairement aussi chanceuse. Et Amaury aurait sa peau si quelque chose arrivait jamais à Nina sous sa responsabilité, tout comme il ne serait plus capable de se regarder en face si une de ses actions avaient pour conséquence de blesser sa sœur.

— Cette machine ne va-t-elle pas plus vite ? l'entendit-il se plaindre, à l'arrière.

— Si, mais, en ville, il y a des limites de vitesse, envoya-t-il, sachant qu'il ne ferait que l'énerver s'il lui disait qu'il conduisait aussi lentement à cause d'elle.

— Tu ne respectais jamais les limitations de vitesse, avant.

— Maintenant, je le fais, maugréa-t-il. Alors, arrête de te plaindre ou je vais te laisser marcher.

Bien sûr, il ne le ferait pas, mais il y avait peu d'autres manières d'amener Nina à se taire.

Cela prit moins de cinq minutes pour atteindre la maison de Portia et de Zane dans la Mission. Eddie s'engagea dans l'allée et s'arrêta, les pieds à terre de sorte à soutenir la moto pendant que Nina en descendait. Elle ôta le casque et le lui tendit.

— Tu veux entrer un moment ?

Il secouait la tête lorsqu'il vit la porte du garage se soulever. Quelques instants plus tard, Portia en sortait, Zane pas très loin derrière elle.

— Hé ! les salua Nina. Ses prochains mots furent étouffés par le petit fou de chiot Labrador en train de courir après elle tout en aboyant sur la moto comme si c'était un intrus contre lequel il devait la défendre.

— Z ! le réprimanda Zane. Ressaisis-toi !

Le chien tourna la tête vers son propriétaire et cessa d'aboyer durant une seconde avant de se retourner sur la moto et de poursuivre tout aussi bruyamment qu'auparavant.

— Z ! le réprimanda à présent Portia en se penchant pour le prendre dans ses bras. Le chien cessa immédiatement d'aboyer.

Zane s'approcha, enroula un bras autour de Portia et regarda ensuite sévèrement le chien.

— Un de ces jours, tu vas te retrouver enfermé en-dehors de la maison, et je ne te laisserai plus rentrer !

Portia rit sous cape et sourit à son compagnon.

— Tu sais bien que ces menaces ne fonctionnent pas avec lui, car il sait que tu ne les mettras jamais à exécution.

Zane grogna, puis regarda Eddie et Nina.

— Hé, les gars, quoi de neuf ?

— Oh, je viens juste de montrer une maison à Eddie. Et maintenant, Portia et moi allons faire un peu de shopping pour la baby-shower, répondit Nina avant qu'Eddie ne pût l'en arrêter.

Zane lui lança un regard étonné.

— Tu déménages de chez Thomas ? Il n'a jamais rien mentionné.

— Ouais, enfin, rien n'est encore décidé, répliqua rapidement Eddie. De toute façon, je dois filer. On se voit au champ de tir dans une demi-heure ?

Zane acquiesça d'un hochement de tête.

— Je me prépare à partir.

— Champ de tir ? demanda Nina, surprise, en dévisageant Eddie. Depuis quand tu aimes tirer ?

— Je donne des leçons quasi quotidiennes à Eddie en tir de précision. Il devient assez bon, répondit Zane.

— Bon ? répéta Eddie. Je suis plus qu'un bon tireur !

Bon sang, il s'était cassé le cul afin de perfectionner ses exercices de tir.

Portia se mit à rire.

— Eddie, je suppose que tu n'as pas tout à fait compris l'échelle d'évaluation de Zane. « Bon » est un énorme compliment de sa part.

Zane roula des yeux.

— N'écoute pas Portia. Elle essaie juste de faire en sorte que tu te sentes bien. Tu as toujours des trucs à apprendre.

Avant toute nouvelle protestation d'Eddie, Nina posa une main sur son bras.

— Comment se fait-il que je sois toujours la dernière à apprendre ce que tu trafiques ?

Eddie haussa les épaules.

— Hé, ce n'est pas la mer à boire. Ça fait juste partie de mon job.

Quoique son job ne requît pas d'être un tireur d'élite. Mais après la bagarre entre Thomas et son créateur quelques mois auparavant, bagarre durant laquelle il n'avait pas été capable de tirer sur l'assaillant de son mentor de peur de toucher ce dernier à la place, Eddie s'était promis de perfectionner ses aptitudes au tir.

— De toute façon, je ferais mieux de filer. À plus ! dit-il rapidement, revêtant son casque avant que sa sœur ne lui posât davantage de questions.

— Merci de m'avoir amenée ! lui cria Nina, tandis qu'il tournait la moto et déboulait à toute vitesse dans la rue.

Peut-être aurait-il dû dire sur-le-champ à sa sœur qu'il avait changé d'avis à propos de sa recherche d'appartement. Ou, au moins, qu'il voulait remettre ça à plus tard, jusqu'à ce qu'il eût décidé ce qu'il voulait. Mais il n'était pas préparé aux questions que son revirement aurait soulevées. En outre, il ne savait réellement pas ce qu'il voulait : rester avec Thomas ou partir ?

25

Thomas déposa le morceau de papier qu'il avait étudié pendant une minute sur son bureau et commença à taper sur le clavier de son ordinateur. Le nouveau propriétaire du magasin de Al était une société, et seule une boîte postale avait été mentionnée en guise d'adresse sur le contrat. Comme si se cacher derrière une boîte postale pouvait l'empêcher de retrouver les gens qui avaient racheté le magasin de Al. Il avait déjà vérifié sur le site du Secrétariat de l'État de Californie, mais n'y avait, à nouveau, trouvé qu'une boîte postale. Il alla à présent sur un site de confiance qu'il utilisait fréquemment pour enquêter sur des compagnies et des individus qui avaient quelque chose à cacher et se mit au travail.

K Industries était une société du Delaware, ce qui indiquait que, quelle que fût l'identité de celui qui l'avait montée, ce denier aimait le statut fiscal avantageux de cet état de la côte Est. À nouveau, seule une boîte postale était mentionnée en guise d'adresse de la compagnie mais, après avoir creusé un peu plus, Thomas en découvrit davantage. Quoiqu'il eût été incapable de trouver les noms des individus possédant la compagnie, il vit apparaître, sur un des documents de la société enregistrés dans l'état du Delaware, le nom d'un avocat en Californie. Apparemment, la société appartenait à d'autres sociétés— incontestablement un stratagème de sorte à maintenir cachés les réels propriétaires de K Industries. Il suivit la trace de ces compagnies, ce qui le conduisit vers divers paradis fiscaux off-shore et, finalement, dans une impasse.

Il ne restait donc que l'avocat qui avait rempli les papiers. Thomas tapa son nom sur le site du barreau et enfonça la touche « enter ».

— Bingo ! dit-il, tandis que la recherche sur le web renvoyait le nom de l'avocat vers une adresse à San Francisco. Il la nota sur un morceau de papier et le glissa dans sa poche. Au moins, il avait un endroit où commencer l'enquête. L'avocat aurait des fichiers sur ses clients à son cabinet. Quelqu'un devait l'avoir payé.

Thomas se leva de sa chaise et se dirigea vers la porte. Il vérifierait avec Zane si ses collègues avaient trouvé autre chose et, ensuite, il sortirait pour voir ce qu'il pouvait trouver au cabinet de l'avocat.

Tandis qu'il ouvrait la porte et faisait un pas dans le couloir, il remarqua Eddie face au tableau sur lequel on affichait les attributions. Deux autres vampires passèrent devant lui. Le désir se réveilla instantanément.

— Eddie, l'appela Thomas.

La tête d'Eddie pivota immédiatement dans sa direction, les yeux écarquillés, comme s'il venait de se faire pincer.

— Tu as une minute ?

Tout en regardant autour de lui, Eddie s'approcha avec hésitation.

— Il faut que je me prépare pour ma patrouille.

— Ce n'est que pour une minute, ajouta Thomas en désignant son bureau.

Eddie baissa les paupières comme pour éviter de le regarder dans les yeux, le frôla ensuite en passant et entra. Thomas se fit une petite place derrière lui et referma la porte.

Il inhala et perçut le parfum d'Eddie. Il était tout aussi alléchant que plus tôt dans la journée.

— Tu es parti tôt.

La pomme d'Adam d'Eddie monta et descendit.

— J'ai beaucoup de travail à faire.

— Tu aurais dû me réveiller avant de quitter le lit.

Thomas se pencha plus près, remarquant la façon dont son protégé se pressait contre le mur derrière lui.

— C'est juste que je ne pouvais plus dormir.

— Je t'ai empêché de dormir en ronflant ?

Eddie secoua la tête.

— Tu ne ronflais pas.

— Je suis content.

Il rapprocha son visage de celui d'Eddie, le regard baissé vers ses lèvres entrouvertes. Étaient-elles en train de trembler légèrement, ou l'imaginait-il ?

— Ce serait affreux que tu refuses de dormir dans mon lit parce que je ronfle.

La poitrine d'Eddie se souleva.

— Je, euh, je…

— Naturellement, il y a d'autres choses qui peuvent te maintenir éveillé dans mon lit. Je ne pourrai pas toujours te garantir que tu dormiras beaucoup quand tu seras avec moi.

Thomas laissa planer ses lèvres à moins de trois centimètres de celles d'Eddie et inhala son parfum grisant. Il le sentit inspirer de l'air. Sans les presser contre sa bouche, il poursuivit.

— J'ai apprécié ce que nous avons fait. La moindre seconde.

Les yeux d'Eddie se fermèrent.

— Thomas, je ne suis pas sûr…. Je ne pense pas que je peux…

— Chuut. Je n'ai aucune exigence.

Pas encore, pensa-t-il. Mais, bientôt, il serait incapable de se retenir et demanderait ce qu'il voulait.

— J'espère que tu n'es pas fâché contre moi de t'avoir mordu. Mais la tentation était trop grande pour résister. Ta saveur était trop bonne.

Mais à présent, il pouvait toujours se remémorer le goût du sang d'Eddie sur sa langue, et cette simple pensée le fit bander.

Sans réfléchir, il enfonça les hanches contre celles d'Eddie.

Une respiration saccadée s'échappa de la bouche du jeune vampire, lequel ouvrit brusquement les yeux. Son regard se heurta à celui de son mentor.

— Oh Dieu, Eddie, je te veux depuis si longtemps. Je te veux encore plus maintenant.

Lentement, il se pressa contre les lèvres entrouvertes d'Eddie. Inclinant la tête sur le côté, il guida sa langue à travers elles tout en se frottant doucement contre son homologue. Ce contact lui envoya une vague de chaleur à travers le corps et directement dans le sexe, l'amenant à écraser ses hanches sur Eddie.

Par le biais de longues caresses assurées, il explora la bouche de son jeune amant et se battit en duel avec sa langue, sentant à quel point le jeune vampire dans ses bras abandonnait toute résistance et frottait son corps contre le sien. Lorsque Thomas sentit les mains d'Eddie agripper son postérieur et le tirer encore plus fort d'un coup sec tout contre lui, un gémissement glissa de ses lèvres.

Il pilla la bouche d'Eddie, se délectant de sa saveur, des fermes caresses de sa langue et de la forte pression de ses lèvres. Il avait toujours aimé la façon dont un homme embrassait : avec force et détermination. Et Eddie n'était en rien différent : il embrassait avec sincérité, même si c'était Thomas qui avait amorcé le baiser.

Eddie lui enroba le derrière dans la paume de sa main, malaxant la chair au même rythme que celui avec lequel il venait écraser son bas-ventre contre Thomas. Il y avait clairement une forte protubérance dans le pantalon d'Eddie. Cette érection atteignait des proportions énormes. Ce fait lui envoya une autre flamme à la chaleur incandescente à travers tout le corps : il pouvait exciter Eddie en quelques secondes. Cela lui donna l'espoir que les choses progresseraient rapidement entre eux et deviendraient, sous peu, bien plus intimes.

Soudain, la sonnerie du téléphone vint déchirer le halètement des respirations lourdes qui envahissaient la pièce.

Eddie arracha ses lèvres de celles de Thomas, relâcha son étreinte et le repoussa de quelques centimètres. La panique brillait dans ses yeux.

— Les gens vont le découvrir.

Une autre sonnerie retentit.

Eddie se tourna et ouvrit grand la porte.

— Eddie, s'il te plaît...

Mais Eddie se précipita dehors et dévala le couloir. Frustré, Thomas referma la porte en la claquant. L'embrasser dans le bureau, là où n'importe qui eût pu se retrouver nez à nez avec eux, à n'importe quel moment, n'avait peut-être pas été une idée des plus futée. Il était clair qu'en entendant la sonnerie du téléphone, Eddie avait recouvré ses sens et paniqué.

Thomas se passa une main dans les cheveux. Il lui parlerait au lever du soleil, lorsqu'ils seraient tous les deux à la maison, et lui dirait que, dorénavant, il limiterait ses démonstrations d'affection à leur domicile, là où ils avaient toute l'intimité dont ils avaient besoin.

Le téléphone retentit une troisième fois. Thomas se tourna vers le bureau et souleva le cornet.

— Thomas à l'appareil.

Sa voix semblait plus rauque que d'habitude. Pas étonnant : après tout, il avait été sur le point de sauter Eddie contre le mur de son bureau.

— S'il te plaît, arrête de me faire rechercher, lui parvint une voix familière à travers la ligne.

Thomas fut immédiatement en alerte.

— Al !

— Écoute, je ne peux pas parler longtemps, mais oublie-moi, tout simplement.

— Que se passe-t-il, Al ? Pourquoi as-tu vendu le magasin ?

Il y eu une brève pause durant laquelle Thomas put entendre l'expulsion d'un souffle lourd.

— C'était plus sûr de cette façon.

— Plus sûr ? Est-ce que quelqu'un t'a menacé ?

— Ne t'en mêle pas, Thomas. Tu ne feras que le regretter. J'ai fait ce que j'avais à faire, répliqua Al.

— Nous pouvons te protéger. Scanguards peut—

— Personne ne peut me protéger d'eux, le coupa Al. Il vaut mieux dégager de leur chemin. Ils sont trop forts.

— De quoi t'ont-ils menacé ? demanda Thomas en espérant l'atteindre.

— Aucune importance. Laisse juste tomber, ou des gens seront blessés.

Thomas soupira.

— Des gens ont déjà été blessés. Sergio et sa compagne sont morts.

Un souffle fit écho à travers la ligne.

— Bordel ! Il a dû leur résister. Mais je ne suis pas assez stupide pour jouer au héro. Laissez-les avoir ce qu'ils veulent et ensuite dégager. Vous ne pouvez pas les arrêter.

— Je le peux, et je le ferai ! Mais j'ai besoin de ton aide. Où puis-je les trouver, maintenant ?

— Je ne sais pas. Et je préfèrerais que ça reste ainsi. C'est plus sûr de ne pas savoir.

— Al—

Mais le clic sur la ligne indiqua qu'il avait coupé la communication.

— Merde ! jura Thomas.

Il n'avait pas besoin d'être neurochirurgien pour faire le rapport : les disciples de Kasper étaient derrière ceci. Ils étaient les nouveaux venus, et ils avaient effrayé Al afin de lui faire vendre et quitter la ville. Ils avaient tenté la même chose avec Sergio. Sauf que ce dernier n'avait pas obtempéré.

Thomas ouvrit grand la porte et, d'un pas raide, descendit au bureau de Zane. Il devait trouver ce nid de bandits qui forçait les bons vampires de la ville à partir afin de les remplacer par leurs marionnettes.

Au bureau de Zane, Thomas frappa à la porte.

— Zane ?

Sans attendre une réponse, il ouvrit la porte et aperçut son collègue chauve en train de glisser une lame en argent dans la gaine attachée à sa cheville.

— Tu sors ? demanda Thomas.

Zane acquiesça d'un hochement de tête.

— Patrouille.

— Changement de plans. Dis à ton équipier de trouver un remplaçant.

— Pourquoi ?

— J'ai besoin de toi pour une petite entrée par effraction.

Les lèvres de Zane se recourbèrent vers le haut en un presque-sourire.

— Génial !

26

Thomas regarda par-dessus l'épaule de Zane, observant la façon dont il crochetait la serrure de la porte d'entrée. Le bâtiment était une maison délabrée à deux étages, dans une rue fréquentée, le long d'une des lignes de tramway dans le quartier de Outer Parkside. Le nom de l'avocat, Wilbur Wu, était peint au pochoir en lettres d'or sur la grande fenêtre faisant face à la rue. Des parties de lettres décapées et effacées ne faisaient qu'accentuer l'apparence peu attrayante du cabinet juridique se trouvant derrière cette façade peu accueillante. D'une façon ou d'une autre, Thomas ne pouvait imaginer que cet avocat pût attirer beaucoup de rendez-vous professionnels.

— Je l'ai, murmura Zane en poussant la porte et en se glissant à l'intérieur, dans l'obscurité.

Thomas suivit sans un mot et referma doucement la porte en silence derrière lui. Sur la gauche, se tenait un escalier qui menait au deuxième étage ; en face de lui, se trouvait un couloir sombre et, à droite, une porte. Il la désigna.

— Commençons ici.

Ils entrèrent dans ce qui se révélait être un bureau. Plusieurs classeurs à tiroirs longeaient un mur, et un imposant bureau dominait le centre de la pièce avec deux vieilles chaises bancales face à lui, vraisemblablement destinées aux clients. Quoique Thomas ne pût imaginer qu'une personne sensée fût désireuse de s'asseoir sur une chaise qui semblait susceptible de s'écraser sous le poids d'un chat.

— Les stores, dit Zane en se dirigeant vers la fenêtre. Il les abaissa et les ajusta de sorte à les fermer complètement.

Thomas sortit une lampe-torche de sa poche et l'alluma en la dirigeant sur les classeurs à tiroirs.

— Commençons.

Commençant par la lettre « K », ils fouillèrent tiroir après tiroir. Thomas dirigea la lumière vers les étiquettes de chaque dossier présent, à la recherche de K Industries.

— Rien ici, commenta-t-il.

Zane grogna.

— S'il voulait cacher quelque chose, il ne classerait pas les documents à la lettre K.

— Bon point.

Thomas poursuivit sa recherche, feuilletant minutieusement dossier après dossier.

— Al n'avait-il vraiment pas d'informations ? demanda Zane sans crier gare.

— S'il en avait, il ne voulait pas les partager. Tout ce qu'il a dit, c'était qu'il ne voulait pas les combattre. Et Al n'est pas un lâche.

Mais sachant ce qu'il savait, Thomas ne pouvait lui reprocher d'être prudent. Le sombre pouvoir que possédaient ces vampires pouvait effrayer n'importe qui. Personne ne pouvait lutter contre le contrôle de l'esprit qu'ils pouvaient déchaîner sur un vampire peu soupçonneux. Seul quelqu'un comme Thomas qui possédait le même genre de pouvoir occulte qu'eux aurait une chance de les combattre. Mais d'abord, il devait les trouver.

Zane referma un autre tiroir.

— Rien ici non plus.

Thomas laissa échapper un souffle résigné.

— À l'étage, alors. Il doit y en avoir plus.

Laissant le bureau derrière eux, ils gravirent les marches grinçantes de l'escalier. Tandis qu'ils atteignaient le palier, les narines de Thomas captèrent une odeur.

— Tu sens ça ?

— Pas bon signe.

Thomas suivit l'odeur qui l'amena près d'une porte au bout du couloir. La puanteur était plus forte à cet endroit. Il se prépara à ce qu'il allait voir et poussa la porte.

Un Chinois dans la cinquantaine, vraisemblablement Wilbur Wu, était étendu à terre, sans vie. Malgré les blessures sur son visage, il y avait étonnement peu de sang. Sa bouche avait été coupée de son visage, exposant dès lors ses dents blanches. Sa langue manquait.

Zane désigna les blessures.

— Ça ressemble à un avertissement.

Thomas ne put qu'agréer.

— Il savait quelque chose qu'il n'était pas censé savoir.

— Et était sur le point d'en parler, ajouta Zane.

Il désigna la chemise en carton que le défunt serrait dans sa main.

Thomas se pencha et la lui prit. L'étiquette avait été arrachée. Il ouvrit le dossier. Celui-ci était vide. Thomas s'y était attendu. Pourquoi tuer Wu et laisser les preuves derrière ?

— Trop tard. Quoi qu'il y ait eu là-dedans, ça a disparu.

Thomas se redressa et s'arc-bouta contre un classeur à tiroirs étiqueté « Opérations bancaires ».

— Il est probablement devenu gourmand et a fait chanter quelqu'un. Il semble que ce qu'ils lui ont payé en premier lieu n'était pas suffisant, remarqua Zane.

— L'avidité est une chose terrible, confirma Thomas.

— Ouais. Et il n'a pas pu emmener son compte en banque avec lui, n'est-ce pas ?

Soudain, le déclic se fit dans l'esprit de Thomas.

— Son compte en banque ! C'est ça !

— De quoi parles-tu ?

Thomas se retourna sur le classeur derrière lui et désigna l'étiquette.

— Si Wu a été payé, il doit y avoir des enregistrements de transferts ou de chèques.

Il ouvrit le tiroir du haut et regarda les dossiers soigneusement organisés.

— Parfait, ils sont par ordre de date.

Il se souvint de la date de l'enregistrement de la compagnie dans l'état du Delaware et sortit tous les dossiers datant de cette période, en lança un à Zane tout en en examinant un lui-même.

— Ils ont dû le payer afin d'enregistrer la compagnie pour eux, et la plupart des avocats réclament des avances sur leurs honoraires, et ces avances sont payées avant le début de tout travail. Et puisque la compagnie ne pouvait disposer d'un compte en banque avant son enregistrement, quelqu'un a dû émettre un chèque à partir de son compte personnel.

— C'est pour ça que tu es le génie chez Scanguards, remarqua Zane.

— À peine.

— Allons, allons, pourquoi si humble ? Tu sais que tout le monde t'admire, non ?

Thomas secoua la tête.

— Je ne pense pas.

— OK, aveugle mais génie. De temps en temps, tu devrais regarder tout autour de toi. Spécialement les jeunes gamins chez Scanguards : ils te regardent comme si tu étais leur dieu.

— Zane, qu'est-ce que tu peux raconter comme conneries ! Pourquoi me lèches-tu les bottes ? Tu veux quelque chose ?

Zane roula des yeux.

— Lécher les bottes ? Moi ? Pas de danger. Toutefois, maintenant que tu le mentionnes, peux-tu faire en sorte que Maya me fiche la paix avec toute cette histoire d'excuses à Oliver ?

Thomas replongea la tête dans le dossier et continua à scruter les documents.

— Ça ne te ferait pas de tort de t'excuser. De plus, je pensais avoir convaincu Maya d'oublier cette fête et de plutôt leur acheter, à Ursula et à lui, un voyage à l'étranger tous frais payés.

— Elle est toujours partante pour lui donner une réception. Et tu sais à quel point je déteste tout ce qui est nunuche.

— Je lui parlerai.

— Merci.

N'ayant rien trouvé, Thomas referma le dossier.

— Quelque chose ? demanda-t-il.

Zane ôta une feuille du dossier et y regarda de plus près.

— Peut-être. C'est une photocopie d'un chèque, et il y a quelques annotations dans la marge.

Thomas tendit la main et dirigea la lumière sur les mots que Wu avait griffonnés à côté du chèque. *Del filing, K I,* puis une date d'environ deux semaines avant la date d'enregistrement de la compagnie.

— Il semble que ce soit ça, murmura Thomas en soulevant la lumière afin d'éclairer le chèque.

Une adresse était imprimée dans le coin gauche. L'adresse était locale ; toutefois, on ne pouvait lire le nom. La personne qui avait photocopié le chèque l'avait mal placé sur la photocopieuse et en avait coupé la partie supérieure contenant le nom de l'émetteur.

Les yeux de Thomas dérivèrent vers la signature. Dans une écriture plutôt démodée, le nom était inscrit à l'encre bleue. Il ne put le déchiffrer. Son cœur manqua toutefois un battement. L'écriture lui semblait familière. Il se secoua afin de se débarrasser du frisson qui grimpait le long de sa colonne vertébrale. Il devait se tromper. Bon nombre de personnes avaient une écriture semblable.

27

L'adresse qu'ils avaient trouvée sur le chèque était située aux abords de Chinatown, là où elle rejoignait Little Italy, ou North Beach, comme on l'appelait officiellement. Ici, les rues étaient étroites, les bâtiments avaient, pour la plupart, trois ou, parfois, quatre étages. Des façades de magasins étaient entrecoupées par des restaurants au-dessus desquels se trouvaient des appartements d'où le linge pendait pour sécher. Le secteur était coloré, pour ne pas dire plus.

Même à cette heure tardive, nombre de magasins étaient encore ouverts, et des odeurs piquantes émanaient de leurs entrées. Thomas fit la fine bouche et lança un regard à Zane.

La lèvre de ce dernier se recourba en signe de dégoût.

— Quoi, maintenant ?

— Allons vérifier.

Thomas fit signe à son collègue de le suivre jusqu'en haut de la petite rue raide de sorte à rejoindre le bâtiment. Celui-ci ne présentait rien de spécial, il était simple, rectangulaire, gris, à trois étages et plus que probablement construit dans les années soixante ou soixante-dix, avec de petites fenêtres et aucune caractéristique architecturale distinctive. Il y avait un garage au niveau de l'entrée, une rareté pour cette partie de ville, où il était particulièrement cher de se garer.

Thomas regarda la maison et remarqua que le réverbère situé à l'avant de celle-ci n'était pas allumé, ce qui rendait cette partie de la rue plus sombre et cachait, pour des yeux humains, efficacement l'entrée. Cependant, sa vision de vampire lui permettait toujours de voir nettement la porte. Il leva la tête pour regarder les fenêtres. Il y avait de la lumière derrière celles-ci, et aucun store ou tenture n'était tiré au premier et au deuxième étage. Au troisième, un store empêchait les regards vers l'intérieur.

Il baissa le regard vers l'étage situé au-dessus du garage et se concentra sur une fenêtre. La pièce était bien éclairée.

Thomas se tenait silencieusement dans la sombre entrée destinée aux fournisseurs d'un magasin et attendait, Zane à ses côtés, lequel ne faisait pas le moindre bruit non plus. Ils étaient habitués à ceci. L'attente et l'observation faisaient partie de leur travail. Ils l'avaient fait un millier de fois et, tandis qu'ils détestaient attendre, tous deux savaient que cela était nécessaire.

Cela dura quelques minutes avant qu'il ne vît un mouvement dans la maison. Un homme passa devant la fenêtre, un téléphone collé à l'oreille.

— Quelqu'un semble être dans la maison, dit Zane, basculant sur ses talons. Tu veux visiter ?

Thomas était sur le point de hocher la tête lorsqu'une deuxième personne apparut. Il le reconnut immédiatement : Xander, l'homme qui l'avait acculé dans un coin quelques jours plus tôt. Il n'était pas du tout surpris de le voir dans la maison. Cela ne fit que confirmer ce qu'il savait déjà : Xander était derrière K Industries. Il était la force motrice qui essayait de restaurer l'empire de Kasper depuis son décès. Si Thomas pouvait neutraliser Xander, alors les autres battraient en retraite. Si aucun d'entre eux ne possédait plus de pouvoir que ce qu'il avait senti émaner de Xander, il pourrait facilement les battre.

Cependant, il n'allait pas embarquer Zane là-dedans. Bien que Zane fût une méchante machine de combat, il ne pourrait tout de même pas gagner une lutte contre un vampire porteur du sang de Kasper.

— Non. Attendons. Je vais d'abord parler à Samson, mentit-il.

Il désigna ensuite la maison et poursuivit.

— Ils n'iront nulle part. Nous reviendrons après avoir élaboré un plan.

— Bien, agréa Zane. Allons parler à Samson.

— Je m'en occupe. Pourquoi ne retournes-tu pas au bureau pour organiser le nettoyage au cabinet de l'avocat ? On ne peut pas le laisser comme ça.

Zane plissa le front et le regarda avec suspicion. Zane pouvait-il imaginer que ceci ne fût qu'une simple excuse pour qu'il sortît de son chemin ?

— C'est toi qui décide. À plus.

Lorsque Zane s'éloigna, Thomas soupira de soulagement et se dirigea dans la direction opposée, vers Nob Hill, là où se situait la maison de Samson, juste au cas où Zane ferait demi-tour afin de s'assurer qu'il faisait ce qu'il avait dit.

Deux blocs plus loin, Thomas rebroussa chemin et retourna à la maison où il avait vu Xander. Il regarda à gauche et à droite, traversa la rue et s'approcha de la porte d'entrée. Il marqua une pause face à elle, inspirant profondément. Il ferma ensuite les yeux et laissa voyager son esprit de l'autre côté de la porte, à l'intérieur du bâtiment.

Il pouvait nettement percevoir la présence de plusieurs vampires sur les lieux. Xander et celui qui avait été au téléphone n'étaient pas seuls. Cela ne le découragea pas. Pourvu qu'il pût faire tomber Xander, les autres seraient faciles à cueillir. Tout ce qu'il devait faire, c'était persuader Xander qu'il ne lui voulait aucun mal. Et une fois que ce dernier baisserait sa garde, il attaquerait.

Reprenant son esprit, Thomas fit retentir la sonnette et attendit, le corps tout entier en alerte et prêt à engager le combat avec l'ennemi à tout moment. Des pas provenant de l'intérieur l'alertèrent de l'approche d'un vampire. Il y eut une légère hésitation de la part de la personne qui s'arrêta derrière la porte mais, ensuite, on tourna le verrou, et la porte s'ouvrit vers l'intérieur.

Xander se tenait devant lui. Thomas s'était attendu à ce que ce fût un de ses subordonnés qui ouvrît la porte. Mais il ne laissa pas la surprise s'afficher sur son visage. Pas plus que Xander en voyant Thomas sur le pas de sa porte.

— Ainsi, tu m'as trouvé, dit-il simplement en lui faisant signe d'entrer.

Thomas passa devant lui sans baisser la garde, forçant ses sens à demeurer en alerte, scrutant constamment les moindres mouvements soudains que son adversaire pourrait faire. Se retournant sur Xander, lequel était en train de fermer la porte et de la verrouiller, il attendit.

— Par ici.

Xander lui montra le chemin vers le salon, là où, quelques minutes plus tôt, Thomas l'avait vu accompagné d'un autre vampire. La pièce était vide.

— Où est le reste de tes disciples ? demanda Thomas, ses sens en exploration. Il pouvait nettement sentir la présence d'autres vampires dans la maison.

— Mes disciples ? répondit-il en gloussant. Tu m'accordes trop de crédit.

— Nous savons tous les deux que tu n'es pas seul.

Xander hocha la tête tout en s'asseyant avec précaution dans un fauteuil démodé placé en face de la cheminée. Il fit un geste en direction de celui situé vis-à-vis du sien.

— S'il te plaît, je déteste tendre le cou.

Thomas s'assit prudemment.

Son hôte le gratifia d'un regard approbateur.

— Bien sûr, tu as raison. Je ne suis pas seul. Mais j'ai demandé à... mes associés de se retirer à l'étage afin que nous puissions avoir l'opportunité de discuter en privé.

Thomas bougea la tête en guise d'approbation. Tout se déroulait encore mieux qu'il ne l'avait prévu : être seul avec Xander lui permettrait de s'occuper de lui plus facilement. Et le temps que les autres eussent compris ce qui était en train de se passer, il aurait repris des forces et serait prêt pour une autre attaque.

— Oui, parlons, commença Thomas. Je sais ce que vous faites.

— Je l'espère bien. Après tout, nous y avons veillé. Quelle serait l'utilité de faire des choses pour t'amener de notre côté si nous nous cachions de toi pour les faire ?

Xander sous-entendait-il qu'il avait délibérément laissé un indice dans le cabinet de Wu de sorte à ce que Thomas pût le traquer ?

— C'est marrant la façon dont tu essaies d'attirer de nouveaux disciples.

— Disciples ? Tu ne serais pas un disciple. Je pensais avoir été clair à ce sujet lors de notre première conversation.

— Tout comme j'ai été clair en te disant que je voulais que vous quittiez mon secteur.

Xander sourit.

— J'ai peur qu'on ne puisse pas faire ça. Tu vois, nos plans consistent à dominer le monde des vampires.

— En menaçant les vampires respectueux de la loi et en les faisant quitter la ville ? Les tuer quand ils n'obtempèrent pas ?

Xander haussa les épaules.

— Il faut s'attendre à des pertes humaines. Lors de chaque guerre, des gens sont tués.

— Ce n'est pas une guerre. Et vous échouerez, promit Thomas.

— Qu'est-ce qui t'en rend si sûr ?

Thomas se leva et focalisa son esprit sur lui-même.

Parce que je vous détruirai !

Se concentrant sur Xander, il rassembla l'énergie de son esprit et la relâcha sur son adversaire. Xander se leva d'un coup sec du fauteuil, et l'air vibra en eux deux. Un souffle envoya alors Thomas contre le mur derrière lui, brisant ainsi sa concentration.

La puissance soudaine qui venait d'émaner de Xander le stupéfia. Comment était-ce possible ? Le niveau de sombre pouvoir qu'il avait capté en Xander n'était que faible, mais ce avec quoi son ennemi avait riposté était bien plus fort.

Xander se mit à rire, le bruit rebondissant contre les murs et créant un écho mystérieux.

— Tu n'as pas compris, n'est-ce pas ? Plus tous ceux de notre espèce sont ensemble, plus le pouvoir devient fort. C'est comme la gravité. Il attire de plus en plus ceux du même genre et, en joignant nos forces, nous devenons plus forts. Tu n'as pas voix au chapitre. Tu seras bientôt l'un d'entre nous ! Tu vas rejoindre la famille.

— Jamais ! J'ai déjà une famille !

— Oh, tu veux dire Scanguards ? Ou parles-tu du gamin que tu sautes ?

Une colère incandescente percuta Thomas dans tout le corps, tandis qu'il se décollait du mur. Xander était au courant pour Eddie et lui ?

— Tu penses qu'il est ton salut ? se moqua Xander. Tu peux rêver. Il ne peut même pas te sauver de toi-même. Admets juste ce que tu es !

Aveuglé par la rage, Thomas le chargea et l'attrapa par la gorge, le soulevant en l'air et le claquant contre la cheminée.

— Tu touches un seul d'entre eux, et tu seras poussière.

Des pas retentirent sur les escaliers de l'étage. Sachant qu'il ne pourrait pas vaincre leurs pouvoirs collectifs, du moins pas dans l'état où il se trouvait, Thomas sortit de la pièce en courant en direction de la porte d'entrée, la déverrouilla et déboula à l'extérieur avant qu'ils n'eussent pu l'atteindre.

***

KASPER ENTRA dans le salon et vit Xander se redresser depuis la cheminée. Heureusement, aucun feu n'y avait été allumé ; dans le cas contraire, les vêtements de son proche disciple auraient pris feu.

— Je vois que Thomas est plus que jamais impétueux, remarqua-t-il.

Xander se frotta le postérieur.

— Je ne sais pas pourquoi vous ne lui avez pas parlé vous-même.

Kasper plissa les yeux. Il ne tolérait aucune insubordination, de quiconque.

— Parce que je pense que c'était mieux ainsi. Donc, à moins que tu ne souhaites connaître le même sort que certains de tes prédécesseurs, tu ferais bien de ne pas remettre mes décisions en question. Nous comprenons-nous ?

Xander inclina la tête en guise de soumission.

— Oui, maître Kasper.

Kasper se retourna vers les six hommes qui l'avaient suivi.

— Remontez ! Je vous appellerai quand j'aurai besoin de vous !

Ils se retournèrent sans broncher et remontèrent à l'étage. Il avait bien entraîné ses subordonnés. Ils avaient peur de lui. Et la crainte générait l'obéissance. Il les avait créés, mais son sang n'était pas aussi fort en eux qu'il ne l'était en Thomas, car leurs esprits étaient faibles, et le pouvoir ne pouvait prospérer dans un esprit faible.

Il se retourna sur Xander.

— Très bien, alors. Qu'as-tu d'autre à rapporter ?

— Votre soupçon était juste : il a un amant, un jeune vampire qui vit avec lui. Quand je l'ai confronté, il a piqué une crise.

Kasper sentit une vague de jalousie bouillir en lui et la refoula. Ce n'était pas le moment d'être faible. Il regagnerait Thomas et, ensemble, ils règneraient sur le monde des vampires. Tout comme cela aurait toujours dû l'être.

— Il est fort, tout comme vous l'avez dit. Si vous n'aviez pas canalisé votre pouvoir en moi quand il m'a attaqué, il m'aurait tué.

— Je sais.

En un grognement, sa lèvre se souleva.

— Que ça soit une leçon pour toi. Maintenant, va rejoindre les autres. J'ai besoin de temps.

Xander le salua et quitta rapidement la pièce, refermant la porte derrière lui.

Kasper se dirigea vers un des fauteuils et inhala. L'odeur de Thomas dériva vers son nez.

— Je viens pour toi. Tu t'es bien amusé. Mais maintenant, il est temps de rentrer à maison.

28

———————

Thomas fit retentir la sonnette de la maison de Samson sur Nob Hill et fut surpris de l'ouverture presque immédiate de la porte.

Samson, son bébé de neuf mois dans les bras, Isabelle, le salua et lui fit signe d'entrer.

— Hé, Thomas, tu es justement l'homme dont j'ai besoin.

— Que se passe-t-il ? demanda Thomas.

Il entra et referma la porte derrière lui.

Maya et Delilah sont en haut, en train de se débarrasser des vêtements et des jouets d'Isabelle à donner à Yvette.

Thomas sourit.

— Il semble que tout soit sous contrôle, alors. Il ne nous reste plus qu'à nous asseoir confortablement pour siroter un verre ou deux.

— J'aimerais bien ! Elles m'ont enrôlé là-dedans, répondit Samson en désignant le couloir. Je dois aller chercher quelque chose dans le stock en bas.

— J'y vais avec toi.

Tandis qu'ils descendaient les escaliers menant à la cave, là où se situaient un garage, une zone de stockage, un arsenal d'armes et une chambre forte, Thomas remarqua le bref échange de regard entre Samson et Isabelle. Tous deux pouvaient-ils ressentir son malaise ?

— Quelque chose ne va pas ? demanda Samson en ouvrant la porte de la salle de stockage tout en allumant.

— Zane et moi suivions la trace de celui qui a acheté le magasin de Al. Nous avons trouvé l'avocat qui a enregistré les papiers de la compagnie qui l'a racheté. Il est mort.

Samson se figea.

— Acte criminel ?

— Quelqu'un lui a coupé la langue. Ça ressemble à un message.

Samson frissonna visiblement.

— Le corps est toujours là ?

— Zane envoie une équipe de nettoyage au moment où nous parlons. Mais nous avons trouvé autre chose. Une adresse de gens qui sont derrière la compagnie.

— Vérifions qui ils sont.

— Je l'ai déjà fait. Ce sont les mêmes vampires qui ont tué Sergio et son épouse.

— Montons une équipe et allons les sortir de là. Bon travail de les avoir trouvés, Thomas.

— J'ai peur que ce ne soit pas si facile. Il y a autre chose.

Samson haussa un sourcil interrogateur.

— Qu'est-ce que c'est ?

— Nous devons parler, en privé, répondit Thomas en désignant Isabelle.

La petite fille fronça les sourcils. Le petit bébé de Samson semblait en comprendre trop. Ses habiletés télépathiques lui permettaient également de pouvoir communiquer à sa mère quelque chose qu'elle n'aurait pas dû entendre. Et ce que Thomas voulait raconter à Samson n'était pas destiné à n'importe quelles oreilles.

— Pourquoi ne remonterais-tu pas le buggy ? Je vais ramener Isabelle à Delilah.

Samson n'attendit pas que Thomas répondît à sa requête et se dirigea plutôt vers les escaliers.

Thomas inspira profondément, inhalant l'air poussiéreux du sous-sol. Il espéra ne pas être en train de commettre une grossière erreur, mais il ne croyait vraiment pas qu'il y eût une autre manière. Le pouvoir affiché par

Xander l'avait incité à reconsidérer sa décision d'y retourner seul, sans le soutien de Scanguards. Il avait pensé qu'il aurait été aisé de détruire Xander et ses disciples seul, mais son adversaire lui avait donné tort. Il avait besoin de l'aide de Scanguards.

Thomas saisit la poussette que Samson lui avait montrée et alla la déposer à l'étage, dans le vestibule. Il attendit. Il ne fallut que quelques instants avant de voir Samson redescendre.

— Mon bureau, donna-t-il pour instruction en arpentant le long couloir.

Après que Thomas fût entré dans la pièce et eût refermé la porte derrière lui, Samson se retourna sur lui et demeura debout.

— Qu'est-ce qui te tracasse ?

Thomas laissa errer son regard sur son vieil ami et patron.

— Comme toi et certains autres le savez, je possède des compétences spéciales en matière de contrôle de l'esprit.

Samson acquiesça.

— Tu l'as prouvé quand tu as combattu ton créateur, il n'y a pas si long-temps. Je n'y étais pas, mais Quinn m'a tout raconté.

— Je ne suis pas le seul à posséder ces compétences.

Samson s'appuya contre son bureau.

— Ton créateur avait évidemment les mêmes.

Il accueillit la réponse de Samson d'un rapide hochement de tête.

— Ce que je vais te raconter maintenant ne devra pas sortir de cette pièce. Personne ne devra jamais le découvrir, pas même Delilah. Peux-tu me le promettre ?

— Ça semble sérieux.

— Ça l'est. Il me faut ta parole.

— Tu l'as.

Thomas laissa traîner une main dans ses cheveux et sentit la transpira-tion se former sur sa nuque. Il n'avait jamais parlé de son obscur pouvoir à quiconque, et révéler ceci maintenant constituait un risque. Mais il le devait de sorte à maintenir tous ceux de Scanguards en sécurité.

— Ma compétence a un prix. Chaque jour et chaque nuit, je lutte contre le mal qui est en moi. C'est un sombre pouvoir qui nourrit ma compétence, un pouvoir malfaisant qui me rend fort et capable de détruire les autres par mes seules pensées. Si je ne le repousse pas continuellement, il augmentera et réclamera son dû.

Il chercha les yeux de son ami et poursuivit.

— Si je le laisse faire, il prendra le dessus et me transformera en un homme cruel, violent et sans cœur. Un homme qui détruira ceux qu'il aime.

— Thomas, murmura Samson, clairement sous le choc.

Thomas leva une main.

— Je n'ai pas fini. Ce n'est pas tout.

Il se remplit les poumons d'air.

— Celui qui m'a donné ce sombre pouvoir, c'est Kasper, ou Keegan, comme tu le connais. J'avais espéré que sa mort m'apporte la paix, mais ça n'a pas été le cas. Il a créé beaucoup de disciples, et ils disposent tous du même sombre pouvoir en eux. Et ils l'utilisent pour faire le mal. Ils sont ici, Samson, ils sont venus pour faire des ravages.

— Les nouveaux venus ? demanda Samson, la compréhension commençant à poindre dans ses yeux.

— Oui. Ce sont eux. Les vampires qui ont racheté la boutique de Al, les mêmes qui ont tué Sergio. Ils sont venus pour prendre le contrôle de la ville, et ils veulent que je les rejoigne.

Samson s'écarta du bureau, sa poitrine se soulevant.

— Tu es l'un d'entre nous, Thomas !

Thomas ferma les yeux très fort.

— Scanguards est ma famille. Il n'y a aucun doute à ce sujet. Mais il y a des choses indépendantes de ma volonté. Plus nombreux ils arrivent, plus leurs pouvoirs collectifs feront remonter le mien à la surface. Ce soir, je l'ai ressenti lorsque j'ai été confronté à leur chef.

— Tu y es allé seul ? Es-tu fou ? le questionna Samson en élevant la voix.

— Je pensais que je pouvais le battre. Son pouvoir m'avait semblé si faible que j'étais convaincu que je pourrais le maîtriser et éliminer ses disciples juste après, mais j'avais sous-estimé la situation. Son pouvoir était trop fort. Plus fort que le mien. Il doit avoir appris à mieux l'exploiter que moi.

Il soupira.

— Je n'ai jamais perfectionné mes compétences, ajouta-t-il.

Il avait toujours eu trop peur du résultat, peur de devenir trop puissant et de laisser ce pouvoir l'ensorceler et le transformer en quelque chose qu'il ne voulait pas être.

— J'ai échoué, Samson. Voilà pourquoi je suis ici. Tu ne peux pas y envoyer une équipe sans savoir ce que tu t'apprêtes à affronter. Ils nous annihileront.

Le visage de Samson était devenu sérieux, marqué par le souci. Il fronçait les sourcils.

— Que veulent-ils ?

— Ce que Kasper a essayé par le passé : régner sur le monde des vampires. Il a essayé, mais a péri ce faisant. Maintenant, ses disciples sont de retour. Ils reprennent affaires après affaires, faisant quitter la ville à tous les bons vampires, formant un bastion. Une fois qu'ils commanderont cette ville, ils s'étendront.

— Nous devons les arrêter avant qu'ils n'aillent aussi loin.

— J'ai essayé, Samson, mais je suis trop faible.

Samson saisit les épaules de Thomas et le secoua.

— Tu n'es pas faible, Thomas. Tu es le protégé de Keegan. Cela signifie que tu as le pouvoir en toi, tout comme les autres. Tu es un homme fort, et il n'y a aucune raison que tu ne puisses pas le perfectionner pour devenir plus fort qu'eux. Tu dois essayer.

Ce que Samson proposait était trop dangereux à envisager.

— Je ne peux pas, Samson. Ce n'est pas sûr. Cela équivaut à libérer le pouvoir de sa cage. Je serai incapable de le contrôler. Il m'attirera automatiquement vers eux. Leur résister deviendra encore plus difficile.

— Nous avons besoin de toi, Thomas, l'implora Samson. S'ils sont aussi dangereux que tu ne le dis, nos armes conventionnelles n'auront que peu ou pas d'impact du tout. Nous serons complètement désavantagés s'ils peuvent nous combattre par le contrôle de l'esprit. Il n'y a personne à part toi qui puisse opposer de la résistance.

Thomas se libéra des mains de Samson.

— Ne me demande pas ça ! Tu ne sais pas ce que tu vas faire surgir, répondit-il, les poings fermés et les dents serrées. Même maintenant, je peux sentir cet obscur pouvoir en train de frapper aux portes de sa cage. Je peux le sentir se renforcer. Il va me maîtriser et me forcer à faire des choses que je ne veux pas faire. J'ai vu le mal qu'il libère. Ce qui est arrivé à Sergio pourrait se reproduire. Sauf que la prochaine fois, *je* pourrais être le coupable. Ne le vois-tu pas ? Je dois garder ce pouvoir enchaîné. Il n'y a aucun moyen de le perfectionner en toute sécurité.

Il désigna la fenêtre, et le monde à l'extérieur, son humeur se dégradant à chaque seconde.

— Ces vampires étaient capables de perfectionner leurs compétences parce qu'ils ne se préoccupaient pas de qui ils blessaient ce faisant. Ils n'ont pas de familles dont ils se soucient. Ils ne savent pas ce qu'est l'amour.

Les pensées de Thomas se dirigèrent immédiatement vers Eddie. S'il libérait son sombre pouvoir, il lui ferait du mal, car son désir le mènerait à forcer Eddie à s'abandonner entièrement à lui, qu'il y fût prêt, ou pas. Il trahirait sa confiance et perdrait toute chance de trouver l'amour.

— Tu dois préparer les autres à ce qu'ils vont devoir affronter. Mais je ne peux en faire partie. Je dois rester loin des gens de Xander. Juste me trouver en leur présence réveille mon obscur pouvoir, et je ne sais pas combien de temps je vais encore pouvoir le contrôler.

La pomme d'Adam de Samson remonta et descendit. Ses yeux étaient écarquillés.

— Dieu, aide-nous.

29

Eddie entra dans le garage et entendit la porte se baisser derrière lui. Il tourna la clé de contact de sorte à couper le moteur de sa moto et ferma les yeux pendant un moment. Il avait fait équipe avec Cain lors de la patrouille et, quoiqu'il aimât bien ce garçon, cela lui avait manqué de travailler avec Thomas. Cain avait été rappelé tôt pour s'occuper du nettoyage de la scène de meurtre et, dès lors, il avait dû raccourcir son temps de travail. Le décret stipulant que personne ne devait patrouiller seul était toujours d'actualité.

Nina l'avait appelé sur son portable juste avant qu'il ne partît en patrouille, désireuse de clarifier davantage le genre d'appartement qu'il souhaitait afin de pouvoir limiter ses recherches. Il n'avait pas eu le courage de lui dire qu'il n'était plus du tout sûr de vouloir déménager de chez Thomas. En ce moment, il n'était plus du tout sûr de rien.

Eddie descendit de la moto, ôta son casque, le déposa sur le banc près de l'escalier et pendit ensuite sa veste juste à côté. Il posait le pied sur la première marche lorsqu'un bruit atteignit ses oreilles. Il se figea et les dressa. Retenant sa respiration, il écouta attentivement. Y avait-il un intrus dans la maison ?

Un bruit semblable à un gémissement provint de la pièce construite à flanc de colline. La caverne, comme l'appelait Thomas. Lorsqu'Eddie avait emménagé dans la maison, Thomas lui avait dit que cette pièce était la seule à lui être interdite. Eddie avait respecté ses souhaits, mais s'était toujours demandé ce qui se cachait dans cette pièce.

Sans faire de bruit, il s'approcha de la porte et y colla l'oreille. D'étranges bruits qu'il ne pouvait identifier dérivèrent vers lui. Il inhala profondément et perçut deux odeurs très distinctes : l'odeur d'un humain et celle du sang d'un vampire. Le sang de Thomas ! Quelqu'un lui faisait du mal.

Eddie ouvrit grand la porte et fonça dans la pièce, les yeux évaluant rapidement la situation, son corps se préparant à combattre l'intrus qui, d'une façon ou d'une autre, avait maîtrisé Thomas.

Il vit Thomas penché par-dessus une étagère près du mur, les poignets attachés à un poteau le surplombant, nu, les jambes écartées. Le bas de son dos et son postérieur étaient couverts de traînées de sang, lesquelles avaient, sans aucun doute, été assénées par l'humain en train de faire claquer un fouet en cuir pourvu de plusieurs lanières.

Eddie se précipita vers l'homme, lui attrapa la main afin de l'empêcher de porter un autre coup de fouet douloureux à Thomas. L'homme tourna brusquement la tête vers lui, surpris de s'être fait prendre.

— C'est quoi ce bordel ! siffla Eddie en frappant l'homme dans le visage et en le claquant au sol.

— Eddie !

Il releva brusquement la tête en direction de Thomas, remarquant la façon dont ce dernier avait tourné la sienne.

— Ne lui fais pas de mal, ordonna Thomas.

Eddie plissa les yeux.

— Il est en train de te battre ! Il mérite tout ce qu'il récolte ! répliqua Eddie en désignant l'homme qui tentait à présent de se relever.

— Non, Eddie ! Pars !

— Partir ? Tu es fou ? Il t'a ligoté, et tu veux que je parte ?

Qu'arrivait-il à Thomas ? Était-il sous l'effet d'une quelconque sorte d'envoûtement ? Quelqu'un l'avait-il maîtrisé en utilisant le contrôle de l'esprit ?

— Qu'est-ce que tu racontes, bordel ?

— Il l'a demandé, dit l'homme d'une voix rauque en ramassant le fouet tombé de sa main.

— Quoi ?

Il regarda Thomas, puis l'homme et de nouveau Thomas, réalisant à présent que les sangles autour des poignets de Thomas étaient faites de cuir, et non d'argent. Il pouvait se libérer à n'importe quel moment s'il le voulait. Il semblait toutefois évident qu'il ne le voulût pas.

Ses yeux s'imprégnèrent alors du décor. Toutes sortes d'instruments de flagellation étaient accrochés aux murs, tout autour de la caverne, laquelle était meublée d'étagères, de bancs, d'une chaise longue et de plusieurs armoires. Qu'y avait-il de caché derrière les portes de ces armoires ? Encore plus de jouets de torture ?

Eddie réalisa. Thomas faisait-il ceci pour être excité ? Furieux, il dévisagea l'humain.

— Sors ! Sors, maintenant !

Il lui montra ses canines, ce qui fit reculer l'homme tant il était horrifié.

— Dehors ! cria-t-il une fois de plus en désignant la porte. Avant que le gars ne se retournât, Eddie concentra son esprit sur lui et effaça cet événement de sa mémoire.

Ce ne fut que lorsqu'il entendit la porte du garage se refermer et certain que l'humain avait quitté la maison qu'il tourna la tête vers Thomas.

Des yeux, il parcourut le dos de son mentor. Les blessures semblaient superficielles. Plusieurs coupures saignaient sur le bas de son dos, et une sur son postérieur.

Thomas le regarda furieusement.

— Je t'avais dit de ne jamais venir ici.

Eddie ignora la réprimande et s'approcha, posant lentement un pied devant l'autre, le corps complètement sous tension. Tandis qu'il se rapprochait, l'odeur du sang de Thomas s'intensifia.

— Pourquoi fais-tu une telle chose ? Pourquoi te laisser battre par un humain ? Qu'est-ce qui te prend ?

Tandis qu'il parlait, il ne pouvait arracher les yeux du corps dénudé de son mentor. Il n'avait jamais vu quiconque avec un cul aussi musclé, des cuisses aussi bien faites. La peau de Thomas scintillait d'une manière attrayante.

— Tu ne comprendrais pas.

— Essaie ! le défia Eddie.

Thomas extirpa un poignet des entraves placées au-dessus de sa tête, puis l'autre. Tandis qu'il se retournait complètement, le regard d'Eddie aboutit immédiatement sur son bas-ventre. Apercevant son érection, le jeune vampire fut frappé de colère.

— Tu allais le laisser te baiser, n'est-ce pas ?

— Non !

— Ne me mens pas !

Thomas le regarda à nouveau furieusement.

— C'est la vérité ! Je n'avais aucune intention de coucher avec lui !

— Les preuves disent le contraire, répliqua Eddie en désignant le membre en érection.

Thomas fit un pas vers lui, son corps frôlant presque le sien, la respiration difficile et irrégulière.

— J'ai bandé dès l'instant où tu es entré. Dès que j'ai senti ton odeur. Le seul homme que je veux baiser, c'est toi.

Le cœur d'Eddie s'arrêta, les paroles de Thomas l'emplissant de chaleur. Venait-il juste de se laisser aller à une crise de jalousie ? Cela signifiait-il ce qu'il pensait que c'était ? Il s'arrêta, refusant de laisser vagabonder plus longuement ses pensées. Il ne voulait pas savoir ce que ça voulait dire.

— Je ne veux personne d'autre que toi, dit Thomas, la voix à présent plus douce, son visage se rapprochant.

— Pourquoi, alors ?

Thomas soupira.

— Il y a des moments dans ma vie où j'ai besoin d'être dominé. Où j'ai besoin de me soumettre à la volonté d'une autre personne. Pour oublier que je suis puissant.

Eddie écouta ces paroles, mais ne comprit pas totalement.

— Ça fait quoi ?

Des doigts, Thomas caressa la joue d'Eddie.

— Ça m'aide à contrôler mes irrépressibles envies.

— Envies ?

Eddie éprouva des difficultés à déglutir. Sa voix était devenue plus rauque, son propre désir plus grandissant.

— L'irrépressible envie de te prendre et te faire mien, que tu le veuilles ou non.

Une flamme chaude percuta Eddie en son centre. Que ce fût à cause de la proximité du corps dénudé de Thomas, de l'odeur de son sang, ou de la situation dans laquelle il se trouvait, il n'était pas sûr de la raison pour laquelle il se sentait soudain si excité. Il savait juste qu'il devait agir à ce propos. Il glissa la main sur le postérieur de Thomas et l'attira plus près.

— Et si je te dominais et t'obligeais à te soumettre à moi ? Ça aiderait ?

En un clin d'œil, les yeux de Thomas devinrent rouges, son côté vampire émergeant. Ses canines s'allongèrent, et une respiration irrégulière franchit ses lèvres.

— Oui, ça aiderait.

Eddie recula en remarquant le regard déçu de Thomas après qu'il eût rompu cette promiscuité.

— Bon. Couche-toi sur le ventre, dit-il en désignant la chaise longue en cuir près d'un mur de la pièce.

— Qu'est-ce que tu comptes faire ?

— Aucune question ! ordonna Eddie. Couche-toi.

À peine capable de contenir son excitation, Eddie observa Thomas, tandis que celui-ci se dirigeait vers la chaise longue et s'allongeait dessus avec précaution. Il le suivit lentement, le dévisageant en arrivant près de lui. Thomas était étendu tel un festin, les cuisses légèrement écartées, le laissant non seulement apercevoir son dos, mais également ses testicules. Ses yeux se concentrèrent alors sur les blessures cutanées.

Lentement, il se pencha sur lui, amenant sa bouche sur les blessures, mais Thomas bougea et glissa un peu plus loin.

— Que fais-tu ? demanda Thomas, d'une voix agitée.

— N'est-ce pas évident ? Je vais guérir tes coupures. Tu saignes.

— Non !

La voix perçante de Thomas le mit hors de lui.

— Donc, toi, tu peux boire mon sang mais, moi, je ne peux pas boire le tien ?

En aucune façon, il ne jouerait selon ces règles tordues. Il saisit Thomas par les épaules et le repoussa contre la chaise en faisant usage du poids de son corps pour le soumettre dans sa lutte.

— Tu appelles ça te soumettre ? dit Eddie, la voix rauque, en sautant sur lui comme s'il montait sur un cheval.

— Lâche-moi ! ordonna Thomas.

— Pas la moindre chance.

Eddie lui tint les épaules, se pencha et se décala pour s'asseoir sur le haut des cuisses de Thomas.

— Mon sang, il n'est pas bon, prétendit Thomas dans une autre tentative de dissuasion.

Mais la langue d'Eddie pointait déjà pour lécher la première coupure et y absorber le sang. Tandis que l'entaille se refermait, il ferma les yeux et laissa le sombre liquide couler le long de sa gorge. Ses papilles gustatives explosèrent, et il inspira fortement.

— Pas bon ? Il est délicieux !

Et cela le fit se sentir fort. Il n'avait jamais pris de sang de vampire ; du moins pas consciemment puisque, durant sa transformation, Luther avait dû le nourrir. Mais il n'avait jamais connu l'écrasant sentiment de puissance que ce sang prodiguait. Sans faire de pause, il lécha la coupure suivante, lapant les gouttes si tentantes avant de les avaler.

Ses doigts s'enfoncèrent dans les épaules de Thomas, le maintenant, tandis que celui-ci continuait de lutter.

— Je pensais que tu voulais être dominé, se moqua-t-il en léchant à nouveau. Est-ce que ça ne veut pas dire que tu dois faire ce que je veux ?

— Arrête, Eddie, tu vas trop loin !

— Au contraire, je ne vais pas assez loin.

Il se décala et plongea la tête plus bas, jusqu'à ce que sa bouche rodât au-dessus de la coupure présente sur la fesse de Thomas. Il lécha d'abord timidement, puis en une longue caresse sur la blessure. Elle guérit presque instantanément, mais Eddie n'arrêta pas. Il continua plutôt de caresser Thomas en déposant des baisers sur sa peau.

Un gémissement brisa le silence de la pièce, et celui-ci émanait de Thomas qui, sous Eddie, avait arrêté de se débattre. Ses muscles se détendirent. Eddie lui relâcha les épaules, laissant glisser les mains le long de son torse musclé jusqu'aux hanches.

Il le libéra du poids de son corps, lui permettant ainsi de se soulever sur les mains et les genoux. De façon automatique, comme s'il l'avait fait une centaine de fois, Eddie laissa courir une main le long de la fente de son derrière et passa l'entrée du sombre portail.

Il plongea entre ses jambes en touchant ses testicules, les enrobant telles des pierres précieuses dans sa main.

Les lèvres de Thomas laissèrent échapper un sifflement aigu.

— Bordel, Eddie ! Tu sais vraiment de quoi j'ai besoin !

Assez étrangement, Eddie savait ce que Thomas voulait. De même que ce dont il avait terriblement envie lui-même.

— Tu as du lubrifiant ?

Thomas désigna une armoire au mur.

Lui relâchant les testicules, Eddie se redressa, se dirigea vers l'armoire et l'ouvrit.

Des sex-toys soigneusement rangés étaient étalés sur plusieurs étagères : godemichets de toutes formes et tailles, pinces, anneaux, menottes et sangles. Son pouls sursauta. Apparemment, Thomas donnait dans la perversité. Alors qu'il pensait que ceci l'aurait dégoûté, Eddie ne ressentit aucun sentiment de la sorte grandir en lui. Au contraire, cela sembla le faire bander davantage.

Il trouva le tube de lubrifiant, le saisit et retourna vers Thomas, se heurtant à son intense regard. Personne d'autre ne l'avait jamais regardé avec tant de désir dans les yeux.

Il posa le tube au-dessus de l'armoire pendant un moment et se passa le t-shirt par-dessus la tête avant de le lancer à terre. Sans rompre le contact des yeux, il déboutonna son pantalon et fit glisser la fermeture éclair, ôtant lentement la couche de cuir camouflant son érection. Tandis qu'il baissait son pantalon et se débarrassait de ses chaussures, il vit Thomas se lécher les lèvres.

Sans la moindre hésitation, il se débarrassa de son caleçon, permettant ainsi à son membre de se libérer.

Il prit ensuite le tube de lubrifiant et retourna vers la chaise, se chauffant à la lueur admirative affichée dans les yeux de Thomas. Lorsqu'il s'arrêta devant lui, il ouvrit le tube et le pressa de manière à avoir une bonne quantité de lubrifiant dans la main.

— Je n'ai jamais pensé que tu étais celui qui se laissait... dit Eddie, ne sachant pas comment le dire sans blesser Thomas.

— ... laissait baiser par un autre homme ? poursuivit Thomas en le regardant. Très peu l'ont fait. Mais avec toi, je veux tout ressentir.

Eddie prit son érection dans sa main et la lubrifia. La pensée de sentir les fermes muscles de Thomas autour de son sexe dans les secondes à venir le rendit presque fou de désir. Impatiemment, il se mut entre les cuisses écartées de son amant, les jambes de chaque côté de la chaise longue, debout derrière lui. Il mit ensuite davantage de lubrifiant dans sa main et l'amena à la raie du derrière de Thomas.

Tandis qu'il y laissait glisser les doigts, un frisson apparent parcourut son mentor. Un gémissement s'ensuivit. Lorsqu'il atteignit le ferme anneau de muscles gardien du sombre portail, Eddie le frotta avec ses doigts recouverts de lubrifiant, l'encerclant tel un tigre avec sa proie. Le pouvoir déferla en lui, faisant gonfler sa poitrine. Maintenant, c'était lui qui prenait les choses en mains. Il n'était plus la personne qui succombait à un Thomas le séduisant avec ses attrayantes caresses et le laissant faible et sans défense. Ce soir, ce serait lui qui baiserait Thomas jusqu'à ce que ce dernier en frémît et demandât grâce.

Frissonnant pratiquement d'impatience, Eddie pressa un doigt sur l'anus de Thomas et ressentit le muscle serré se relâcher, l'autorisant à glisser en lui jusqu'à la jointure.

Un profond gémissement fit écho dans la pièce. Encouragé par celui-ci, Eddie poussa le doigt plus en profondeur jusqu'au moment où il ne put aller plus loin. La fermeté avec laquelle les muscles intérieurs de Thomas s'agrippaient à son doigt l'enivrait. Son sexe ne survivrait jamais à ceci.

— Bordel ! siffla Thomas.

— Ouais, murmura Eddie, son souffle le désertant. Il extirpa lentement son doigt, puis étala davantage de lubrifiant à l'entrée et répéta l'action. La seconde pénétration fut plus lisse, le lubrifiant le faisant glisser plus aisément sans se priver de l'exaltante sensation de sentir Thomas s'agripper à lui.

— Tu aimes qu'on te baise, n'est-ce pas ? demanda-t-il en enfouissant et ôtant son doigt en un rythme régulier.

Thomas haleta, ses hanches basculant dans les deux sens en synchronisation avec les coups assénés par Eddie.

— Continue ! dit Thomas entre ses dents, la voix rauque.

Il ne fallut pas le lui dire deux fois. Il ôta le doigt du postérieur de son amant et vint positionner son érection. S'agrippant d'une main à ses hanches, il utilisa l'autre afin de guider son sexe et le pousser contre le ferme anneau de muscles.

Ses genoux en tremblant presque d'excitation, il poussa vers l'intérieur, submergeant la tête de son membre à l'intérieur.

— Bordel ! siffla-t-il, la respiration lourde, tandis que les muscles de Thomas écrasaient cette sensible extrémité. Non seulement il ne survivrait pas à ceci, mais il en sortirait tel un débutant aux yeux de Thomas : il allait se déverser en lui, alors qu'il n'était même pas complètement à l'intérieur.

Prenant quelques inspirations, il n'osa pas bouger de crainte de jouir instantanément. Il n'avait jamais rien senti d'aussi serré.

— Ça va ? demanda Thomas en tournant la tête.

Eddie se mordit la lèvre inférieure de sorte à conjurer l'imminence de son orgasme.

— Je vais bien, dit-il d'une voix rauque.

— Bon, alors ceci ne te gênera pas, répondit Thomas, une lueur étrange dans les yeux.

Soudain, ce dernier asséna un coup de hanches vers l'arrière et enfouit le sexe d'Eddie au maximum en lui.

Eddie expulsa tout l'air présent dans ses poumons. Son pouls s'emballa et, instinctivement, il saisit les hanches de Thomas des deux mains afin de se soutenir. Inconsciemment, il laissa son corps se mouvoir par lui-même, reculant et poussant ensuite de nouveau vers l'avant. C'était différent de tout ce qu'il avait connu en matière de sexe. Plus intense, plus pressant, plus passionné.

Sentir la chaleur autour de son sexe et la pression intense qui l'encerclait, accompagnée de la douceur de la chair glissant contre la chair, le rendit fou. Il haleta de manière incontrôlée, gémissements et grognements dépassant de ses lèvres et se mêlant aux sons de plaisirs de Thomas.

— Tu aimes ça ? demanda Eddie en gémissant.

— Tu te fous de moi ? expulsa son amant, la respiration lourde. Je n'ai jamais connu mieux.

Un sentiment de fierté se répandit dans la poitrine d'Eddie. Le vampire plus que centenaire n'avait jamais eu meilleur amant que lui ? Cet aveu le stimula davantage, et il enfonça son sexe encore plus fortement en lui, plus en profondeur. À chaque poussée, il s'amenait vers l'inévitable. Et pourtant, il ne pouvait ralentir, ne pouvait s'empêcher de plonger plus rapidement et plus fortement en Thomas. Comme poussé par un quelconque pouvoir inconnu, il poursuivit.

Ses doigts transformés en griffes depuis bien longtemps creusaient la chair. Il s'accrochait à son amant comme si sa vie en dépendait. Sa vision était à présent teintée de rouge, preuve que ses yeux avaient viré à cette couleur. Ses canines étaient descendues de toute leur longueur et dépassaient de ses lèvres. Son côté vampire avait pris le dessus, toute hésitation et doute à propos de ses agissements ayant disparu. Il baisait un homme, et il aimait cela, en appréciait chaque seconde. Il n'y avait aucune honte, aucun embarras. Seul un profond sentiment de satisfaction. Tout ce qu'il pouvait à présent ressentir, c'était Thomas, et son canal qui le serrait.

— Bordel que tu es étroit ! cria-t-il en continuant à donner des coups.

— Tu es en train de te plaindre ?

Eddie grogna.

— Putain, non ! Mais je ne vais plus durer longtemps.

Il pouvait déjà ressentir une sensation de picotement dans les testicules, lesquels s'étaient contractés. Sa colonne se raidit, et son rythme avait accéléré à une vitesse telle qu'un humain en aurait été étourdi en les observant.

En un grognement, Thomas poussa vers l'arrière, redoublant l'impact du coup suivant asséné par Eddie.

— Oh, putain, ça vient !

Eddie ferma les yeux, lança la tête en arrière et s'abandonna aux sensations qui le submergeaient. Son orgasme le heurta telle une vague immense dans l'océan, venant le claquer à l'intérieur de son amant avec tant de force que ses genoux se dérobèrent, et qu'il atterrit sur lui, tandis que sa semence jaillissait de son membre et remplissait le derrière de Thomas.

Sous lui, le corps de son partenaire tressauta.

— Putain, oui ! grogna-t-il, tandis qu'un frisson apparent le parcourait, signe de son orgasme.

Eddie continua de pousser à en perdre haleine, à présent plus en douceur qu'auparavant. Les muscles tordus de convulsion de Thomas l'agrippèrent fermement jusqu'à ce que leurs orgasmes eussent diminué.

Sous lui, Thomas respirait difficilement.

— Putain !

Il tendit la main vers l'arrière, la laissa glisser sur le derrière d'Eddie et le palpa légèrement.

— Tu peux me rebaiser à chaque fois que tu le voudras.

Eddie sentit un sourire se former sur ses lèvres.

— Fais attention à ce que tu dis ou je pourrais accepter ta proposition.

— Bien, murmura Thomas.

30

———————

Samson entra chez Zane. Il passa devant le vampire chauve qui refermait à présent la porte derrière lui.

— Merci de nous laisser tenir la réunion chez toi. Je ne voulais pas amener tout le monde chez moi avec Isabelle à la maison. Elle comprend déjà trop bien les conversations des adultes.

— Tu ne pourras pas toujours la protéger, répondit Zane. Veux-tu que j'aie une conversation avec elle pour lui faire comprendre que ce sont des mauvaises manières que d'écouter les conversations et d'ensuite tout raconter télépathiquement à sa mère ?

Samson gloussa.

— Il se pourrait qu'elle t'écoute plus que moi.

Après tout, Zane était le parrain d'Isabelle, son mentor pour la vie et, si Samson ne s'y trompait pas, sa fille de neuf mois avait un petit béguin pour lui.

— Tout le monde est déjà là ?

Zane désigna le salon.

— Ils attendent.

— Et Portia est partie ?

— Tout comme tu l'as demandé. Elle est partie faire des courses avec Maya afin d'acheter les dernières choses pour la baby-shower.

Samson sourit.

— Tout le monde devient dingue de ce bébé.

— On ne peut les en blâmer. C'est rare la naissance d'un hybride.

— Et qu'en est-il de Portia et toi ? Déjà des projets ?

Zane secoua rapidement la tête.

— Trop tôt. Je ne suis pas prêt à la partager. Mais cela ne nous empêche pas d'essayer, ajouta-t-il avec un clignement de l'œil.

Samson le gratifia d'une tape sur l'épaule.

— Fais juste attention. Ça arrive plus vite que tu ne le penses.

Il se dirigea vers le salon et regarda l'assemblée, Zane derrière lui, en train de refermer la porte derrière eux.

Cain et Haven se tenaient près de la cheminée, en grande conversation. Amaury était assis dans un fauteuil, les pieds sur la table basse, les yeux fermés, comme s'il dormait. Quinn et Gabriel étaient assis sur le canapé, en train de vérifier les messages sur leur i-phones.

— Bonsoir, les salua Samson, attirant ainsi leur attention sur lui.

Amaury ouvrit les yeux, Cain et Haven arrêtèrent de parler, et Quinn et Gabriel rangèrent leurs portables.

— Merci d'être venus ici. Je sais que ce n'est pas notre endroit habituel pour tenir une réunion, mais on ne peut rien y faire.

— Ouais, pourquoi cela ? demanda Amaury.

— J'y viendrai dans une minute. Mais d'abord, ce que je vais vous raconter maintenant devra rester dans cette pièce. Personne d'autre ne devra le savoir.

Le visage sérieux, ils le regardèrent et acquiescèrent d'un hochement de tête.

— Bon, alors, commençons.

— Ne devrions-nous pas attendre Thomas ? demanda Gabriel.

Samson regarda son second. Thomas avait le même rang que le reste des vampires rassemblés, et l'exclure semblait clairement être un oubli.

— Non. Thomas va devoir rester en-dehors de ceci pour des raisons qui deviendront évidentes sous peu.

Samson bascula en arrière sur les talons.

— Les nouveaux vampires qui ont emménagé dans notre ville représentent un danger pour nous et notre mode de vie. Plus que nous ne l'aurions jamais imaginé.

Il désigna Zane, lequel était appuyé contre l'accoudoir du canapé.

— Zane et Thomas ont suivi quelques pistes, l'autre nuit, et ont pu les tracer jusqu'à un bâtiment à Chinatown depuis lequel ils semblaient opérer. Nous ne savons pas encore combien ils sont, mais leur chef, un vampire nommé Xander, prétend qu'il y en a de plus en plus qui arrivent chaque jour.

Zane souleva une main, les sourcils froncés.

— Comment connais-tu son nom ? Nous ne sommes pas entrés.

— Thomas est entré.

— C'est quoi ce— grogna Zane.

Samson leva une main pour l'arrêter.

— Je sais. C'est contre le protocole. Mais il avait ses raisons. C'était pour te protéger.

— Je n'ai besoin d'aucune putain de protection, le piqua Zane.

— Si.

Samson regarda ses collègues et poursuivit.

— J'ai peur que nous n'en ayons tous besoin. Xander et ses gars ne sont pas des vampires ordinaires.

— Qu'est-ce que c'est censé vouloir dire, bordel ? maugréa Zane.

Samson le regarda furieusement.

— Si tu la fermais, pour une fois, je vais te le dire.

Zane croisa les bras sur son torse, mais demeura silencieux.

— Vous vous souvenez tous quand, il y a quelques mois, un vampire nommé Keegan s'en est pris à Rose pour récupérer une liste qu'elle lui avait prise ?

Il remarqua la façon dont Quinn se raidissait immédiatement et se penchait en avant, curieux et en alerte.

— Comme certains d'entre vous en ont été témoins, Thomas et son créateur se combattaient à l'aide du contrôle de l'esprit. Malheureusement, il s'avère que Keegan et Thomas ne sont pas les seuls à posséder ce genre de compétence. Apparemment, Keegan est devenu le mentor de beaucoup d'autres vampires qui ont tous les mêmes caractéristiques. Ils peuvent tous maîtriser le contrôle de l'esprit d'une manière qui les rend plus forts que les autres vampires.

— Bordel ! jura Amaury.

Samson ne pouvait que faire écho au sentiment de son ami.

— Oui, parce que même si nous savons tous comment utiliser le contrôle de l'esprit, aucun de nous n'oserait jamais l'employer contre un autre vampire, à moins que quelqu'un ne nous attaque en en faisant usage directement. Nous sommes conscients de nos limites et savons qu'un combat à l'aide du contrôle de l'esprit mènera à une mort certaine. Laquelle dépend du vampire le plus fort. Toutefois, cette incertitude n'a plus d'objet quand il s'agit des disciples de Xander : leurs habiletés au contrôle de l'esprit sont supérieures aux nôtres.

— Es-tu en train de dire que tous ceux qui ont été créés par Keegan possèdent cette compétence ? demanda Gabriel.

— C'est l'information dont je dispose.

Gabriel s'avança au bord du divan.

— Ça signifie que Thomas est aussi fort qu'eux. Il peut les combattre. Alors, pourquoi n'est-il pas associé à cette discussion ?

— Thomas a failli mourir durant la confrontation avec Keegan. J'ai donc décidé qu'il ne nous rejoindrait pas dans ce combat.

Ce n'était pas exactement la vérité, pas plus que ce n'était un franc mensonge. Mais il ne pouvait violer la confidence de Thomas et révéler que celui-ci craignait que davantage de contacts avec les disciples de Keegan ne le poussât au bord du gouffre et ne libérât le sombre pouvoir qu'il avait en lui. Il devait garder son secret, et Thomas lui faisait confiance à ce propos.

Haven fit un pas en avant.

— Au contraire, il est le SEUL à pouvoir les combattre, si ce que tu dis est vrai.

— Suis d'accord, ajouta Amaury.

— Non ! Je maintiens ma décision. Nous devons les combattre à l'aide d'autres moyens.

— Et être annihilés ce faisant ? le questionna Gabriel en se levant. Avec tout mon respect, je désapprouve.

— D'ailleurs, qu'est-ce qu'ils veulent ? interrompit Quinn.

— Dominer le monde des vampires. Ils ont commencé par amener des vampires convenables à quitter la ville en achetant leurs affaires contre des cacahuètes, en les menaçant. Ils ont tué Sergio et sa compagne quand ceux-ci ont refusé de succomber à leurs exigences. Que voulez-vous d'autre ?

Samson lança un regard furieux et provocateur à ses amis.

— Est-ce confirmé que les gars de Xander ont fait tout ça ? demanda Gabriel.

— Il l'a dit à Thomas.

— Dis-moi encore une chose, continua Gabriel. Comment se fait-il que Thomas soit toujours en vie s'il a affronté Xander ?

Samson rejeta les épaules en arrière.

— Cela n'a pas d'importance. Ce qui compte, c'est qu'il a pu s'enfuir indemne.

— Je pense que ça en a, parce que ça prouve que j'ai raison : Thomas est aussi fort qu'eux, sinon plus, insista Gabriel. Autrement, pourquoi Xander n'aurait-il pas saisi l'opportunité de le tuer ? Pourquoi laisser un ennemi vivant qui va pouvoir nous informer sur leur groupe et nous aider à nous préparer à les combattre ?

Plus d'une paire d'yeux fusillèrent Samson, tous en attente d'une explication. Une explication qu'il ne pouvait pas fournir.

— Es-tu en train de remettre mon autorité en question? tonna Samson.

Il détestait remettre Gabriel à sa place en lui rappelant qu'il était le patron. Il avait toujours regardé ses amis d'égal à égal, pas comme des subordonnés mais, aujourd'hui, il n'avait d'autre choix que de donner ses ordres sans prendre les soucis de ses amis en compte.

Gabriel le regarda furieusement, pinçant les lèvres en une fine ligne.

— Très bien. Que suggères-tu ? demanda-t-il après une pause.

— Bon. Préparons-nous. Nous devons connaître le nombre de leurs effectifs. Leur quartier général nécessite une surveillance de vingt-quatre heures. Zane vous donnera l'adresse à Chinatown. Suivez tous ceux qui partent et découvrez ce qu'ils font, qui ils rencontrent. Découvrez s'ils disposent d'autres maisons sûres à part celle de Chinatown. Assignez quelqu'un pour filer le gars qui tient à présent le magasin de motos de Al. Je veux savoir qui il rencontre et où il va. Je veux également que vous évaluiez les caractéristiques défensives de leur quartier général. Comment pouvons-nous les y attaquer sans causer de pertes civiles ? L'endroit est situé aux abords de Chinatown, à la frontière de North Beach. C'est un quartier très peuplé avec bon nombre d'activités nocturnes. Il y a beaucoup de restaurants et de bars qui sont ouverts tard la nuit. Attaquer leur forteresse attirera l'attention sur nous. Nous devons trouver un moyen de les attirer dans un quartier moins peuplé avant de pouvoir frapper.

— Comment ?

— Je ne sais pas encore. Réfléchissez-y ensemble et trouvez des scénarios possibles.

— Bien, convint Gabriel.

Samson accusa réception des paroles de son second, mais savait qu'il y avait peu de chances de les éloigner de leur forteresse. S'ils devaient combattre Xander et ses gars à Chinatown, il y aurait des victimes humaines, et il n'aimait pas cette perspective. En outre, en tant que vampires, ils seraient également en danger d'exposition, ce qui était un tout autre problème.

Si seulement il pouvait convaincre Thomas de changer d'avis et d'utiliser le pouvoir qu'il possédait pour combattre leurs ennemis. N'y avait-il aucun moyen de le persuader qu'il ne succomberait pas au sombre pouvoir et deviendrait, ce faisant, mauvais ? Il connaissait Thomas depuis plus d'un siècle et n'avait même jamais eu soupçon des démons qu'il combattait chaque jour. Cela ne prouvait-il pas que Thomas était bien plus fort qu'il ne croyait l'être ?

— C'est parti, annonça Samson en balayant un long et dernier regard sur ses amis, espérant n'en perdre aucun dans le prochain combat.

31

—————

Au tintement de la sonnette de son cabinet médical au sous-sol de sa maison, Maya prit une profonde inspiration et se dirigea vers la porte d'entrée. Elle savait déjà qui se tenait de l'autre côté avant même d'ouvrir la porte.

— Salut Yvette, merci d'être venue.

Yvette sourit, franchissant le seuil avec son bébé dans les bras, une épaisse couverture l'enveloppant.

— Salut, Maya. Elle vient juste de s'endormir. J'espère que l'auscultation ne la réveillera pas encore.

— Ne t'inquiète pas, dit Maya en fermant la porte derrière elle.

Il n'y aurait pas d'auscultation. Maya s'en était déjà occupée avant que Cain n'amenât le bébé chez Yvette. Elle avait utilisé ce prétexte comme ruse afin de faire venir Yvette chez elle.

— Viens ! dit-elle en désignant les escaliers qui menaient au rez-de-chaussée de la maison tout en passant la porte qui menait à sa salle d'examen.

Yvette hésita.

— Mais tu ne veux pas l'examiner ici ?

— Le chauffage est mort tout à l'heure. Il fait glacial ici, mentit-elle. J'ai déménagé mes instruments à l'étage, dans le salon. Nous ne voulons pas que la petite se sente mal à l'aise.

Sans autre protestation, Yvette monta à l'étage et se dirigea vers la porte du salon dès qu'elle eût atteint le palier.

— Rentre, l'encouragea Maya, se souriant à elle-même.

Yvette tourna la poignée, poussa la porte et fit un pas dans la pièce.

— Surprise ! crièrent plusieurs voix.

Yvette se figea, un souffle franchissant ses lèvres.

— Oh, les filles !

Maya la suivit dans le salon. Elle l'avait décoré à l'aide de rubans roses et blancs et avait empilé les cadeaux en face de la cheminée. Toutes celles qui l'y avaient aidée étaient à présent rassemblées, en train de saluer Yvette avec enthousiasme en l'entourant, de sorte à apercevoir le bébé pour la première fois : Rose, Delilah et sa fille, Ursula, Portia et Nina.

— Oh, elle est si mignonne, proclama Rose.

— Regardez, elle ouvre les yeux, dit Nina.

Delilah tenait Isabelle de façon à ce que sa petite pût également jeter un œil au bout de chou dans les bras d'Yvette.

— Tu vois le petit bébé ? Toi aussi tu as été aussi petite.

Isabelle tendit sa petite main pour caresser le visage du bébé, mais Delilah la tira rapidement.

— Fais attention, mon cœur, elle est encore minuscule et fragile.

Maya observa la façon dont Yvette regardait les décorations et les cadeaux.

— Je ne peux pas croire que vous ayez fait tout ça pour moi !

Elle tourna ensuite la tête pour regarder Maya.

— Je te suis tellement reconnaissante, ajouta-t-elle.

Maya lui sourit en retour. Elle savait qu'Yvette ne la remerciait pas pour la baby-shower, mais bien pour le fait qu'elle lui eût donné l'orpheline plutôt que de l'élever comme sa propre fille. Maya aurait aisément pu en faire la requête et, considérant que Gabriel avait plus d'ancienneté qu'Yvette, Samson n'aurait eu aucun scrupule à le lui accorder.

Depuis maintenant plusieurs mois, Gabriel et elle essayaient, sans succès, d'avoir un bébé mais, malgré cela, elle n'abandonnait pas l'espoir. Elle était à moitié satyre, et cela signifiait qu'elle était fertile, alors que les purs vampires féminins ne l'étaient pas. Elle était certaine de tomber enceinte durant son prochain cycle de fertilité. Elle ne pouvait juste pas savoir quand cela se passerait. Depuis que Gabriel et elle s'étaient liés par le sang, elle n'avait pas encore connu de cycle de fertilité et supposait, dès lors, que cet événement ne se produisait pas aussi fréquemment qu'elle ne l'avait d'abord pensé. Quoique cela ne les empêchât pas, Gabriel et elle, d'essayer presque quotidiennement.

— Pourquoi ne tiendrais-je pas le bébé pendant que tu déballes les cadeaux ? demanda Rose en tendant les bras.

Plutôt à contrecœur, Yvette lui remit le bébé.

Rose gloussa.

— Ne t'inquiète pas, je te la rendrai.

Yvette se mit à rire nerveusement.

— Naturellement, je le sais.

Nina la tira vers le divan et la fit s'asseoir.

— Je vais te donner les cadeaux, un par un.

Tandis que tout le monde se blottissait autour d'Yvette en la regardant déballer les cadeaux, l'un après l'autre, avec des « oh » et des « ah » emplissant la pièce, Maya ne put s'empêcher d'avoir chaud au cœur. Elles étaient sa famille, les personnes dont elle se souciait et qui se souciaient d'elle.

— As-tu déjà décidé comment l'appeler ? demanda soudain Ursula.

Yvette s'arrêta de déballer et observa le bébé qui était en train de regarder Rose.

— Haven et moi pensons soit à Lydia ou à Emily. Lydia était le nom de sa grand-mère, et Emily, celui de la mienne. On ne parvient pas à se décider.

— Ce sont deux supers prénoms, lui assura Delilah. Tu devras juste voir celui qui lui va le mieux.

Elle se tourna soudain vers Isabelle dans ses bras.

— Qu'est-ce qu'il y a, mon cœur ?

Mère et fille se regardèrent droit dans les yeux avant que Delilah ne posât de nouveau le regard sur Yvette.

— Isabelle dit que le bébé préfère Lydia.

Yvette haussa un sourcil.

— Mais—

— Bien, faisons un test et voyons à quel nom elle répond.

Maya observa avec intérêt. Isabelle avait-elle raison ?

Yvette haussa les épaules.

— Je doute que ça marche.

Elle regarda alors le bébé, lequel était toujours en train de dévisager Rose.

— Emily, l'appela Yvette.

Mais le bébé ne réagit pas.

— Emily, répéta-t-elle.

Elle soupira.

— Lydia.

Instantanément, le bébé tourna la tête et la regarda en souriant.

— Je crois que tu as ta réponse, dit Delilah.

Yvette rit sous cape.

— Si elle commence à prendre ses décisions si tôt, nous aurons de quoi faire.

Les autres se mirent à rire. Soudain, le bébé commença à pleurer, et Yvette tendit les mains pour la reprendre dans ses bras.

— Qu'est-ce qui ne va pas, Lydia ? demanda-t-elle en la berçant.

— Peut-être qu'elle a faim, suggéra Delilah. As-tu amené un biberon ?

Yvette acquiesça d'un hochement de tête et désigna le sac qu'elle avait précédemment déposé à terre. Elle fit le geste de se lever, mais Rose l'arrêta.

— Je vais le chercher.

L'épouse de Quinn se leva et fouilla dans le sac avant d'en extirper le biberon.

Yvette lança un regard interrogateur à Delilah.

— Dois-je mélanger un peu de sang dans le lait maternisé ?

Delilah oscilla de la tête.

— Trop tôt. Tu vas devoir attendre jusqu'à ce qu'elle morde quelqu'un. Après ça, elle aura régulièrement besoin de sang en complément de son régime alimentaire humain.

Yvette soupira.

— Comment vais-je pouvoir apprendre tout cela ?

Delilah sourit.

— Ne t'inquiète pas ! Tu vas attraper le tour. Mais ceci va, sans aucun doute, considérablement changer ta vie.

— Plus de mission de garde du corps pendant un moment, ajouta Maya. As-tu déjà demandé un congé exceptionnel à Gabriel ?

Le regard d'Yvette se heurta au sien. Une légère panique lui monta aux yeux.

— Je n'avais même pas encore pensé aussi loin. Oh, mon dieu, et qu'en sera-t-il si je suis complètement inutile en tant que mère ? Je ne connais pas les choses de base à propos des bébés.

Les femmes gloussèrent.

— Ça ira juste très bien, lui assura Maya en souriant. Tu seras une merveilleuse mère.

Les yeux d'Yvette s'humidifièrent, et une larme rosée coula le long de sa joue.

32

Uniquement pourvu de son peignoir, Thomas regarda Eddie se diriger vers la porte qui menait au garage. Deux jours et une nuit s'étaient écoulés depuis qu'Eddie l'avait surpris dans son donjon. Bien que tous deux eussent dû aller travailler durant la nuit, ils avaient passé les deux jours à faire l'amour.

— Tu es sûr de devoir déjà partir ? Ta garde ne commence pas avant neuf heures.

Tout en ouvrant la porte, Eddie lança un regard par-dessus son épaule.

— Nina veut que je m'arrête chez elle. Je ne l'ai plus vue depuis un moment.

Il descendit les escaliers et disparut de la vue de Thomas.

Toujours pas rassasié, Thomas le suivit dans le garage.

— Oh, merde, jura-t-il à voix basse, incapable de contrôler son désir. Le plus de temps il passait avec son nouvel amant, au moins semblait-il être capable de s'éloigner de lui. Il avait, par la même occasion, remarqué autre chose. Le sombre pouvoir en lui était demeuré totalement latent pendant qu'Eddie et lui s'étaient tenus dans les bras l'un de l'autre. Et pourtant, maintenant que ce dernier était sur le point de quitter la maison, il pouvait le sentir sortir de sa somnolence. Il n'était pas prêt à composer avec. Il voulait quelques minutes de paix en plus.

Thomas atteignait la dernière marche lorsqu'Eddie prit sa veste en cuir du crochet et fut sur le point de la revêtir. Thomas la saisit, l'arracha de sa main et la lança sur la moto. Sans un mot, il tira Eddie dans ses bras et plaqua sa bouche sur celle de son partenaire. Un grognement d'étonnement s'échappa de la gorge d'Eddie, mais celui-ci n'opposa aucune résistance. Il enroula plutôt les bras autour de la taille de Thomas et les laissa glisser sur son postérieur, enrobant fermement les fesses et l'attirant tout contre son bas-ventre.

Reprenant de l'air, Thomas gémit et exprima ainsi son plaisir de sentir Eddie réagir à son désir. Il ne pouvait rien imaginer de mieux dans sa vie que le corps de son amant pressé contre lui, ses mains l'explorant, sa langue se battant en duel avec la sienne.

— Juste dix minutes, dit Eddie d'une voix rauque en tirant fortement sur la ceinture du peignoir de Thomas afin d'en desserrer le nœud.

Thomas eut envie de libérer un grognement de triomphe, mais se retint. Il se dépêcha plutôt d'ouvrir le pantalon d'Eddie et de le descendre jusqu'aux cuisses.

— J'aime la façon dont tu bandes en quelques secondes, murmura Thomas tout contre la tentante colonne du cou d'Eddie, déposant de chauds baisers sur sa peau, tandis qu'il enveloppait son sexe dans sa main.

— Tu ne me donnes pas vraiment une chance de me ramollir.

— Tu t'en plains ? demanda Thomas en mouvant la main de haut en bas sur l'érection de son amant.

— Pas du tout.

La main d'Eddie glissa sur le sexe de Thomas et le pressa fortement.

Thomas sentit ses battements de cœur accélérer et son souffle se précipiter hors de ses poumons. Il aimait la façon dont Eddie le touchait, pas timidement, mais bien avec détermination, avec une franchise qui lui disait qu'il ne subsistait aucun doute quant à ce qui allait se passer par la suite.

Lorsque Thomas se baissa à genoux et dirigea la tête vers le sexe d'Eddie, les mains de celui-ci posées sur ses épaules le repoussèrent.

— Je n'ai que dix minutes.

— Fais-moi confiance. Je n'aurai besoin que de deux pour te faire jouir.

Eddie hocha la tête, son regard se connectant au sien. Envie et désir brillaient dans ses yeux, et quelque chose d'autre que Thomas ne pouvait interpréter scintillait en eux.

— Je veux te sucer aussi, dit Eddie, de façon inattendue.

Durant tout ce temps qu'ils avaient passé ensemble au lit, Eddie n'avait jamais sucé Thomas, même s'il l'avait fait jouir à l'aide de ses mains. Et maintenant, alors qu'ils se tenaient dans le garage et n'avaient que dix minutes, Eddie voulait lui faire une pipe ?

— Bordel, Eddie ! lâcha Thomas, la respiration irrégulière. Tu n'aurais pas pu choisir un meilleur moment pour ça ?

Car sentir la bouche d'Eddie sur son sexe n'était pas quelque chose qu'il voulût précipiter. Il voulait s'étendre sur ses doux draps et s'abandonner à la sensation des lèvres d'Eddie autour de son érection, sa langue glissant vers le bas de son sexe, ses dents lui éraflant la peau.

— Je le veux maintenant.

Eddie le dévisagea, les yeux flamboyant. Ensuite, il s'abaissa. Des mains, Eddie poussa sur les épaules de Thomas et, dans la seconde, celui-ci se retrouva sur le dos, son peignoir s'ouvrant à l'avant.

Eddie abaissa son pantalon jusqu'à ses chevilles, ses bottes l'empêchant de se débarrasser totalement du vêtement. Il se retourna ensuite, alignant son sexe à la bouche de Thomas. Tandis qu'il se penchait sur lui, Eddie lui attrapa les cuisses et les écarta. Sa tête plongea ensuite plus bas, et il lécha la tête de l'érection.

Thomas explosa presque sur-le-champ. Les hanches d'Eddie se murent et, soudain, son sexe vint pousser contre les lèvres de Thomas. Celui-ci les entrouvrit et le prit dans sa bouche, le suçant avidement tout comme Eddie commençait à véritablement sucer le sien.

Il n'eut pas l'occasion de dire à Eddie ce que cela signifiait pour lui. Soudain, il se sentait accepté par lui, car Eddie reconnaissait pleinement sa virilité en s'adonnant sur lui à l'acte le plus intime sans le moindre signe d'embarras ou de honte. Au contraire, le souffle des doux gémissements et soupirs émanant de la poitrine d'Eddie contre son sexe étaient la confirmation que celui-ci était finalement prêt pour lui.

Avec tendresse et adoration, Thomas lécha l'organe d'Eddie, le suçant avec fermeté et au rythme dicté par le corps de ce dernier tout en lui enrobant les testicules et lui caressant le précieux sac. Mais il éprouvait de la difficulté à se concentrer sur le plaisir à donner à Eddie, tandis que son amant lui faisait la même chose. Les mains d'Eddie le forcèrent à plier les genoux, lui accordant ainsi l'accès direct à ses testicules et à son derrière.

Lorsque les doigts humidifiés de salive du jeune homme glissèrent sur ses testicules avant de plonger dans la raie de son postérieur, Thomas grogna, son dos se cambrant sur le béton du garage. Mais Eddie ne le gratifia d'aucun sursis à cette sensuelle torture, car son doigt recouvert de rosée encerclait à présent son anus et poussait tout contre lui. Il intensifia la succion tout en laissant son doigt franchir le portail et s'enfoncer en lui. Le sexe d'Eddie tressaillit dans la bouche de Thomas, et cela rappela à ce dernier ce dont son jeune amant avait besoin. Amenant une main pour se faciliter la tâche, il le suça encore plus fort, le laissant glisser dans sa bouche et puis sortir tout en pressant ses testicules de concert avec ses mouvements.

Il n'aurait jamais cru qu'Eddie serait si enthousiaste à le baiser avec les doigts, mais ce n'était pas la première fois qu'il le faisait, pas plus que, Thomas l'espéra, ce ne serait la dernière. À chaque coup, la tête d'Eddie plongeait plus bas, sa bouche prenant le sexe de Thomas plus profondément et, à chaque mouvement, son postérieur se soulevait, les cuisses plus écartées.

La tentation devenant trop forte, Thomas étendit le majeur de la main qui caressait les testicules d'Eddie et le baigna dans la salive qui s'échappait de sa bouche. Il laissa alors glisser son doigt dans la raie de son derrière. Eddie tressauta légèrement, mais se détendit à nouveau et se laissa aller à cette caresse. Thomas laissa encore son doigt glisser à cet endroit, sentant l'anneau de muscles qui y était caché. Il le frotta, d'abord lentement, puis plus rapidement, remarquant la façon dont Eddie le baisait à présent, plus fort et plus rapidement, la bouche imitant le mouvement. Ses hanches pompaient vers le haut et vers le bas, tandis que son derrière poussait contre le doigt de Thomas comme s'il voulait que celui-ci le poussât à l'intérieur.

Incapable de résister à cette érotique tentation, Thomas poussa à travers le muscle contracté et plongea à l'intérieur.

Au-dessus de lui, le corps d'Eddie convulsa et, une seconde plus tard, de la semence chaude fut propulsée dans sa bouche. L'orgasme d'Eddie déclencha le sien, l'amenant à exploser dans la bouche de son amant sans avoir eu le temps de le prévenir. Il réalisa avec joie qu'Eddie ne se retirait pas et le gardait plutôt dans sa bouche, tandis que vague après vague déferlaient dans son membre. Tout son corps semblait léger et, pendant quelques instants, sa vision devint noire.

Lorsqu'il relâcha finalement le sexe d'Eddie, après l'avoir léché pour le nettoyer tout comme Eddie l'avait fait pour lui, Thomas ne put plus parler. Pomper de l'oxygène dans tout son corps était déjà suffisamment difficile. La respiration de son amant était aussi lourde que la sienne, la joue de ce dernier se reposant sur une de ses cuisses, son bas-ventre toujours arc-bouté contre lui.

— Je dois y aller, murmura Eddie en se redressant.

Lorsqu'il se retourna, ils se fixèrent du regard pendant un long moment, et Thomas reconnut la promesse dans les yeux d'Eddie. Tout se passerait bien entre eux.

33

———————

— Nous devons nous éparpiller, ou nous perdrons l'un d'entre eux, dit Cain à Oliver, son équipier pour la nuit.

— Nous ne le pouvons pas ! chuchota son collègue. Les instructions de Gabriel étaient de rester en équipes.

— Les choses changent, dit Cain en haussant les épaules. Il y a des moments où il faut improviser. Alors, vas-y ! Tu prends le gros. Je vais suivre cet autre crétin. Et ne t'approche pas trop près. Ces gars sont dangereux.

Sans attendre la réponse d'Oliver, il bifurqua dans la rue suivante en faisant attention à ne pas perdre de vue le vampire qu'il avait pisté à travers la moitié de San Francisco. Son acolyte et lui avaient quitté la maison où Xander se cachait et avaient fait divers arrêts dans toute la ville. À chaque endroit, Cain et Oliver avaient attentivement surveillé afin de s'assurer qu'ils ne commissent aucune atrocité mais, apparemment, ces deux-là étaient simplement en mission de reconnaissance. Cependant, une fois arrivés dans le secteur du Centre municipal, ils s'étaient séparés.

Ne sachant pas lequel des deux pouvait les mener à une autre planque ou à davantage de leurs complices, Cain s'était décidé rapidement. Et tant pis si Gabriel voudrait le punir sévèrement plus tard. Mais il n'allait pas laisser cette opportunité lui glisser entre les mains.

Le trafic piétonnier devint quelque peu plus fluide, tandis qu'il continuait à suivre sa cible en direction de l'Ouest sur Market Street. Il y avait moins de bars et de restaurants. Cain dut rester un peu plus en retrait de sorte à ne pas attirer l'attention.

Sur une distance de plusieurs pâtés de maisons, rien d'inhabituel ne se produisit. Au point de demi-tour du tram de la ligne de Market Street, le vampire bifurqua dans le Castro, et Cain le suivit en respectant une certaine marge de sécurité. Le parfum émanant de ce type lui rappela un bordel bon marché. Il neutralisait pratiquement la propre odeur du vampire.

L'activité étant plus intense dans le secteur dans lequel il venait de s'engager, Cain raccourcit la distance entre l'autre type et lui.

L'homme était de taille moyenne, habillé avec des vêtements décontractés et sans signe distinctif. Il semblait normal et, pourtant, quelque chose dans son aura, laquelle l'identifiait en tant que vampire, semblait différent de celle des autres que Cain avait rencontrés. Ce n'était rien de visible mais, au plus il se rapprochait de lui, au plus il pouvait ressentir que quelque chose qu'il ne pouvait nommer irradiait de sa personne. Cain savait simplement qu'il n'aimait pas cela. Était-ce cette compétence supérieure du contrôle de l'esprit dont Samson avait parlé ? Étrangement, il n'avait jamais remarqué quoi que ce soit de similaire autour de Thomas bien que ce dernier possédât cette même habileté.

Suivant le vampire plus loin sur le haut de la colline, Cain entendit soudain une voix connue. Il tourna la tête et chercha la personne des yeux. Il la vit une seconde plus tard : Roxanne était entourée de trois hommes manifestement ivres.

— Poussez-vous ou j'aurai vos couilles ! affirma Roxanne, mais ces idiots d'humains ne la prenaient pas au sérieux.

Et pourquoi l'auraient-ils fait ? Ils ne pensaient nullement que cette femme bien roulée qui portait sa robe noire comme une seconde peau pourrait leur arracher les testicules en moins de quinze secondes si elle le voulait. Pendant un instant, il envisagea de la secourir, mais ne fut pas totalement sûr qu'elle appréciât son intervention. Elle était plus que capable de gérer ces trois ivrognes elle-même et se fâcherait très probablement contre lui s'il intervenait.

Mais au cas où, il pensa qu'il devait pour le moins lui offrir son aide.

— Roxanne, tu veux que je m'occupe d'eux pour toi ? lui cria-t-il de l'autre côté de la rue.

Elle dirigea le regard vers lui et secoua la tête.

— Ne gâche pas mon plaisir, répondit-elle.

Se retournant dans la direction vers laquelle son suspect se dirigeait, Cain se figea. Il n'y avait plus aucune trace de lui bien que la rencontre et l'échange avec Roxanne eussent duré moins de quinze secondes.

Cain inspira profondément et put, heureusement, toujours sentir l'après-rasage bon marché que le vampire portait. Il suivit cet effluve et accéléra bien que la rue devînt plus escarpée. Au coin suivant, la rue tourna, et Cain s'arrêta un instant, reniflant à nouveau. L'odeur s'affaiblissait.

Merde ! Il devait se rapprocher.

Il se mit à courir vers le haut de la colline, les yeux à la recherche de toute trace du vampire, le nez humant constamment l'air tout autour de lui jusqu'à ce qu'il dût admettre qu'il l'avait perdu.

Cain examina les alentours et réalisa qu'il avait atteint Twin Peaks, le secteur où vivait Thomas. Qu'était venu faire ce vampire ici ? Ou était-il simplement monté jusqu'ici pour le mener en bateau ? En tous cas, considérant à quel point l'endroit où il l'avait perdu était proche de la maison de Thomas, il valait mieux alerter ce dernier.

Il s'orienta et bifurqua à droite au prochain croisement avant de se diriger plus haut sur la colline. Dans le virage, devant la maison de Thomas, il entendit un bruit et s'arrêta, demeurant derrière les buissons longeant la propriété adjacente. Il jeta un coup d'œil depuis sa cachette et vit se soulever la porte du garage de la maison de Thomas. Il était sur le point d'avancer et de lui faire signe lorsque ses yeux se focalisèrent sur la scène qui se jouait à l'extérieur du garage. Sous l'effet de la surprise, il retint sa respiration.

Eddie était assis sur la moto, le moteur en train de tourner. Thomas se tenait à côté de l'engin, les bras entourant Eddie, les lèvres fusionnées à celles du plus jeune vampire. Eddie se penchait vers Thomas, une main sur sa nuque, la tête penchée et l'embrassait passionnément. Un de ces baisers qui semblaient durer éternellement.

Thomas n'était vêtu que d'un peignoir. Eddie portait ses vêtements de moto. Ils ressemblaient à deux amants en train de se dire au revoir après avoir fait l'amour. C'était inscrit aussi nettement sur leurs visages que s'ils l'avaient chanté sur tous les toits.

Cain fit un pas en arrière derrière les buissons, ne désirant pas observer plus longuement leur étreinte. Ils méritaient une certaine intimité et n'apprécieraient certainement pas de se savoir observés. Après tout, personne au sein de Scanguards ne savait qu'ils étaient amants, ce qui voulait tout simplement dire qu'ils se donnaient beaucoup de peine pour cacher leur relation. Et Cain n'était pas du genre à fouiner dans les affaires des autres. Si Thomas et Eddie ne voulaient pas que quiconque sût ce qui se passait entre eux, il ne serait pas celui qui divulguerait ce secret.

Il était seulement surpris de ne pas avoir remarqué l'alchimie entre eux. À présent, celle-ci était clairement évidente. Comment lui avait-elle échappé depuis tous ces mois où il était chez Scanguards ? Il s'était toujours considéré comme ayant un bon jugement sur les gens et pensait pouvoir voir au-delà des choses que d'autres essayaient de cacher. De toute évidence, même lui avait été dupé par ces deux-là.

Cain se retourna et prit silencieusement un sentier entre deux maisons pour descendre la colline, refusant d'être vu par Eddie lorsque celui-ci passerait en moto. Il appellerait Thomas et lui parlerait de l'autre vampire de sorte à ne pas le laisser suspecter qu'il avait été témoin du baiser échangé avec Eddie.

34

Eddie stationna sa moto devant le manoir de Quinn à Pacific Heights et se précipita dans les escaliers menant à la porte d'entrée. Le message qu'il avait reçu disait de se dépêcher. Il sonna et attendit. Il put entendre plusieurs voix provenir de l'intérieur. Il se passait quelque chose. Quinn ouvrit la porte avant même qu'il n'eût pu se demander ce qui arrivait.

— Je suis venu aussi vite que j'ai pu, dit Eddie sans le saluer de manière appropriée.

Quinn lui fit signe d'entrer.

— Entre. Tu es un des derniers. Thomas est avec toi ?

Se raidissant, Eddie secoua la tête. Tout le monde était-il au courant pour Thomas et lui ? Quelqu'un avait-il remarqué quelque chose à la façon dont ils avaient interagi l'un avec l'autre au bureau ?

— Non, il le devrait ?

— Je pensais juste qu'il serait avec toi. Il n'a pas répondu au texto que je lui ai envoyé.

Tentant de ne pas paraître affecté, Eddie haussa les épaules et passa devant Quinn en se dirigeant vers l'endroit d'où provenaient les voix.

La porte du salon était entrebâillée. Eddie la poussa et examina attentivement la pièce. Il fut surpris d'y voir la moitié de Scanguards rassemblée, tous accompagnés de leurs femmes.

Il tourna la tête vers Quinn.

— Qu'est-ce que ça veut dire ?

— Tu le sauras en même temps que les autres. Alors, joins-toi à eux.

Il balaya la foule du regard et surprit celui de Samson. Remarquant qu'il lui faisait signe d'approcher, Eddie se dirigea vers lui.

— Hé, Samson, tu sais de quoi il s'agit ?

— Tu vas le découvrir. Alors, comment s'est passée la réunion avec Luther ?

Les yeux de Samson semblaient vouloir lire en lui.

Eddie évita son regard et feignit d'être tourmenté par une tache de boue sur sa veste en cuir.

— Bien !

— As-tu eu ce que tu voulais ? continua Samson.

Non, il n'avait pas obtenu la réponse qu'il avait voulu entendre, mais il ne pouvait en parler à son patron sans lui révéler ce qui se passait. Il n'était toujours pas certain d'être en harmonie avec la direction que sa vie prenait. En regardant derrière Samson, il remarqua sa sœur en train de parler avec Portia. À quel point Nina serait-elle déçue lorsqu'elle découvrirait que son petit frère couchait avec Thomas ? Ou le suspectait-elle déjà ? Et le reste de Scanguards le regarderait-il étrangement ? Le traiteraient-ils différemment ? Se moqueraient-ils également de lui, tout comme les garçons de son lycée ?

La voix de Samson dériva de nouveau vers lui.

— Je ne voudrais pas être indiscret.

— Non. Non, ça va. Tout s'est bien passé. Luther semble bien aller.

— Et bien, bon alors.

Un moment embarrassant s'ensuivit, mais Eddie fut épargné d'en dire davantage lorsque Nina le repéra et lui fit signe. Elle dit quelque chose à Portia et se dirigea ensuite vers lui.

— Excuse-moi, voilà Nina, dit-il à Samson, heureux d'avoir une échappatoire.

Il marcha à grands pas vers sa sœur et la rencontra à mi-chemin.

— Hé, Eddie, le salua-t-elle avec un sourire et une étreinte. Je ne pense pas t'avoir vu aussi souvent depuis l'époque où nous vivions ensemble.

Elle avait raison. Depuis qu'elle avait commencé à lui chercher un appartement, ils s'étaient vus pratiquement chaque jour ou s'étaient au moins parlé au téléphone. Nina s'investissait beaucoup dans cette recherche d'appartement, et il se sentait vraiment con de lui donner de faux espoirs. Mais ce n'était ni le lieu ni le moment de lui dire de suspendre les recherches. Trop de personnes susceptibles d'écouter la conversation se trouvaient dans la pièce.

— Tu en as marre de moi ? demanda-t-il en lui souriant afin de cacher sa mauvaise conscience.

Elle le repoussa du poing dans les côtes.

— Aucune chance. Alors, où est Thomas ? Je ne l'ai pas encore vu, dit-elle en laissant ses yeux errer dans la pièce.

Eddie se mit sur la défensive.

— Comment le saurais-je ?

Pourquoi fallait-il que tout le monde le questionnât à propos de Thomas comme s'ils ne formaient qu'un ?

Nina inclina la tête et lui adressa un regard curieux.

— Tu es de mauvaise humeur ?

— Non !

Mais si elle continuait de la sorte, il le serait sous peu.

— Salut mon pote. Nina.

La voix de Blake provenait de derrière, et sa main atterrit sur son épaule en guise de tape excessivement amicale.

Eddie se retourna afin de regarder l'humain. Il n'était plus fâché contre Oliver et lui d'avoir été mis au courant des sentiments de Thomas à son égard. Blake ne pouvait juste s'en empêcher : il était quelque peu empoté. Il voulait bien faire mais, étant le membre le plus récent de la grande famille de Scanguards, il avait toujours beaucoup à apprendre. En tant qu'arrière-petit-fils au quatrième degré de Rose et Quinn, il était devenu membre de leur groupe du jour au lendemain et, étant donné les circonstances, il s'était plutôt bien adapté.

— Blake. Alors, qu'est-ce qu'il se passe ici ? Samson semblait être au courant, mais n'a rien dit, demanda Eddie.

— Je n'en sais pas plus que toi. Ça ne devrait plus être long, maintenant. Presque tout le monde est là. Même Wesley, répondit Blake en désignant la fenêtre.

Wesley se tenait à côté de celle-ci et parlait avec son frère Haven. Il faisait de grands gestes avec les mains.

— Il travaille sur sa sorcellerie, et je ne pense pas qu'Haven soit très content des résultats de ses expériences, poursuivit Blake en se penchant et en baissant sa tonitruante voix.

Nina rapprocha la tête.

— Que s'est-il passé ? Je pensais qu'Haven était d'accord que Wesley essaie de retrouver ses pouvoirs.

Eddie avait pensé la même chose et, en fait, il en était reconnaissant : la sorcellerie de Wesley avait permis de sauver la vie de Thomas lorsqu'il avait combattu son créateur, Keegan. S'il n'avait pas jeté un sort pour briser la concentration de Keegan durant le combat au contrôle de l'esprit dans lequel Thomas et lui s'étaient enfermés, Thomas aurait péri. Cette pensée le faisait toujours frissonner.

— Il a déjà récupéré certains de ses pouvoirs. Je l'ai vu, ajouta Eddie.

Blake sourit.

— Ouais mais, apparemment, il éprouve des difficultés à les contrôler. La nuit dernière, alors qu'il rendait visite à son frère pour voir le bébé, il a essayé quelques charmes sur ses deux chiots et les a transformés en porcelets. Haven avait les boules, pour ne pas dire plus.

— Oh non ! s'exclama Nina en riant.

Eddie ne put s'empêcher de rire.

— C'est trop comique.

— Eh bien, Yvette n'a pas trouvé ça comique. Maintenant, elle a peur que Wesley se retrouve près du bébé, car qui sait en quoi il pourrait transformer la petite.

Nina cessa de rire.

— Elle a raison.

— Et il les a déjà retransformés en chiots ? demanda Eddie.

Blake fit un geste en direction d'Haven, le sorcier transformé en vampire, et son sorcier de frère.

— Apparemment pas. De ce que j'ai pu entendre, l'endroit où Wesley achète ses ingrédients est en rupture de stock d'une des choses dont il a besoin pour renverser le charme.

— Tu veux dire que ces deux chiots courent encore comme des cochons ?

Eddie pouvait virtuellement les voir devant ses yeux.

Blake gloussa.

— Oui, Lard et Saucisse se baladent toujours chez Haven et rendent fou tout le monde.

— Lard et Saucisse ? répéta Nina.

— Ouais. Tu aimes ces noms ? Je vais leur proposer de renommer les chiots. Et peut-être que ces noms colleront même après que Wesley se soit débrouillé pour les retransformer en chiots.

Les yeux de Blake scintillaient de malice.

Eddie lui donna un coup de coude dans les côtes.

— Tu fais ça, et Haven va te tanner la peau.

Soudain, des picotements se répandirent sur son dos, et Eddie tenta d'endiguer la décharge de désir qui le percuta à travers le corps. Il n'eut pas à se retourner pour connaître l'identité de celui qui s'approchait.

— Ça veut dire quoi, Lard et Saucisse ?

La voix de Thomas semblait provenir de moins d'un mètre derrière lui.

— Blake s'attire à nouveau des ennuis en insultant les chiots d'Haven, répondit Eddie en ne tournant que légèrement la tête en guise de réponse à l'arrivée de Thomas.

— Enfin, ils ne sont plus des chiots, pour le moment. Mais plutôt des couennes de jambon, répliqua Blake.

Thomas lui lança un regard interrogateur.

— Ai-je vraiment envie de savoir de quoi il s'agit ?

Nina secoua la tête.

— Non. C'est juste Blake qui fait l'idiot. Encore !

— Tu m'as appelé idiot ? demanda Blake. C'est scandaleux !

Tandis que Nina et Blake continuaient à discuter de ce que voulait dire le mot idiot, Thomas se rapprocha d'Eddie. Celui-ci ressentit comme des petites décharges électriques sauter du corps de Thomas sur le sien.

— Hé.

Le ton rauque avec lequel Thomas avait prononcé ce simple mot asséicha la gorge d'Eddie en un instant. Il savait qu'il ne pourrait prononcer la moindre phrase cohérente. Depuis qu'il avait sucé Thomas dans le garage, il savait que quelque chose allait changer entre eux. Lorsqu'il avait senti son doigt en lui durant un bref instant et avait joui de manière incontrôlable, il avait réalisé qu'il avait traversé un pont duquel il n'y avait plus possibilité de faire marche arrière. Et cela lui flanquait une sacrée trouille ! Car s'il continuait sur cette voie, cela signifierait que sa vie entière n'avait été qu'un mensonge.

Eddie était sur le point de saluer Thomas en retour lorsque quelqu'un commença à taper bruyamment dans les mains afin d'attirer l'attention de tout le monde. Tout comme les autres, il se retourna vers l'origine de ce bruit et remarqua Ursula et Oliver à l'entrée du salon, en train d'observer l'assemblée.

— Merci à tous d'être venus, commença Oliver. Je sais que ceci s'est fait à la dernière minute, mais j'ai pensé que si j'essayais de tout coordonner à l'avance, nos horaires n'en auraient été que bien plus chamboulés. De toute façon, je ne voulais pas attendre plus longtemps. J'ai demandé à Ursula de m'épouser, et elle a accepté, dit-il en lui souriant, tandis qu'il lui tenait la main.

Des exclamations émanèrent de la foule. Quelques sifflements ricochèrent dans la pièce, certains commencèrent à applaudir, et ceux qui se tenaient le plus près de l'heureux couple les étreignirent afin de les féliciter.

— Je crois que Cain me doit une centaine de dollars, remarqua Thomas en souriant.

Eddie acquiesça d'un hochement de tête.

— Tu avais raison.

— Tu le savais, Thomas ? demanda Nina.

Ce dernier se tourna vers elle.

— Tous les signes allaient dans ce sens.

Eddie roula des yeux.

— Thomas l'a vu acheter la bague.

Thomas gloussa et hérissa les cheveux d'Eddie.

— Merci de me discréditer.

Immédiatement, Eddie recula. Merde ! Comment Thomas pouvait-il juste le toucher de la sorte en public ? Son regard se dirigea brusquement sur Nina afin de voir si elle avait remarqué quelque chose, mais elle semblait regarder en direction d'Ursula en vue d'apercevoir la main qui arborait un énorme solitaire de diamant.

— Bien, un autre célibataire qui n'est plus sur le marché, commenta Nina en regardant Eddie. C'est une si gentille fille. Alors, petit frère, et toi ? Tu vois quelqu'un en particulier ?

Eddie fut pris de panique. Nina venait juste de lui tendre la parfaite opportunité de tout révéler au grand jour, de tout confesser et de dire au monde que, oui, en effet, il voyait quelqu'un en particulier. Et que ce quelqu'un se tenait juste à ses côtés.

— Et elle ferait mieux d'être au moins aussi gentille qu'Ursula, ou je serai très déçue, ajouta sa sœur. Ça ne me dérangerait pas de devenir tante, un jour. Je t'ai parlé de la baby-shower ? Le bébé d'Yvette est le plus beau que j'ai jamais vu.

Eddie ne put avaler la boule qui s'était formée dans sa gorge. Nina n'avait aucune idée de ses penchants. Comment pouvait-il lui dire qu'il éprouvait des sentiments pour un homme ? Qu'il n'y avait aucune chance qu'il pût devenir père, car il ne pouvait imaginer d'être à nouveau un jour avec une femme.

— Il n'y a personne en ce moment, dit-il en s'étranglant, se sentant con de ne pas avoir le courage de confesser ce qu'il ressentait réellement.

Du coin de l'œil, il vit les épaules de Thomas se tendre. Son visage devint inexpressif.

— Ça t'ennuie si je te vole ton frère un moment, Nina ? Nous devons discuter de certains trucs d'entraînement, demanda Thomas.

— Pas de problème, dit rapidement Nina.

Thomas prit Eddie par le coude et le tira, à travers la foule, jusque dans la cuisine à l'arrière de la maison, sans dire un mot.

La cuisine était vide. Thomas ferma la porte derrière lui et le relâcha.

— C'était quoi ça, bordel ?

Sur la défensive, Eddie souleva le menton.

— C'était quoi, quoi ?

— Ne fais pas semblant de ne pas savoir ce qui vient juste de se passer, là. D'abord, tu recules quand je te touche les cheveux et, ensuite, tu mens à ta sœur. Ainsi, il n'y a personne en particulier dans ta vie, n'est-ce pas ? Parce que, pour toi, je ne suis personne.

Eddie sentit son cœur faire des bonds.

— Je n'ai pas dit ça !

— C'est exactement ce que tu as dit ! Alors, c'est quoi ce qu'il y a entre nous ? Tu veux juste pouvoir vivre les fantasmes homos que tu as ? Mais tu ne veux pas l'admettre, car tu en as honte. Tout comme tu as honte de moi.

— Je ne le suis pas ! Mais je ne peux pas faire ça. Je ne peux pas le dire à Nina. Pas maintenant. Pas encore.

— Quand, alors ? Quand y aura-t-il un bon moment pour dire à ta sœur et tes amis que nous sommes amants ?

Eddie recula et se cogna le dos au comptoir de la cuisine derrière lui.

— Oui, amants. Nous sommes amants depuis le moment où tu m'as embrassé sur le chantier, depuis le moment où tu m'as laissé te toucher. Mais ça, tu ne peux l'admettre, n'est-ce pas ?

Eddie tenta d'éluder l'intensité du regard de Thomas, mais ne put se résoudre à tourner la tête.

— Tu m'en demandes trop.

— Trop ? Eddie, la seule chose que je te demande, c'est d'être honnête à ton sujet.

— Je ne peux pas décevoir Nina.

— Décevoir ? C'est ce que tu ressens ? Qu'admettre d'être avec moi sera une déception pour ta sœur ?

Les narines de Thomas frémirent, et ses yeux devinrent soudainement d'un rouge aveuglant.

— Donc, tu ne te comporteras pas comme un homme, mais tu continueras à m'utiliser, c'est ça ? Car c'est ce que tu fais. Tu viens dans mon lit et tu me laisses te sucer, t'embrasser et te toucher. Et je te laisse me baiser parce que je veux te donner tout ce que tu désires. Ça te fait quoi de baiser un homo ?

Thomas le foudroya d'un regard peiné et poursuivit.

— Tu m'utilises pour le sexe parce que tu sais que je ne peux pas refuser. Tu sais que je suis irrévocablement amoureux de toi, et c'est pour ça que tu penses pouvoir me faire mariner jusqu'à ce que, un jour, peut-être, tu sois prêt à agir en homme ? Jusqu'à ce que, un jour, tu sois prêt à admettre que tu es homo, toi aussi. Ça ne marche pas comme ça !

Irrévocablement amoureux ? Le cœur d'Eddie se mit à battre la chamade. Auparavant, Thomas n'avait jamais parlé d'amour. Envie et désir, oui, mais amour ! Non, il n'avait encore jamais prononcé ce mot.

— Ne viens-tu pas juste d'entendre ce que Nina a dit ? Elle veut que je trouve une gentille fille pour avoir des enfants. Elle ne s'imagine même pas.

Comment pourrait-il faire éclater la bulle dans laquelle elle se trouvait de la sorte ? Il s'était promis de ne plus jamais la décevoir. De ne plus jamais la blesser. Mais, apparemment, il allait devoir blesser quelqu'un : Nina ou Thomas.

— Que Dieu nous préserve que ta sœur découvre que tu m'as sucé et aimé ça ! siffla Thomas. Je ne t'aurais jamais cru lâche, Eddie.

— Je ne suis pas un lâche ! répondit Eddie, la voix rauque, la colère s'élevant dans son ventre, et ses canines le démangeant à présent.

— Alors prends une putain de décision. Maintenant ! Si ce qui s'est passé entre nous signifiait plus pour toi que juste baiser et connaître de nouvelles expériences, alors tu dois révéler ton homosexualité et admettre ce que tu es.

Eddie hésita. Admettre qu'il était gay ? Il frissonna à cette pensée, se souvenant des mots de sa mère adoptive lorsqu'elle l'avait surpris avec l'autre garçon, des railleries au lycée et du visage de sa sœur. Nina comprendrait-elle ? L'aimerait-elle toujours de la même manière ? Elle était tout ce qu'il avait. Sa famille.

— Je pense que j'ai ma réponse, dit Thomas, la voix monotone et impassible. Ça ne voulait rien dire pour toi.

Il se tourna vers la porte latérale qui donnait vers l'extérieur de la maison et tourna la poignée.

— S'il te plaît, donne-moi du temps. S'il te plaît, Thomas. Je dois y réfléchir.

Sans un mot, Thomas sortit et tira la porte derrière lui.

Eddie expulsa un lourd soupir.

— Merde !

Il n'avait pas été préparé à cela. Il avait blessé Thomas avec son incapacité à admettre leur relation. Car c'était ce qu'ils avaient : une relation. Thomas était son copain. Et à ce qu'il y paraissait, ils venaient juste de rompre.

35

Thomas sortit comme une furie de la maison, les mots d'Eddie le pourchassant. À quoi fallait-il penser ? Eddie voulait le beurre et l'argent du beurre. Il avait clairement apprécié la relation sexuelle qu'ils avaient eue mais, en apparence, il voulait continuer à mener une vie hétéro de manière à ne pas faire de vagues avec sa sœur et ses amis. Car, au plus profond de lui, Eddie était toujours honteux de ses désirs. Même si, lorsqu'ils avaient été seuls, il s'était abandonné de toutes les façons, sauf une. Thomas avait également espéré surmonter ce dernier obstacle la nuit suivante, car il était pratiquement certain qu'Eddie se serait abandonné à lui en l'autorisant à prendre sa virginité. Mais leur discorde avait changé tout cela.

Thomas aurait pu garder la bouche fermée et ne rien dire à Eddie à propos de ce qu'il ressentait à ce sujet, mais lorsque son jeune amant avait répondu à sa sœur en lui disant qu'il n'y avait personne en particulier dans sa vie, Thomas avait vu rouge. Cela lui avait fait mal d'entendre son amant prononcer de tels mots, tandis qu'il devait se tenir là, sans piper mot. Le temps qu'ils eussent rejoint la cuisine, il avait déjà senti son occulte pouvoir s'élever dans sa poitrine, le rendant incapable de faire reculer la bête et la mettre en cage. Il avait voulu cette confrontation, car il voulait qu'Eddie confessât qu'ils avaient quelque chose de spécial, que ce qui se développait entre eux n'était pas seulement du sexe, mais de l'affection, de l'amour. Mais en agissant de la sorte, il l'avait éloigné.

— Putain ! jura Thomas en balançant une jambe par-dessus sa moto.

Il inséra la clé, la tourna, appuya sur le bouton de mise en marche et laissa ronronner le moteur. Il s'engagea dans la rue paisible et dévala la colline à toute vitesse jusqu'à ce qu'il dût s'arrêter à un stop. Il n'y avait pas de trafic. Il était sur le point de prendre le virage lorsqu'il vit une sombre silhouette émerger de l'ombre et faire un pas dans la lumière du réverbère.

Sous le choc, il perdit presque le contrôle de la moto. Ce qu'il avait vu était impossible. Il ferma très fortement les yeux et les rouvrit.

— Christ ! siffla-t-il.

L'homme marcha vers lui, la démarche ordinaire et décontractée.

— Ce n'est pas mon nom, ça c'est certain, mais je ne me suis jamais réellement soucié de la façon dont tu m'appelais quand tu me parlais, mon chéri.

Kasper, son créateur, l'homme qui était mort en face des yeux de Thomas quelques mois plus tôt, s'arrêta devant la moto. Le sombre pouvoir qui irradiait de lui ne laissait absolument aucun doute quant au fait qu'il fût, en effet, son créateur.

Thomas retrouva sa voix.

— Tu es mort.

Un sourire mélancolique traversa le visage de Kasper.

— Ah, oui, ce fut un malheureux incident. Mais ne parlons pas de ça maintenant. Nous devons discuter d'autres choses.

Kasper coupa le moteur et ôta la clé. Soudain, seul le silence régna autour d'eux. À contrecœur, Thomas descendit de la moto et la fit rouler sur le trottoir afin de la garer. Son corps tout entier était tendu et en alerte. Son sombre pouvoir couvait juste sous la surface, et il savait qu'il pouvait frapper Kasper dès l'instant où il sentirait le moindre danger.

— La seule chose dont nous devons discuter, c'est la raison pour laquelle tu es en vie, répondit Thomas.

Il devait y avoir une explication. Aucun vampire n'était jamais revenu à la vie après avoir été transformé en poussière.

— Tu as été réduit en poussière devant moi. Je t'*ai vu* mourir.

— Es-tu sûr que c'était moi ? dit Kasper en souriant.

Thomas plissa les yeux. Cela n'avait fait aucun doute.

— Je nourrirai ta curiosité plus tard, poursuivit-il, mais, d'abord, il y a quelque chose que nous devons régler.

Kasper observa la rue de haut en bas, mais celle-ci était déserte.

— Ton amant, Eddie, j'ai bien peur qu'il ne soit pas honnête avec toi, ajouta-t-il.

— Comment ?

Kasper leva une main.

— Je vous ai fait observer par mes gars, lui et toi…

Il secoua la tête.

— … Il est mignon, je te l'accorde mais, vraiment, ne peux-tu pas voir qu'il ne fait que jouer avec toi ?

D'un air provoquant, Thomas écarta les jambes.

— Il ne joue pas avec moi. Reste en dehors de ça. Tu ferais mieux de me dire ce que tu veux.

— N'est-ce pas évident ? Je veux que tu reviennes, mon cher Thomas. Tu t'es bien amusé. Tu as fait les quatre cents coups. Maintenant, il est temps de revenir et de réclamer ce qui t'est dû. De t'asseoir à mes côtés pendant que nous dirigerons le monde des vampires.

— Tu as fichtrement perdu la tête si tu penses que je reviendrai un jour vers toi !

— Tu n'as personne d'autre. J'ai entendu parler de ta dispute avec ton amant. Mais ce n'est pas tout. Je sais ce qu'il pense réellement. Je sais ce qu'il fait derrière ton dos.

Kasper extirpa un iPhone de sa poche et tapota dessus.

— Savais-tu qu'il avait l'intention de te quitter depuis le début ?

À ces traîtres mots prononcés par Kasper, le sombre pouvoir gronda en Thomas tant il était désireux d'éclater au grand jour. Thomas le sentit s'intensifier, attiré par le pouvoir qui exsudait de Kasper.

— Tu mens !

— Vraiment ?

Il tapa quelque chose sur son iPhone et le lui tendit ensuite.

Thomas reconnut immédiatement la voix de Nina dans l'appareil.

— Qu'est-ce que tu n'aimais pas dans la maison que je t'ai montrée tantôt ?

— Elle n'est pas dans le bon quartier. Je t'ai dit que je ne voulais pas vivre à Noe Valley, répliquait la voix d'Eddie.

Thomas fut envahi par un sentiment de surprise et d'effroi. Eddie discutait d'appartements avec Nina. Pourquoi ?

— Ce n'est pas considéré comme Noe Valley. C'est pratiquement la Mission. Et je pensais que tu avais dit que tu aimerais vivre dans la Mission, continuait Nina.

— Juste. Mais elle était également trop chère. Je ne veux pas payer un tel loyer. Je veux juste quelque chose de petit, juste quelque chose pour moi.

Thomas sentit son cœur s'essouffler. Il n'y avait aucun doute à propos des dires d'Eddie. Il voulait déménager. Il chercha une explication. Peut-être que c'était un vieil enregistrement, quelque chose dont Eddie avait discuté avec sa sœur bien avant qu'ils ne fussent devenus amants.

— Ça ne prouve rien ! dit-il à Kasper. Tu ne peux même pas prouver que cet enregistrement est récent.

— Vraiment ? répondit Kasper avec un sourire diabolique. Continue d'écouter.

Sur le point de protester, Thomas retint sa respiration lorsque la voix de Nina sortit à nouveau des haut-parleurs de l'iPhone.

— Alors je suppose que tu n'aimeras pas celle que j'ai vue dans la Marina.

— La Marina se trouve sur une décharge, sœurette. Après ce tremblement de terre d'il y a trois jours, ça ne m'intéresse pas de vivre sur autre chose que de la roche. Même la maison de Thomas a été plutôt lourdement secouée. Je ne veux rien savoir.

Kasper coupa l'enregistrement. Mais Thomas n'eut pas besoin d'en entendre davantage. Il y avait eu un tremblement de terre trois jours plus tôt, le seul important depuis l'emménagement d'Eddie chez lui. Il n'y avait à présent plus aucun doute quant au fait que la conversation entre Nina et Eddie avait eu lieu un peu plus tôt dans la journée. Eddie avait même admis avoir besoin de voir Nina lorsqu'il avait quitté la maison.

Thomas sentit une douleur aigue le transpercer et se loger dans sa poitrine. Juste après avoir fait l'amour, là, sur le sol de son garage, Eddie était sorti pour voir un appartement afin de déménager. Depuis le début, il avait prévu de le quitter. Il n'avait jamais eu la moindre intention de poursuivre leur relation. Tout ce qu'il avait voulu, c'était des expériences sexuelles.

Le sentiment de trahison qui se précipitait à présent en lui était une chose dont il n'avait jamais fait l'expérience. Il sentit ses mains trembler et ses genoux se ramollir, tandis que tout espoir abandonnait son corps. Eddie ne l'aimait pas malgré toute cette intimité partagée. Tout n'avait été qu'illusion. Un mensonge.

La fureur l'envahit, mettant le feu à ses cellules et secouant la porte de la cage dans laquelle il maintenait son sombre pouvoir enfermé.

— Il t'a utilisé, dit Kasper, sa voix pénétrant le brouillard présent dans l'esprit de Thomas.

Utilisé. Oui, il se sentait utilisé. Tel un vieux jouet dont un enfant s'était servi une seule fois avant d'être jeté parce que ses amis ne le trouvaient pas satisfaisant.

— Tu lui montreras que tu n'as pas besoin de lui ! continua Kasper, ses mots s'enfonçant plus profondément dans l'esprit de Thomas jusqu'à y faire incursion.

— Je n'ai pas besoin de lui, répéta Thomas.

Non, il n'avait pas besoin de mensonge, d'un amant fourbe dans sa vie.

Le sombre pouvoir qu'il avait en lui acquiesça et poussa la porte de sa cage afin de l'ouvrir. Un hurlement lui traversa le corps.

— Oui, tu le sens maintenant, n'est-ce pas ? l'amadoua Kasper. Il est demeuré enchaîné trop longtemps, pas vrai ?

Thomas sentit le pouvoir, tandis que celui-ci était attiré vers Kasper et tourbillonnait à présent librement autour de lui. De lumineuses étincelles éclairaient l'obscurité autour d'eux. Thomas ferma les yeux et laissa l'énergie s'écouler, ne contenant nullement la bête en lui pour la première fois de sa vie.

— Heureux de te revoir ! s'exclama Kasper en posant une main sur son épaule.

Mais Thomas la balaya instantanément.

Foudroyant son créateur du regard, il grogna.

— Tu me dois une explication. Maintenant, parle. Et parle vite. Il se pourrait que je ne sache pas contrôler mes pouvoirs comme tu le fais, mais je n'ai plus rien à perdre. Tu m'entends ? Rien ! Et cela me rend dangereux.

Le visage de Kasper demeura impassible en dépit de la menace de Thomas.

— Ce que je vais te dire maintenant sera notre secret pour toujours. Aucun de mes disciples ne le sait. Et ils ne devront jamais le découvrir.

Thomas ne répondit pas. Il ne ferait aucune promesse à Kasper ou à n'importe qui d'autre. Plus jamais. Tandis que ses canines descendaient, il souleva son poing serré. Un écran de couleur rouge teinta sa vision. Ses mains libéraient des étincelles électriques.

— Parle !

Kasper acquiesça furtivement d'un hochement de tête.

— L'homme que tes gars ont tué était mon vrai jumeau, Keegan.

Les battements de cœur de Thomas accélérèrent rapidement. Des jumeaux ? Ils avaient été deux ? Comment n'avait-il jamais découvert le jumeau de Kasper ?

— Oui, nous avons toujours été deux, poursuivit Kasper. Mais nous vivions comme si nous étions uniques. Pour tout le monde, nous étions connus comme Kasper. Nous échangions nos places pour accentuer nos forces et contrôler nos disciples. Nous pouvions être à deux endroits en même temps et donner l'impression d'être plus puissants que n'importe quel autre vampire.

Il marqua une pause.

Thomas pouvait à peine en croire ses oreilles. Était-ce la raison pour laquelle il avait souvent cru que Kasper avait une double personnalité : gentil et aimant une minute et violent et insensible l'autre ? Parce qu'ils étaient deux personnes différentes s'affichant comme une seule ?

— Comprends-moi bien. Nous *étions* plus puissants que les autres parce que notre sang nous rendait plus fort. Et le sombre pouvoir était tout aussi fort dans l'un comme dans l'autre. Personne ne pouvait nous distinguer. Pas même toi, mon cher Thomas. Pas même toi.

Thomas éclata de colère.

— Tout ce temps, tu m'as menti.

Tout en souriant, Kasper secoua la tête.

— Au contraire. Jamais je ne t'ai menti. Keegan était celui qui t'a fait tout ce mal. C'était lui qui sortait pour baiser tout ce qui portait une jupe. Il n'était pas pour les hommes, tu sais. Il n'aimait que les femmes. Donc, je peux t'assurer que tu n'as couché qu''avec moi et que je t'ai été fidèle.

Thomas se mit à ricaner.

— Ouais, juste ! Tu m'as trompé tout autant. Tu aimais également les femmes. Tu l'as dit toi-même.

Il n'avait pas oublié la femme qui avait fait une fellation à Kasper la nuit de sa transformation.

— Je l'admets, je suis bisexuel ; toutefois, après t'avoir rencontré, je n'ai couché qu'avec toi. Il n'y avait pas d'autres hommes, et plus de femmes. C'était Keegan qui affichait ses exploits sexuels à la vue de tous, et il n'y avait rien que je puisse faire pour que tu comprennes que ta jalousie n'avait pas lieu d'être. Lui et moi avions comme accord de ne jamais divulguer le fait que nous étions deux. Tout dépendait de cela. En tant qu'un, nous étions forts ; en tant que deux individus, nous aurions été plus faibles.

Kasper soupira.

Thomas le dévisagea, stupéfait par ses révélations. Mais cela changeait-il vraiment quelque chose après si longtemps ? Cela ne changeait pas le fait qu'il avait quitté Kasper parce que ce dernier était cruel et violent et non parce qu'il était infidèle.

— Tu as utilisé tes pouvoirs pour blesser des gens de la manière la plus violente que j'aie eu l'occasion de voir.

— Non. Pas moi. Keegan était celui qui ne pouvait contrôler ses pouvoirs. Ses éclats étaient violents. Il n'avait aucune compassion. C'est ce qui nous rendait si différents. J'éprouvais de l'empathie pour les autres ; il n'avait pas cette capacité. En fin de compte, c'est ce qui l'a mené vers sa mort. Je l'avais prévenu. Mais il n'a pas écouté et a continué sur un chemin duquel je n'ai pu l'éloigner. J'ai essayé. Je l'ai suivi, et alors je t'ai trouvé. Je ne pouvais pas interférer dans votre combat. Cela m'aurait exposé, et j'aurais pu rencontrer la même fin que mon frère. Mais crois-moi quand je te dis que je ne tenais pas avec lui durant ce combat, je souhaitais que tu gagnes.

Thomas sentit un frisson lui parcourir la colonne vertébrale. Pouvait-il en croire ses oreilles ? Était-ce Keegan qui avait réellement commis toutes ces atrocités ? Kasper était-il irréprochable ? Il secoua la tête.

— S'il te plaît, ne me dis pas que tu étais un enfant de chœur. Tu n'étais pas un saint, à l'époque, et tu n'en es pas un maintenant ! La façon dont Sergio et sa compagne ont été tués porte ta signature. Ne le nie pas !

— Ah, oui, un très malheureux incident. Et le responsable a été puni.

J'ai bien peur que certains de mes disciples s'accrochent toujours aux méthodes que mon frère leur a inculquées. Depuis son décès, j'ai essayé de les recadrer, mais certaines de ces manières sont si enracinées qu'il est difficile de les éradiquer. Je préfère des méthodes plus propres pour atteindre mon but.

— Oui, et quel est ton but, Kasper ? demanda Thomas, toujours méfiant vis-à-vis des motivations de son créateur et ancien amant.

— Tu sais ce que c'est. Je te l'ai dit la nuit où je t'ai rencontré. C'est que des gens comme nous soient acceptés. Pour être libres de vivre comme nous l'avons choisi, sans persécution, sans retenue. Je pensais que tu le voulais également. C'est pour ça que tu m'as rejoint, à l'époque. Est-ce que cela a changé ?

Thomas ne répondit pas immédiatement. Son plus profond désir n'avait pas changé : être aimé pour ce qu'il était et ne pas être jugé uniquement parce qu'il était différent.

— J'ai le respect de mes collègues.

— En es-tu sûr ?

Thomas plissa les yeux.

— Qu'est-ce que tu insinues ?

— Savais-tu que Samson a tenu une réunion secrète chez Zane, l'autre nuit ?

Thomas ne le savait pas, mais cela ne voulait pas forcément dire quelque chose.

— C'est hors sujet.

— Tu dis ça parce que tu ne sais pas de quoi on a parlé durant cette réunion. Sais-tu que Samson a raconté ton secret à tes collègues ?

— Il ne manquerait jamais à sa promesse, protesta Thomas, sans hésitation.

— Ne sois pas si naïf. Tu vois, c'est ton problème. Tu présumes toujours du meilleur chez les gens quand tu devrais présumer du pire. Samson t'a trahi tout comme Eddie l'a fait.

— Non ! Tu ne peux pas le prouver !

Thomas essayait désespérément de s'accrocher à sa croyance que son plus vieil ami et collègue avait maintenu sa promesse.

— Tout comme je ne pouvais pas prouver qu'Eddie t'avait trahi ? dit

Kasper en laissant échapper un rire amer et en soulevant à nouveau son iPhone. Ça t'intéresse d'écouter ce que Samson leur a dit ?

Ne le fais pas ! l'implora une voix en lui. *Ne l'écoute pas. Ça ne fera qu'empirer les choses. Eddie t'a trahi. Ils t'ont tous trahi. Tu ne signifies rien pour eux. Rien. Tout n'était que mensonge.*

Il retint son souffle.

Ressens le pouvoir ! C'est le tien !

Thomas se sentit percuté par une décharge électrique et ressentit, à présent physiquement, le sombre pouvoir. Il se trouvait tout autour de lui, le cocoonait, le maintenait en sécurité, le protégeait. C'était la seule chose en laquelle il pouvait à présent faire confiance, car celle qu'il avait en Scanguards et ses vieux amis avait disparu.

Il posa la main sur l'iPhone de Kasper.

— Non. Pas besoin.

KASPER RELÂCHA un soupir de soulagement et laissa s'écouler la tension de son corps. Cela puisait toujours beaucoup d'énergie d'influencer un autre vampire sans déclencher ses instincts d'autodéfense et sa riposte à l'aide du contrôle de l'esprit. Par chance, il avait provoqué Thomas suffisamment longtemps pour que son sombre pouvoir pût émerger et donc s'immiscer dans son esprit. Kasper avait autorisé son propre pouvoir à se connecter à celui de Thomas afin que son ancien amant pût accepter les pensées qu'il lui avait envoyées comme étant les siennes. Il n'avait fallu qu'un petit coup pour le pousser à bout.

Lorsque Thomas avait continué de le questionner à propos de ses motivations, il avait dû penser rapidement pour retourner la situation. Car malgré le fait qu'Eddie l'eût trahi, Thomas s'accrochait toujours à son association avec Scanguards.

Plus maintenant.

Le temps qu'il ne découvrît que Samson n'avait pas divulgué sa confidence, Thomas serait si profondément attiré par le sombre pouvoir qu'il ne pourrait plus trouver le moyen d'en sortir, même s'il essayait. Kasper s'en assurerait. Thomas serait entouré par ses disciples et lui, nuit et jour, et ce pouvoir occulte collectif qui tourbillonnait autour d'eux doperait Thomas et fortifierait son propre pouvoir de sorte à ce qu'il n'eût plus la force de le combattre.

Rien ne serait assez fort pour lui faire faire marche arrière. Kasper l'avait vu, par le passé, avec ses autres protégés, ceux qui avaient d'abord lutté pour ensuite perdre le combat. Ils étaient devenus loyaux et dociles, tout comme Thomas le deviendrait. Quoique, peut-être pas docile car, pour lui, il avait d'autres plans. Thomas était plus fort que tous réunis. Il ne le savait toutefois pas encore.

Leurrer Thomas pour le ramener dans son lit prendrait plus de temps, mais Kasper n'était rien sinon patient. Il avait attendu plus de cent ans pour ceci ; il pouvait attendre quelques semaines de plus. Et une fois qu'ils se seraient liés par le sang, le pouvoir de Thomas serait le sien et, ensemble, ils seraient invincibles.

— Maintenant, reviens à la maison, Thomas, là où est ta place.

36

Il n'avait pas fermé l'œil de toute la journée. Thomas n'était pas rentré à la maison après être sorti en trombe de chez Quinn. Eddie l'avait attendu toute la journée en arpentant le salon à l'affût du moindre bruit familier de sa moto lorsqu'elle s'approchait de la propriété. Mais Thomas n'était pas revenu. À chaque heure qui passait, l'humeur d'Eddie devenait plus maussade. Thomas était-il sorti dans le Castro pour lever quelconque humain désireux de coucher avec lui ?

La jalousie lui brûlait l'estomac de l'intérieur, alors qu'il savait qu'il n'avait aucun droit d'éprouver une telle émotion. Après tout, c'était lui qui avait fait fuir Thomas, et plus que probablement dans les bras d'un autre homme. Il n'avait pas été préparé à la demande de Thomas consistant à s'engager sur-le-champ avec lui. Cela n'avait été ni le bon moment ni le bon endroit. Il ne s'était pas attendu à une telle réaction de la part de son amant qui était alors tout simplement parti durant toute la journée. Il avait clairement blessé Thomas plus qu'il ne l'avait réalisé.

À présent, une autre chose s'était également clarifiée : il ne voulait pas que sa relation avec son amant se terminât. Et il ne voulait certainement pas que Thomas trouvât un autre partenaire sexuel. À cette simple pensée, ses canines, avides d'une méchante morsure, le démangèrent. S'il trouvait Thomas avec un autre amant, il déchirerait la gorge de cet étranger. Tant pour le bien de son mentor que pour le sien, il espéra que Thomas avait passé la journée à se calmer dans son bureau à Scanguards plutôt qu'à baiser un autre homme.

Dès le coucher du soleil, Eddie sauta sur sa moto et dévala la colline, ignorant toutes les règles de conduite sur son chemin en direction des quartiers généraux de Scanguards. Après avoir garé sa moto, il passa en vitesse devant le type de la sécurité qui gardait la porte d'entrée, lui montra rapidement sa pièce d'identité et, trop impatient pour attendre l'ascenseur, emprunta les escaliers jusqu'au dernier étage.

Arrivé à l'étage où se trouvait la direction, il longea le long couloir qui menait au bureau de Thomas. La porte était fermée. Sans frapper, il l'ouvrit et entra.

Le bureau était vide. Il renifla, mais pas la moindre odeur fraîche n'indiquait la présence de Thomas ici ces dernières vingt-quatre heures.

— Putain ! jura-t-il.

Il inspira plusieurs fois afin de se calmer, prit son portable et fit une pause. Thomas décrocherait-il s'il savait que c'était lui ? De plus, que lui dirait-il au téléphone ? C'était une conversation qui nécessitait qu'il le regardât dans les yeux. Frustré, il fourra de nouveau le téléphone dans sa poche et quitta le bureau en refermant la porte derrière lui.

Dans le couloir, il passa précipitamment devant Cain.

— Hé, Eddie, quoi de neuf ?

Eddie ne le regarda même pas et continua son chemin.

— Rien. Je dois faire une course.

Il poussa alors la porte donnant sur les escaliers, les descendit en courant et emprunta la sortie latérale, non désireux de tomber sur quelqu'un d'autre et d'être retardé. Il devait trouver Thomas avant que la situation ne dégénérât davantage.

Il ne lui fallut que quelques minutes pour atteindre le district de Castro, là où se trouvaient les repaires préférés de Thomas. Ce serait ici qu'il lèverait des gars. Le coin grouillait d'homosexuels de tout âge. Grâce à sa beauté, Thomas n'aurait aucun problème à trouver un partenaire consentant dans la seconde. Les mecs venaient toujours vers lui. Eddie l'avait assez souvent vu lorsqu'ils patrouillaient ensemble. Cela l'avait toujours embêté et, maintenant, il se demandait s'il n'avait pas été jaloux, même à l'époque.

Il pouvait à présent se l'admettre : la pensée que Thomas fût en ce moment dans les bras d'un autre homme le bouffait de l'intérieur.

Eddie fouilla les bars du Castro un par un et garda les yeux ouverts à la recherche d'un signe de la moto de Thomas. Dans les bars où celui-ci était connu, Eddie demanda même aux barmens s'ils l'avaient vu, mais la réponse fut toujours identique.

— Pas depuis un moment.

Découragé, Eddie quitta le dernier bar et retourna vers sa moto. Lorsqu'il l'atteignit, il ferma les yeux un instant. Où Thomas avait-il disparu ? S'il n'était pas dans le Castro pour lever un gars, où était-il, alors ?

Une terrible pensée lui envahit l'esprit. Et si Thomas s'était fait du mal ? Et si le rejet avait été trop dur pour lui ? Les mains à présent tremblantes, Eddie tira brusquement son portable de sa poche et composa le numéro de Thomas.

— S'il te plaît, décroche, murmura-t-il.

Mais le téléphone ne fit que sonner jusqu'au déclenchement de la boîte vocale.

GABRIEL ENCODA une deuxième fois son mot de passe, mais le message apparut une fois de plus sur son ordinateur : *mot de passe expiré.*

— Merde ! jura-t-il.

Les procédures de sécurité du service informatique étaient si strictes chez Scanguards que tous les employés devaient changer leur mot de passe tous les mois et, s'ils manquaient le délai de renouvellement de deux jours, ils devaient demander au service informatique de réinitialiser le mot de passe.

Gabriel composa le numéro du bureau informatique et tapota des doigts sur le bureau.

— Support informatique, répondit un homme, la voix blasée.

— Ouais, c'est Gabriel Giles. J'ai besoin que vous réinitialisiez mon mot de passe.

— Un moment, dit l'homme.

— Ne me mettez pas en attente ! répondit Gabriel, mais c'était trop tard.

Un clic sur la ligne se fit entendre, et une insipide musique d'ascenseur retentit dans ses oreilles.

Gabriel grogna. Cet idiot du service informatique ne savait-il pas à qui il avait affaire ?

Les secondes passèrent et, soudain, il y eut un autre clic sur la ligne.

— Je suis désolé, Monsieur Giles, mais je n'ai pas accès aux profils de sécurité des cadres. Ceux-ci sont uniquement gérés par Thomas. Je peux vous le passer.

— Pas la peine !

Gabriel raccrocha le téléphone en le claquant et se leva brusquement de son bureau. En tant que directeur, il n'avait pas à déplacer des montagnes juste pour avoir accès au système. Tout en ronchonnant, il quitta son bureau et bifurqua dans celui juste à côté du sien. *Thomas Brown, Directeur du Service Informatique*, était inscrit sur la plaque juste à côté.

Gabriel frappa impatiemment à la porte et l'ouvrit sans attendre de réponse.

— Thomas, tu dois...

Il s'arrêta dans son élan. Le bureau était vide.

Agacé, il se retourna, sortit son portable de sa poche et composa le numéro abrégé de Thomas. La sonnerie retentit plusieurs fois.

— *Vous êtes bien sur le téléphone de Thomas. Laissez-moi un message.*

La voix enregistrée résonna dans son oreille.

— Où es-tu ? beugla Gabriel dans le téléphone. Il me faut cette putain de réinitialisation de mot de passe.

Il mit fin à l'appel, regarda dans le couloir et vit Cain tourner à l'angle.

— Tu as vu Thomas ? lui cria-t-il.

— Non. Tu as demandé à Eddie ? Tout à l'heure, il est sorti du bureau de Thomas.

Gabriel hocha la tête en guise de remerciement et composa le numéro d'Eddie.

Il fallut quelques sonneries avant qu'Eddie ne décrochât enfin.

— Gabriel ? Que puis-je faire ?

— Où est Thomas ? Mon putain de mot de passe a expiré, et il est le seul à pouvoir le réinitialiser.

Il y eut une pause, et Gabriel crut presque que la connexion était coupée.

— Eddie ?

— Hum, Gabriel. Thomas n'est pas rentré à la maison, hier. Je ne l'ai pas vu depuis la réception chez Quinn.

— Quoi ?

L'incrédulité le submergea.

— Je ne sais pas où il est, et il ne répond pas au téléphone.

Du coin de l'œil, Gabriel remarqua l'approche de Cain, la curiosité pointant sur son visage.

— Et tu n'en as pas fait rapport ?

— Hé, il a droit à une vie privée.

La colère foudroya Gabriel.

— Il n'y a pas de putain de vie privée ! Si quelqu'un de Scanguards disparaît, il y a un protocole à respecter. Tu devrais le savoir !

Énervé, il raccrocha et rencontra le regard inquisiteur de Cain.

— Que se passe-t-il ?

Gabriel désigna le téléphone.

— Thomas n'est pas rentré chez lui. Il a disparu après la réception.

— Tu veux dire que même Eddie ne sait pas où il est ? Mais...

La voix de Cain était teintée de surprise.

— Nous devons le trouver.

— Tu crois que quelque chose lui est arrivé ? demanda Cain.

Ne voulant pas penser aux différentes hypothèses sur ce qui avait pu se passer, Gabriel ignora la question. Il espéra que Thomas fût simplement sorti faire la bringue, profitant d'une journée de sexe et de sang, et qu'il fût toujours dans le lit d'un type quelconque, même s'il était trop consciencieux pour ne pas avoir appelé le bureau et dit à quelqu'un où on pouvait le trouver en cas d'urgence.

— Vérifie s'il n'a pas laissé de message à l'accueil, dit Gabriel.

— J'y vais.

37

Alerté par la disparition de Thomas vingt-quatre heures plus tôt, Samson était assis dans son bureau à Scanguards lorsqu'on ouvrit la porte.

— Maintenant, dis-moi ce qui se passe vraiment ! tonna Gabriel en déboulant dans la pièce avant de cogner du poing sur le bureau de Samson. Et plus de conneries !

Samson se releva en un saut, le regardant furieusement.

— C'est quoi ce bordel ?

— Je vais te dire ce que c'est : Cain vient juste d'appeler durant sa patrouille. Il a vu Thomas dans les quartiers généraux de Xander à China-town. Et, apparemment, il y était de son plein gré.

— Ah, merde ! jura Samson. J'avais peur que ça n'arrive.

Il se passa la main dans ses épais cheveux foncés.

— Putain, mais qu'est-ce que c'est censé vouloir dire ?

Samson désigna une chaise.

— Assieds-toi, Gabriel.

Gabriel croisa les bras sur sa poitrine.

— Je préférerais rester debout.

— Comme tu veux.

Samson fit une pause et poursuivit.

— L'autre nuit, Thomas est venu chez moi. Après s'être confronté à Xander. Tout ce que je vous ai raconté, à toi et aux autres, lors de la réunion chez Zane, est vrai. Mais j'ai omis quelque chose. J'ai peur que Thomas ne soit détenteur d'un obscur pouvoir, le même que celui de son créateur. Le même qui dirige Xander et ses gars. Thomas a lutté durant toute sa vie pour réprimer ce pouvoir. Mais maintenant que ces vampires sont arrivés ici, son pouvoir les ressent et est attiré vers eux. Il m'a dit qu'il lui est de plus en plus difficile de pas y réagir, de ne pas succomber à son attraction.

— Putain ! siffla Gabriel. Pourquoi tu ne nous as pas prévenus ? On aurait pu faire surveiller Thomas jour et nuit. On aurait pu empêcher ça !

— Je ne pouvais pas te le dire. Je lui avais donné ma parole !

— Et merde ! Regarde où ça nous a menés ! Thomas les a rejoints !

— On n'en est pas certains, protesta Samson.

Mais il savait que c'était plus par espoir que par conviction.

— Nous devons faire quelque chose, le pressa Gabriel.

Samson acquiesça d'un hochement de tête, le poids de la responsabilité se faisant ressentir sur ses épaules.

— Nous devons le convaincre de revenir vers nous.

Samson sortit de l'ombre lorsqu'il vit enfin la porte s'ouvrir. Il avait envoyé plusieurs textos à Thomas et, plus tard, lui avait envoyé un email après avoir réalisé que ce dernier avait coupé son téléphone. Apparemment, en quittant la maison de Chinatown, Thomas y répondait enfin.

Ses amis Amaury, Gabriel et Zane demeurèrent à l'arrière-plan. Samson réalisa toutefois que Thomas pourrait les sentir, tout comme il réalisa que ce denier n'était pas seul. Resté dans l'ombre de l'entrée couverte, trop en arrière pour qu'on pût voir son visage, se tenait un autre vampire.

Samson traversa à moitié la rue et examina, une fois de plus, attentivement les alentours. Il n'y avait presque pas de trafic à cette heure de la nuit et, les magasins de cette petite rue transversale étant fermés, personne d'autre ne semblait être dans les parages.

— Qu'est-ce que tu veux ? demanda Thomas d'un ton sec, l'amabilité qui, d'ordinaire, lui teintait la voix étant à présent balayée comme s'ils étaient des étrangers. Non, pire : comme s'ils étaient des ennemis.

— Nous devons parler, seuls, répondit Samson en désignant, d'un signe de tête, l'étranger caché dans l'ombre.

— Si cela avait été le cas, tu serais également venu seul, répliqua Thomas, le regard dérivant par-dessus les épaules de Samson.

— Nous sommes tous amis—

— Les amis ne rompent pas leurs promesses, l'interrompit Thomas.

Un grognement lui déchira la gorge.

— Les amis ne trahissent pas les amis, ajouta-t-il.

— Je ne t'ai pas trahi ! C'est le sombre pouvoir en toi qui parle. Tu dois le combattre, Thomas !

— Non, au contraire. Je ne dois plus le combattre. Car je n'ai plus rien à perdre.

Sa mâchoire se crispa, comme s'il repoussait une émotion puissante au point de le terrasser.

— Ce n'est pas vrai, Thomas. Tu as une vie géniale avec nous. Tout le monde à Scanguards t'aime et te respecte. Nous avons besoin de toi !

Thomas expulsa un rire amer.

— Une vie géniale ? C'est facile à dire pour toi, Samson. Et pour vous tous également, ajouta-t-il en regardant en direction de la pénombre où ses trois collègues se tenaient en silence. Vous avez tous quelqu'un qui vous aime. Une compagne. Je n'ai rien ! Tu comprends ? Rien ! La seule personne que j'aimais m'a trahi. Tu sais ce que ça fait ?

Durant une seconde, Samson ne comprit pas de qui Thomas parlait. Il s'aventura alors à deviner.

— Eddie ?

La douleur présente dans les yeux de Thomas lui confirma qu'il avait tapé juste.

— Mais tu as toujours su qu'Eddie ne serait jamais à toi. Il est hétéro.

Et Thomas avait toujours accepté ce fait. Samson le savait pertinemment bien. Alors, pourquoi était-ce soudain devenu un problème ?

— Laisse-moi seul, Samson. Je ne peux plus continuer comme ça. Je ne peux pas vivre de la façon dont tu veux que je vive.

— Ne fais pas ça, Thomas ! Ce n'est pas toi ! Tu n'es pas comme eux. Tu n'es pas cruel. Tu n'es pas mauvais, dit Samson en désignant la personne derrière Thomas.

— Comment peux-tu le savoir ? Je ne t'ai jamais montré ce que j'ai caché durant toute ma vie. Tu n'as vu que ce que je t'ai autorisé à voir. Vous tous ! Vous ne me connaissez pas du tout !!

Thomas se retourna.

Samson donna le signal à ses amis, et ceux-ci se ruèrent vers l'avant. Si Thomas ne venait pas volontairement, ils l'y forceraient.

— Reviens chez nous !

Thomas tourna sur les talons, les yeux rouges braqués sur Samson.

— Merde ! jura Samson en réalisant ce qui allait se passer.

Il s'arma de courage en vue de l'attaque, mais il n'y avait aucune défense possible contre elle.

La première décharge lui transperça l'esprit, l'aveuglant presque. La seconde l'envoya à quelques mètres en arrière. Il atterrit sur son postérieur, une côte se brisant lorsqu'il vint se cogner contre le trottoir.

Amaury, Zane, et Gabriel chargèrent, mais la foudre émanant des mains tendues de Thomas les arrêta.

— Pas plus loin, ou vous mourrez tous !

L'incrédulité écrasa Samson, tandis qu'il se redressait. Ce n'était pas Thomas. Ce n'était pas le gentil motard qu'il avait connu toute sa vie. Quelqu'un tirait les ficelles dans les coulisses et, tant qu'ils ne pourraient séparer Thomas de son marionnettiste, ils ne pourraient l'extirper du chemin qu'il avait choisi.

— Nous partons. Pour l'instant, concéda Samson.

Mais ils reviendraient et, la fois prochaine, ils amèneraient une armée. Quoiqu'il en coutât, ils récupèreraient Thomas.

— Je suis fier de toi, dit Kasper en le gratifiant d'une tape sur l'épaule.

Thomas se débarrassa de sa main et se dirigea vers la cheminée du salon, là où brûlait un léger feu. En dépit de celui-ci, il sentit un frisson lui glacer les os. Il l'avait ressenti depuis qu'il avait rejoint Kasper. Comme si toute chaleur l'avait déserté, et que la glace courait à présent dans ses veines.

— Tu n'avais pas besoin de sortir avec moi. Ou n'avais-tu pas confiance en ma façon de m'occuper d'eux ?

— Je ne leur fais pas confiance, rétorqua Kasper. Et j'avais raison. Ils étaient en train d'essayer de te ramener de leur côté. Et par la force, au vu de la tournure des événements. Est-ce que ce sont là les agissements d'amis ?

Le sombre pouvoir bouillonna en lui, faisant remonter la colère dans sa poitrine.

— Non.

— Je protège ceux que j'aime.

La voix de Kasper retomba en un murmure rauque, et Thomas le sentit se rapprocher. Jusqu'ici, il avait évité toutes les tentatives d'intimité physique entreprises par Kasper. Et maintenant, il n'en était pas davantage d'humeur.

— Je veux être seul.

Kasper soupira, s'arrêtant dans son approche.

— Très bien. Repose-toi un moment. Il y a beaucoup à faire. Et j'ai besoin que tu sois bien reposé.

Thomas opina de la tête et attendit que Kasper eût quitté la pièce avant d'appuyer son front contre le manteau de la cheminée et de s'y accrocher à l'aide de ses deux mains. Son combat avec Samson lui avait donné mal à la tête. Et son cœur battait frénétiquement. Il n'aimait pas la façon dont il se sentait, la façon dont le sombre pouvoir le rendait indifférent aux sentiments et soucis des autres. Il ne ressentait rien sinon le vide. Serait-ce ainsi que serait sa vie, à présent ? Il ne pouvait vivre de la sorte. Le minuscule reliquat de scrupules émergeant de son cœur grandit et se fit de plus en plus ressentir.

Il fut instantanément secoué et ressenti le sombre pouvoir en lui combattre les scrupules qui continuaient de lui envahir l'esprit. Il avait pu contenir ce mal qui l'habitait pendant tant d'années, mais apparemment, cette capacité l'avait déserté. Il se sentit esclave de lui-même, captif et attaché. N'y avait-il aucun moyen de faire marche arrière ? Aucun moyen de regagner son humanité ?

Il jeta un coup d'œil au bois empilé à côté de la cheminée et se pencha pour lancer une autre bûche dans le feu. Il sentit alors quelque chose dans sa poche. Il mit la main à l'intérieur et sentit le pieu qu'il portait toujours sur lui. Il le sortit de sa poche et l'observa.

Peut-être y avait-il un moyen de battre le pouvoir et de détruire l'emprise qu'il avait sur lui.

Agrippant fermement le pieu dans sa main, il amena le bout de ce dernier près de sa poitrine. Tout en déglutissant difficilement, il l'enserra de sa main droite et prit une inspiration. Ses pensées dérivèrent vers Eddie et la façon dont ce dernier l'avait regardé, la nuit avant son départ : avec tant de promesses dans les yeux. Et pourtant, tout cela n'avait été que mensonge.

Il sentit un sanglot lui déchirer la poitrine et ferma les yeux. De toutes ses forces, il poussa le pieu contre son cœur, mais il rencontra de la résistance. Ses mains s'opposaient à un ennemi invisible, combattaient pour tenir fermement le pieu, luttaient pour ne pas être repoussées. La tension dans ses épaules s'accentua et, en une violente secousse, ses mains furent balayées sur le côté, relâchant ainsi leur emprise sur le pieu. Celui-ci dégringola dans le feu, tandis que Thomas était refoulé en arrière. L'incrédulité le submergea. Son pouvoir devenait si fort qu'il contrôlait à présent son corps et ne l'autoriserait pas à se suicider, sous peine de se voir anéantir par un tel acte. Et le pouvoir voulait survivre.

— Thomas, s'immisça la voix de Xander.

Furieux d'avoir été interrompu, Thomas se retourna et lança un regard furieux au vampire. Des pensées meurtrières bouillant en lui, il étendit les bras vers Xander en grognant.

— J'ai dit que je voulais être seul !

Devant ses yeux, il vit Xander enrouler les mains autour de son propre cou et commencer à le serrer. Le vampire le dévisagea, surpris par ses propres agissements. Mais Thomas continua à exercer le contrôle de l'esprit sur lui et le fit serrer davantage. Les tentatives de Xander de le repousser à l'aide du contrôle de l'esprit furent infructueuses. Alors que Xander avait facilement pu contrer Thomas de cette manière la nuit où ce dernier était entré pour la première fois dans la maison de Chinatown,

Thomas ressentait, en fait, à peine le pouvoir émanant de son adversaire. Il n'y avait plus aucune évidence de ce pouvoir en ce moment.

Était-il possible que Xander eût reçu de l'aide cette nuit-là ? Kasper avait-il pu canaliser son propre pouvoir en Xander afin d'aider son disciple à le vaincre ? Pour le duper en lui faisant croire que tous ses disciples étaient plus forts et plus puissants qu'ils ne l'étaient ?

Thomas relâcha la prise mentale qu'il détenait sur Xander, lequel laissa tomber les bras et se mit à tousser.

— Hors de ma vue ou je t'écrase ! l'avertit-il.

Un regard de panique sur le visage, Xander sortit en titubant de la pièce.

Thomas commença à sentir le sombre pouvoir se calmer en lui. Pour l'instant, celui-ci avait obtenu son dû. Il avait prouvé sa supériorité et en avait été apaisé. Mais pour combien de temps ?

38

Eddie entendit la sonnerie de son portable par le biais de l'application bluetooth de son casque, tandis qu'il circulait à travers le léger trafic. Il avait passé la ville au peigne fin, au hasard des rues, à la recherche de Thomas. Sans succès. Et à chaque heure qui passait, il se sentait plus mal, car il savait que tout ceci était de sa faute. Thomas avait disparu à cause de lui. Il relevait donc de sa responsabilité de le retrouver.

Il répondit à l'appel.

— Oui ?

— Ai pensé que tu devrais le savoir. Nous savons où est Thomas, dit Cain.

Les épaules soulagées d'un poids, le cœur d'Eddie fit un bond. Maintenant, tout irait bien. Il irait le voir et lui parlerait. Il lui confesserait ce qu'il ressentait réellement pour lui et s'excuserait.

— Où ?

— Hum, il est avec Xander et ses gars.

Son cœur s'arrêta sous le choc.

— Ils l'ont capturé ? Putain !

Il serra les poings, et ses canines descendirent. Il aurait ces salauds et les étriperait s'ils faisaient du mal à Thomas.

— Non, Eddie. Ils ne l'ont pas capturé.

— Mais tu viens juste de dire—

— Il les a rejoints, l'interrompit Cain.

— Rejoints ? Il ne ferait jamais ça !

Eddie tenta d'analyser cette information tout en ralentissant.

— J'en ai bien peur. J'ai pensé que tu voudrais le savoir, étant donné que lui et toi...

Il y eut une pause lourde de sens à l'autre bout de la ligne.

— Écoute, ce ne sont pas mes affaires, mais si tu l'aimes, ce serait peut-être le moment de l'aider. Si quelqu'un peut l'atteindre, c'est toi.

Sidéré, Eddie prit une bouffée d'air. Comment Cain pouvait-il savoir qu'il aimait Thomas, alors qu'il venait juste d'en prendre conscience lui-même ?

— Comment l'as-tu découvert ?

— Je vous ai vus vous embrasser dans son garage. Je ne voulais pas vous espionné ; il s'avère que j'arrivais.

— Putain ! siffla Eddie.

— Hé, dit rapidement Cain. Je ne juge pas. Si ça peut te faire plaisir. Je dis juste que s'il y a quoi que ce soit que lui et toi deviez établir pour vous réconcilier—

— Réconcilier ?

— C'est plutôt évident. Quand vous étiez à la réception d'Oliver, il y avait une certaine tension. Et ensuite, Thomas est parti tôt. Écoute, je me moque de quoi il s'agit. Ce ne sont pas mes affaires. Mais s'il y a quelque chose que tu puisses faire... Samson a essayé, mais n'est pas parvenu à communiquer avec lui. Amaury m'a dit que Thomas prétend qu'il n'a plus rien à perdre.

— Ah, merde, jura Eddie.

Thomas avait craqué à cause de lui.

— Pas besoin d'en dire plus, poursuivit-il. Qui est de garde à Chinatown ?

— Jay, pourquoi ?

— Appelle-le et dis-lui que je prendrai la relève dans quinze minutes.

— Que comptes-tu faire ?

Ce qu'il comptait faire depuis le début.

— Je vais parler à Thomas.

Et si parler n'était pas suffisant, il n'aurait plus qu'à mettre un genou à terre. Thomas n'avait-il pas dit un jour qu'il ne trouvait pas cela démodé ? Eh bien, soudain, il ne trouvait plus cela démodé non plus.

Eddie fit faire demi-tour à sa moto et se dirigea vers Chinatown. Il y arriva en un temps record. Il gara son engin et marcha vers la sombre entrée d'un bâtiment devant laquelle Jay attendait.

— Du mouvement ? demanda Eddie en guise de salutation.

Jay oscilla de la tête.

— Personne n'est entré ou sorti durant les deux heures pendant lesquelles je suis resté ici. À ton tour.

Eddie leva la main, la lui offrit pour le saluer et regarda en direction de la maison de l'autre côté de la rue. Les lumières étaient allumées dans plusieurs pièces, mais il ne put détecter aucun mouvement à l'intérieur. Il se passa une main dans les cheveux afin de se dégager le visage et réalisa que ceci était un geste qu'il avait pris de Thomas.

Durant tous ces mois où ils avaient vécu ensemble, il s'était tant habitué à Thomas. Ce qui avait commencé comme un mentorat s'était métamorphosé en amitié, et maintenant qu'il avait fait fuir Thomas, il réalisait finalement à quel point cette amitié comptait pour lui. Mais cette seule amitié n'était plus suffisante. Cette dernière semaine, ses sentiments pour Thomas s'étaient renforcés pour passer de l'amitié à l'amour en un clin d'œil. Il était temps d'agir en homme, comme Thomas l'avait demandé. À présent, il était prêt.

Il traversa la rue à pas déterminés et gravit les quelques marches jusqu'à la porte d'entrée de la maison. Il actionna la sonnette, une fois, deux fois, puis une troisième fois. Il tendit le cou pour écouter, mais aucun bruit ne provint de l'intérieur.

— Thomas, cria-t-il. C'est moi, Eddie !

Thomas l'entendait, il en était convaincu. Et pourtant, personne ne vint à la porte. Frustré, il expira. Mais il n'abandonnerait pas maintenant. Il était venu jusque-là et ne se laisserait pas arrêter par une fine porte.

Il regarda sur sa droite. Ou une fenêtre. Il s'arc-bouta contre la balustrade d'une main, souleva la jambe et donna un coup de pied à travers la vitre, laquelle se brisa sous l'impact. Il passa la main à l'intérieur, déverrouilla le châssis de la fenêtre à guillotine et le souleva. Se hissant sur les pieds, il passa à travers l'étroite ouverture en rampant.

Une fois à l'intérieur, il se redressa immédiatement en un saut, prêt à se défendre au cas où un des gars de Xander serait déjà en train de l'attendre mais, à sa surprise, il se retrouva seul dans le vestibule. Même un humain aurait dû entendre son entrée par effraction. Dans une maison pleine de vampires, ceux-ci auraient dû être sur lui tels des chiens sur un facteur. Quelque chose clochait.

Ce malaise lui nouant l'estomac, il avança plus loin dans la maison. À cet étage, il y avait un grand salon dont la porte était grande ouverte. À l'intérieur, il faisait chaud, mais il était tout aussi vide. Eddie jeta un coup d'œil à la cheminée : un petit feu y crépitait toujours, preuve que celui qui était là, qui que ce fût, ne pouvait être parti depuis bien longtemps.

Eddie tourna et poursuivit sa recherche, les sens en alerte afin d'être préparé à une éventuelle embuscade, tandis qu'il montait les escaliers. La plupart des pièces à l'étage étaient des chambres à coucher jalonnées par quelques salles de bains. De lourdes tentures pendaient aux fenêtres, et le désordre qui régnait dans les chambres indiquait que les habitants étaient partis dans la précipitation. Mais comment était-ce possible ?

La maison avait été sous surveillance depuis qu'ils avaient découvert qu'il s'agissait des quartiers généraux de Xander. Et Jay avait confirmé que personne n'y était entré ou n'en était sorti.

Son quadrillage du dernier étage ne donna aucun autre résultat. Il était tout aussi vide que les autres. Frustré, il descendit jusqu'au premier niveau et regarda une fois de plus autour de lui. Il tourna dans le salon et laissa errer les yeux sur les meubles et les murs lambrissés. Il retourna ensuite dans le couloir. La porte du wc était ouverte. À côté de la toilette et de l'évier, un grand miroir qui s'étendait du sol au plafond ornait un mur. Eddie n'y vit aucun reflet de lui-même et se détourna de cet objet inutile.

Une pensée vagabonde pénétra son esprit. S'il devait encore se raser, il éprouverait probablement des difficultés à le faire sans l'aide d'un miroir. Les vampires ne se reflétant pas dans les miroirs, il était donc rare que l'un d'eux en possédât un à sa maison.

Eddie revint vers le cabinet de toilette. Il y entra et regarda l'évier. Le miroir au-dessus de celui-ci manquait, tout comme dans beaucoup de maisons appartenant à des vampires. Il balaya de nouveau le grand miroir du regard. Il n'avait rien à faire là. Si quelqu'un avait pris la peine d'enlever celui qui était au-dessus de l'évier, pourquoi avait-il laissé le grand ? Cela n'avait aucun sens. À moins que le miroir ne servît à autre chose.

Son cœur battant plus rapidement que d'ordinaire, il laissait courir les mains autour du cadre du miroir, à la recherche d'une quelconque encoche ou d'un crochet, lorsque ses doigts rencontrèrent une cannelure sur un côté. Il poussa dessus et entendit un clic. Il saisit le cadre et tira le miroir vers lui, l'écartant ainsi du mur afin de regarder attentivement derrière celui-ci. Un sombre tunnel s'ouvrait à lui. Il renifla et perçut l'odeur des vampires l'ayant emprunté tout récemment.

Sa vision de vampire était suffisante pour voir et comprendre qu'il était vide. Sans la moindre hésitation, il entra à l'intérieur et le suivit jusqu'à un tournant. Selon son estimation, le tunnel devait au moins faire trente mètres de long, voire plus et, lorsque celui-ci se termina soudain après un autre tournant, Eddie se retrouva face à une porte. Il écouta, à l'affût du moindre bruit, et entendit des voitures passer.

Surpris, il tourna la poignée et tira la porte vers lui, ne l'ouvrant qu'un tout petit peu de sorte à pouvoir jeter un coup d'œil à l'extérieur. Il se trouvait au niveau de la rue. Il ouvrit la porte plus grand et fit un pas sur le trottoir, à la recherche d'un panneau. Il le trouva immédiatement et réalisa que ce tunnel caché l'avait conduit dans une rue parallèle à celle où se trouvaient les quartiers généraux de Xander. Les vampires étaient sortis furtivement par ici pendant que Scanguards, pas au courant de cette issue secrète, surveillait l'avant.

— Merde, jura-t-il en sortant son téléphone portable de sa poche.

Tandis qu'il utilisait la numérotation abrégée pour appeler Gabriel, il se précipita vers l'endroit où il avait garé sa moto.

— Oui ? dit Gabriel, la voix tendue.

— La maison de Chinatown est vide. Thomas est parti. Ils le sont tous.

Ces mots firent soudain leur effet, et son cœur se serra comme si quelqu'un le pressait d'une poigne de fer. Il devait trouver Thomas.

— Putain, comment est-ce que— ?

— J'ai trouvé un passage secret donnant sur la rue de derrière, l'interrompit Eddie.

— Merde !

Arrivé près de sa moto, Eddie se balança par-dessus, enfonça la clé de contact, la tourna et toucha le bouton du démarreur. Le moteur vrombit, et Eddie donna un coup de pied sur la béquille.

— Je serai au QG dans quinze minutes.

Sans attendre la réponse de Gabriel, il mit fin à la communication.

Il ne pouvait à présent qu'espérer que Thomas n'eût pas encore désactivé la puce du GPS de son propre portable. Il devait se dépêcher d'arriver au labo informatique de Scanguards pour lancer une recherche et voir s'il pouvait le localiser via son téléphone. Eddie composa rapidement le numéro du labo informatique afin que les préposés pussent commencer à mettre au point la recherche. Si cela ne fonctionnait pas, il ne voulait même pas avoir à penser quoi faire, car la perspective de perdre Thomas lui faisait mal à un point qu'il n'aurait pu l'imaginer. Thomas était son meilleur ami et le seul amant qu'il eût jamais voulu. Il avait besoin de lui tout comme il avait besoin de sa prochaine respiration, et vivre sans lui pour l'éternité était inimaginable.

39

Les portes de l'ascenseur s'ouvrirent, et Eddie se précipita à l'étage de la direction des quartiers généraux de Scanguards. Il s'était déjà rendu au laboratoire informatique afin de tracer le téléphone de Thomas, mais les résultats s'étaient avérés décevants : Thomas avait désactivé son téléphone, le rendant ainsi impossible à localiser.

L'étage bourdonnait d'activité. Il se heurta presque à Nina à l'angle du couloir.

— Eddie !

— Putain, Nina, qu'est-ce que tu fais ici ? Tu n'es même pas admise à cet étage.

Nina roula des yeux.

— Pour ton information, l'interdiction à cet étage pour les humains ne s'applique pas aux compagnes liées par le sang. Et, de plus, as-tu oublié que tu étais censé avoir rendez-vous avec moi ?

Eddie se passa une main tremblante dans les cheveux et le long de sa nuque, sentant la transpiration qui s'y était formée.

— Pourquoi ?

Il avait un trou de mémoire.

— Pour visiter un appartement au bord de mer. Je t'en ai parlé. Ne me dis pas que tu as déjà oublié. Purée, ne peux-tu pas inscrire ces choses dans ton agenda ?

Eddie soupira. Peut-être était-ce le bon moment pour se mettre à table.

— Nina, je ne vais pas déménager.

Elle le dévisagea, les yeux écarquillés tant elle était surprise.

— Quoi ?

Eddie la prit par le bras et la tira dans la salle où se trouvait la photocopieuse.

— Il faut qu'on parle.

Nina le fixa du regard, un froncement de sourcils se dessinant sur son visage.

— Je déteste quand quelqu'un commence une conversation de la sorte. Ça ne finit jamais bien.

— Il se pourrait que tu marques un point, admit-il, hésitant un instant.

Il se balança sur les talons, les mains fourrées dans ses poches.

— Il y a quelque chose que tu dois savoir.

Il prit une profonde inspiration et poursuivit.

— Nina, je suis gay, et Thomas est mon amant.

Il expira profondément et détourna le regard, non désireux de lire la déception dans les yeux de sa sœur. Pas un seul mot ne sortit de la bouche de celle-ci. Seul un silence de stupéfaction l'accueillit. Il avala la boule qu'il avait dans la gorge.

— Je suis désolé, murmura-t-il. Je ne l'ai pas choisi. C'est juste arrivé. Et je ne peux pas revenir en arrière. Je suis ce que je suis. Je ne voulais pas te décevoir à nouveau.

Lorsqu'une douce main lui toucha l'avant-bras, il releva brusquement la tête.

Nina le regardait, ses yeux bruns focalisés sur lui.

— Me décevoir ? Oh, Eddie, tu ne me déçois pas. Tu es mon frère, ma famille. Je t'aime, quoi qu'il arrive.

Elle soupira.

— Apparemment, mon *radar à homos* est complètement hors-service, ces jours-ci. Je ne l'avais pas vu venir, ajouta-t-elle.

Il lui retourna timidement son sourire. L'acceptait-elle tel qu'il était ?

— Depuis combien de temps me caches-tu ça ?

Il haussa les épaules.

— Je n'en suis pas sûr, sœurette. Je suppose que je l'ai toujours su, mais je l'ai tant réprimé que je n'ai jamais réalisé ce qui se passait en moi. Mais quand j'ai été transformé, tout a changé. Mes... euh... désirs sont devenus plus forts, tu vois. Et ensuite, quand j'ai entendu quelqu'un dire que Thomas craquait pour moi, je suppose que ça a déclenché quelque chose en moi.

— Tu as entendu quelqu'un ?

— Longue histoire. Ça n'a plus d'importance. C'est arrivé et, maintenant, j'en suis content. Mais j'ai foiré, Nina. J'ai royalement foiré.

Il soupira lourdement, amenant ses mains à son visage afin de retenir le sanglot désireux de s'échapper de sa poitrine.

Nina tendit la main et lui caressa la joue.

— Foiré comment ?

Il rencontra son regard et y lut de l'inquiétude. Ainsi qu'autre chose : l'acceptation. Comment avait-il pu jamais douté de l'amour qu'elle continuerait à lui vouer ?

— Thomas voulait que je fasse mon coming-out et que j'admette que je suis gay. Je n'ai pas pu le faire. Je l'ai repoussé, Nina. Je l'ai blessé. C'est pour ça qu'il est parti dans l'autre camp. Il a rejoint ces vampires qui commettent tous ces crimes partout en ville. Parce que j'ai été trop lâche pour avoir le courage de dire à tout le monde que je l'aime. Bon sang, je n'ai même pas pu le lui dire.

— Mais tu l'aimes vraiment ?

Eddie acquiesça d'un hochement de tête.

— De tout mon cœur. Je ne peux pas le perdre, Nina. Je ne peux pas.

Nina enroula les bras autour de lui.

— Alors, tu vas devoir faire tout ce qui est en ton pouvoir pour le récupérer.

Eddie la serra très fort dans ses bras.

— Si tu as besoin de quoi que ce soit, je serai là pour toi, murmura-t-elle.

— Merci.

Il la relâcha, à contrecœur. Ensuite, il ouvrit la porte du couloir.

— Maintenant, tu devrais rentrer à la maison. Ce soir, nous devons nous occuper de beaucoup de choses.

Elle opina de la tête et le suivit dans le couloir.

— Appelle-moi dès que tu entends parler de quelque chose.

— Je le ferai. Et je suis désolé de t'avoir fait chercher des appartements.

Elle lui sourit en guise de réponse, tandis qu'il l'observait se diriger vers l'ascenseur.

Derrière lui, la porte s'ouvrit.

— Eddie ! Tu es là.

Eddie se tourna et vit Gabriel lui faire signe de venir dans son bureau, le visage sombre.

— Je viens juste de revenir.

— Bien. Avant de faire autre chose, il faudra que tu réactives mon mot de passe. Ces idiots du service informatique ont dit qu'ils n'avaient pas d'accès, et je ne peux rien faire sans entrer dans nos systèmes.

Eddie passa devant Gabriel et se laissa tomber dans le fauteuil derrière le bureau avant d'ouvrir une nouvelle fenêtre sur l'écran.

— Je devrais pouvoir y entrer. Thomas m'a donné l'accès aux profils des cadres.

— C'est la meilleure nouvelle que j'ai entendue de toute la nuit, répliqua Gabriel en regardant par-dessus l'épaule d'Eddie.

Eddie se connecta au système de contrôle et navigua vers l'écran approprié, déroulant la liste de noms afin de trouver celui de Gabriel.

— Te voilà, murmura-t-il en sélectionnant le profil de Gabriel.

Un nouvel écran s'ouvrit, et Eddie commença à taper. Il appuya sur la touche « enter », mais l'espace dans lequel il venait d'écrire ne s'était pas rempli du mot de passe. Un signal sonore se fit plutôt entendre.

— C'est quoi ce bordel ? jura Eddie en retapant le mot de passe. Un autre bip retentit.

— Qu'est-ce qui ne va pas ? demanda Gabriel.

— Je ne sais pas.

Eddie sentit la transpiration couler dans sa nuque et disparaître dans le col de son tee-shirt. Un sentiment de suspicion arpenta sa colonne vertébrale tel un lierre à croissance rapide et s'enroula autour de son cou comme un boa constrictor. Il réduisit la fenêtre, en ouvrit une autre et se connecta.

Il cliqua sur la première icône et tenta de l'ouvrir. Mais un pop-up afficha le message « accès refusé ». Cette vision lui glaça le sang.

— Merde ! Merde ! Merde !

Il cliqua sur l'icône suivante et tenta de l'ouvrir, mais la même chose se produisit.

— Eddie, que se passe-t-il ? demanda Gabriel, la voix plus agitée que précédemment.

— Mon accès aux nœuds a été révoqué.

— En français s'il-te-plaît ! aboya Gabriel.

— Je ne peux plus rien faire dans notre système informatique.

— Mais tu viens juste d'entrer dans le système ! protesta Gabriel.

Eddie serra les dents.

— Et maintenant, quelqu'un vient de m'éjecter.

— Qui ?

Eddie se tourna pour regarder par-dessus son épaule, droit dans les yeux de Gabriel.

— Thomas.

D'autres bips le firent se retourner vers l'écran. Davantage de fenêtres s'ouvrirent, toutes affichant « accès refusé ».

— Il supprime l'accès de tout le monde. Gabriel, il nous bloque tous.

— Oh, bordel ! jura Gabriel. Quel est son plan ?

Avant qu'Eddie ne pût répondre, une sonnette d'alarme assourdissante commença à retentir. Elle était accompagnée de lumières stroboscopiques dans le couloir. Il sut instantanément de quoi il s'agissait.

— Il nous enferme à l'intérieur.

— Arrête-le ! hurla Gabriel.

Eddie se releva en un saut.

— Je dois accéder aux serveurs du sous-sol.

Tandis qu'il se précipitait dans le couloir, d'autres arrivèrent en courant depuis leurs bureaux. Samson sortit en trombe du sien.

— Qui fait ça ?

— Thomas. Il est en train de nous bloquer, répliqua Eddie en passant en courant devant lui avant d'ouvrir la porte menant aux escaliers.

Il savait que l'ascenseur serait déjà hors d'usage. Son cœur s'arrêta durant un instant. Nina était-elle descendue et sortie à temps du building ?

L'inquiétude éprouvée pour sa sœur le fit courir plus vite. La pièce où se trouvait le serveur était le seul endroit d'où il pouvait entrer dans le système de façon détournée et neutraliser l'action de Thomas.

Eddie atteignait le sous-sol et saisissait la poignée de porte qui menait au couloir lorsqu'il fut instantanément projeté contre le mur. Un choc électrique l'avait catapulté en arrière. La porte était électrifiée.

— Putain !

Il peina à regagner son souffle et se redressa sur ses jambes chancelantes, s'arc-boutant à l'aide des mains sur les cuisses pendant un moment. Les choses étaient pires que prévues. Thomas utilisait toutes les armes à sa disposition.

Eddie remonta les escaliers à toute vitesse et atteignit l'étage exécutif quelques instants plus tard. Gabriel, Samson, Zane et quelques autres étaient rassemblés dans le couloir. Ils tournèrent la tête dans sa direction dès qu'il arriva à toute vitesse près d'eux, les yeux interrogateurs.

— Thomas est dans le bâtiment !

— Tu l'as vu ? demanda Samson.

Eddie secoua la tête.

— Il a condamné le sous-sol. La porte d'accès est électrifiée. Il doit être dans la salle du serveur.

Des jurons rebondirent contre les murs du couloir.

— Il nous tient par la gorge, dit Samson.

Sa mâchoire se crispa.

Soudain, de bruyants coups mêlés à une faible voix se firent entendre depuis l'ascenseur.

— À l'aide ! Aidez-moi !

Eddie fut pris de panique en se précipitant vers l'ascenseur, tandis qu'Amaury arrivait en courant de l'autre côté.

— Nina ! cria Eddie, mais sa voix fut étouffée par celle d'Amaury.

— Nina ! Chérie ! On va te sortir de là !

40

Thomas regarda par-dessus son épaule, observant Kasper en train de donner ordre à ses hommes de parcourir toutes les pièces du sous-sol et de monter la garde près de la porte électrifiée menant aux escaliers. Xander était tout près et attendait.

Avec tous les disciples de Kasper rassemblés à proximité, Thomas put à présent percevoir plus intensément leurs pouvoirs. En fait, il pouvait presque distinguer quel brin de pouvoir appartenait à quel vampire, comme s'ils étaient des rubans colorés accrochés à un mât. Le pouvoir émanant de Kasper était de loin le plus puissant, et son propre pouvoir était attiré vers lui comme s'il était un aimant.

Thomas avait utilisé sa carte magnétique pour accéder au bâtiment via le garage en s'assurant, par connexion à distance à l'intranet de Scanguards, que son accès n'avait pas été limité. Quoiqu'il n'eût pas à s'inquiéter de cela : personne au sein de toute la compagnie n'aurait été capable de l'empêcher d'entrer. En effet, dans le service informatique, personne ne possédait une habilitation plus élevée que lui. De plus, il les avait surpris en attaquant là où ils pensaient être le plus en sécurité. Ils n'avaient rien vu venir.

Kasper l'avait persuadé qu'une nette prise de contrôle serait ce qu'il y avait de mieux pour tous ceux qui étaient impliqués.

— Il est temps d'émettre nos exigences, dit à présent Kasper en se retournant vers lui. Tout est en place, n'est-ce pas ?

Thomas opina lentement de la tête en ramenant son regard sur les écrans face à lui. Il vérifia tous les points d'entrée et s'assura qu'ils étaient verrouillés. Personne ne pourrait entrer ou sortir du bâtiment sans sa permission.

— Tout est en ordre. Personne ne bouge sans m'en avertir.

— Alors, que le spectacle commence.

Thomas activa une commande via le clavier face à lui et approcha ensuite le micro de sa bouche.

— Samson t'entendra où qu'il soit ? demanda Kasper.

— L'interphone émet dans chaque pièce de ce bâtiment. Tout le monde entendra ce que j'ai à dire.

— Fais-le !

Thomas pressa le bouton au pied du micro. Il inspira profondément.

— D'ores et déjà, vous savez probablement tous que j'ai pris possession de ce bâtiment.

Il échangea un regard avec Kasper avant de poursuivre.

— Samson, je suis finalement retourné à mes racines. Je suis ce que je suis. Et Kasper m'a montré le chemin. Je ne peux renier plus longuement le pouvoir qui est en moi. Et maintenant, avec Kasper à mes côtés, j'ai proclamé ce pouvoir. Je ne m'en cacherai plus.

Thomas ferma les yeux pendant un instant, un sentiment étrange au ventre tentant de faire son chemin vers sa poitrine. A l'aide de son obscur pouvoir, il le refoula.

— Je t'ai aidé à construire cette compagnie et, maintenant, je réalise qu'aucun de vous n'est digne de la diriger. Aujourd'hui, je l'ai prouvé. Vous êtes à présent mes prisonniers. Si vous aviez pris la peine de limiter mon autorité et de mettre en place des freins et des contrepoids pour m'empêcher d'outrepasser mon domaine, ceci ne se serait jamais produit. En l'état actuel des choses, vous m'avez laissé mettre en œuvre des sécurités intégrées que j'utilise à présent contre vous. Vous n'auriez pas dû me faire confiance.

Car la confiance était quelque chose de dangereux. Il avait confié son cœur à Eddie, et celui-ci l'avait jeté aux chiens. Eddie l'avait trahi de la pire façon qui pût exister. La douleur toujours fraîche et omniprésente lui transperça à nouveau le cœur. Il avait espéré qu'en laissant apparaître son sombre pouvoir et en l'exerçant, la douleur aurait disparu, tout comme les autres sentiments d'inquiétude envers ses collègues vampires avaient disparu. À l'endroit où, autrefois, il y avait eu un homme généreux, seul un vide persistait. Il ne ressentait rien. Rien mis à part la douleur relative à la trahison d'Eddie. Rien ne pourrait jamais l'éradiquer.

— Je ne vous ennuierai pas plus longtemps. Voilà ce que tu vas faire, Samson. Tu vas me céder Scanguards. Amaury et Gabriel feront de même avec leurs intérêts dans la compagnie. Vous avez dix minutes. Je déverrouille l'interphone dans votre bureau pour que vous puissiez répondre.

Il était sur le point d'appuyer sur le bouton de l'interphone de manière à couper le micro lorsque Kasper l'en empêcha et se pencha vers l'appareil.

— J'ai peur que Thomas ne soit bien trop gentil. Je suis Kasper, son créateur. Et je suis un peu moins patient que lui. Cédez-nous la compagnie ou l'humaine qui est actuellement coincée dans l'ascenseur mourra.

Un sourire se répandit sur ses lèvres avant qu'il ne pressât le bouton et ne coupât l'interphone.

Le regard de Thomas s'écrasa sur les écrans face à lui, à la recherche de la bande vidéo dévoilant l'intérieur de l'ascenseur. Les boucles blondes de Nina furent aisément reconnaissables contre le sombre revêtement des parois.

Choqué, il leva les yeux vers son créateur. Kasper lui avait assuré plus tôt que personne ne mourrait ce soir.

———

Eddie et Amaury échangèrent un regard affolé.

— Merde ! jura Eddie. Nous devons la sortir de là, maintenant !

Les ongles de son beau-frère s'étaient déjà transformés en griffes, et celui-ci tentait à présent d'enfoncer leurs pointes tranchantes entre les deux portes de sorte à essayer de les forcer à s'ouvrir. Les muscles de son cou étaient tendus, et il respirait très fort.

— Où est ce putain de déverrouillage manuel ? cria Eddie en se précipitant à côté d'Amaury. Il tomba à genoux et tenta de l'imiter. Mais les portes ne bougèrent pas.

— Il y a un panneau quelque part, répondit Cain qui se trouvait en retrait.

— Trouve-le ! ordonna Amaury.

Eddie entendit la voix paniquée de Nina depuis l'intérieur de l'ascenseur.

— Sors-moi de là, Amaury, s'il te plaît. Avant qu'il ne le fasse !

Eddie avait presque oublié que l'interphone pouvait également être entendu dans l'ascenseur. Nina avait capté les moindres mots de la menace de Kasper.

Amaury affichait une triste expression.

— Ça va aller, chérie. Nous y sommes presque, mentit-il.

Il s'adressa alors ensuite à Eddie, la voix plus basse, l'angoisse affichée sur son visage.

— Je ne veux pas la perdre.

Le dernier mot fut étouffé par la voix de Samson dans l'interphone.

— Thomas, arrête cette folie. Nous savons que ce n'est pas toi qui fais ça. Tu es manipulé. Qui que soit cet homme qui prétend être Kasper, tu sais que ça ne peut être lui. Kasper est mort. Il n'a plus de pouvoir sur toi. Nous pouvons arranger tout ça. Nous sommes amis. Tu ne ferais jamais de mal à tes amis.

Ensuite, la voix de Thomas lui coupa la parole. Eddie sentit son cœur saigner lorsqu'il l'entendit, froide et sans émotion.

— Tu as tort, Samson. Kasper est bien en vie. Lui et moi appartenons l'un à l'autre. Il peut me donner l'amour dont j'ai besoin. L'amour que je mérite.

Eddie sut immédiatement que ces dernières paroles n'étaient pas destinées à Samson, mais bien à lui. Thomas était avide de son amour, et c'était de la faute d'Eddie s'il se tournait à présent vers un homme malveillant comme Kasper. Comment ce dernier pouvait-il encore être en vie, alors qu'il l'avait vu mourir devant ses yeux ? Eddie ne le savait pas. Mais ce qu'il savait, c'était que Kasper était mauvais. Thomas l'avait dit lui-même après leur affrontement à l'aide du contrôle de l'esprit, quelques mois plus tôt. Thomas haïssait son créateur.

— Vérifie l'imprimante dans ton bureau, Samson, poursuivit la voix de Thomas à travers l'interphone. Le contrat s'y trouve. Signez-le, Gabriel, Amaury et toi. Quand vous aurez terminé, faites-le-moi savoir.

Un clic se fit entendre, et le silence revint à l'étage. Tout ce qu'Eddie pouvait entendre, c'était la lourde respiration d'Amaury, tandis que celui-ci continuait à essayer de forcer l'ouverture des portes.

La voix de Kasper retentit soudain dans les haut-parleurs.

— Les portes de l'ascenseur ne s'ouvriront pas. Ça ne sert à rien d'essayer. Et le déverrouillage manuel que vous cherchez a été mis hors service.

Un grand bruit provenant de l'ascenseur mêlé à un cri perçant de Nina déchirèrent le couloir. Dans la seconde, le bruit cessa, mais on pouvait entendre les pleurs de Nina à travers les portes.

— Signez ces putains de papiers ou, la prochaine fois, je ne la ferai pas tomber que d'un demi-étage. Je laisserai l'ascenseur dégringoler jusqu'au sous-sol, annonça Kasper.

— Je vais tuer ce putain de salaud ! cria Amaury.

— Je vais signer les papiers, dit la voix de Samson dans le haut-parleur.

Eddie se rua vers la porte ouverte du bureau de Samson et regarda son patron prendre plusieurs feuilles de papier sorties de l'imprimante.

— Ne fais pas ça !

Samson tourna sur lui-même.

— Tu l'as entendu. Il va tuer ta sœur si je n'accède pas à sa demande.

— Et il la tuera également une fois que tu auras signé. Si cet homme est réellement Kasper, si cet homme au sous-sol est le créateur de Thomas, et je n'ai aucune idée de comment cela est possible, alors, il est pourri jusqu'à la moelle. Il tuera chacun de nous juste parce qu'il le peut. Il joue avec nous, ne le vois-tu pas ? Il aime le pouvoir que Thomas lui a donné sur nous. Nous sommes les souris, et il est le chat. La seule personne qui peut l'arrêter, c'est Thomas.

Samson cogna du poing sur le bureau.

— Thomas est sous son emprise. J'ai pu le ressentir quand je lui ai parlé tout à l'heure à la maison. Il n'est pas lui-même. Il a dit qu'il n'avait plus rien à perdre. Thomas ne nous aidera pas. Nous l'avons perdu. Tout ce que nous pouvons faire, c'est essayer de sauver Nina, nous-mêmes.

Eddie secoua lentement la tête.

— Il n'y a pas d'autre moyen.

Il tourna autour du bureau de Samson et tendit la main vers le micro.

— Je vais nous le ramener. Parce que je suis la raison pour laquelle il nous a quittés.

Samson fit un pas sur le côté, un regard empreint de curiosité affiché sur son visage. Lorsqu'Eddie regarda derrière lui, il remarqua ses collègues sur le pas de la porte.

— Que se passe-t-il ? demanda Zane.

Eddie s'assit dans le fauteuil de Samson, se pencha au-dessus du micro et appuya sur le bouton.

— Thomas, c'est Eddie. Je sais que tu ne veux probablement pas m'écouter dans l'immédiat, mais il y a quelque chose que je dois te dire ainsi qu'à tout le monde, ici, à Scanguards.

Rassemblant tout son courage, il marqua une pause.

— Je suis gay et n'en suis plus honteux. Grâce à toi, j'ai finalement découvert qui je suis réellement.

Il remarqua les regards surpris affichés sur les visages de ses collègues, mais poursuivit en se concentrant sur son discours.

— Thomas, je suis désolé de ce qui s'est passé à la fête d'Oliver. J'ai eu tort de te repousser. J'avais peur. Mais je n'ai plus peur. Thomas, je t'aime. Pas juste comme un ami. Je t'aime comme mon petit ami, mon amant, mon amour éternel. Je ne voulais pas te blesser. Je t'implore de me pardonner. Un jour, tu as dit que, pour la bonne personne, tu te mettrais à genoux. Thomas, si tu me reviens, je tomberai à genoux. Parce que tu es la seule personne que j'ai jamais voulue et dont j'ai eu besoin. Je t'aime.

Eddie appuya sur le bouton de sorte à couper l'interphone et leva les yeux. Il sentit de l'humidité dans ses yeux, mais n'éprouva aucun embarras en regardant ses collègues. Ces derniers le regardaient avec des yeux empreints de compréhension.

41

— ... **J**e t'aime.

Ces paroles d'Eddie faisaient écho dans l'esprit de Thomas, ricochant en lui telle une balle perdue. Était-il en train d'halluciner, ou venait-il juste d'entendre Eddie lui confesser son amour pour lui devant tous ceux de Scanguards ? Eddie devait savoir que l'interphone émettait ses paroles dans chaque pièce du bâtiment. Et pourtant, il les avait prononcées. Il avait fait son coming-out en public.

— Tu ne peux certainement pas croire ce qu'il dit ! balança Kasper à ses côtés. C'est clairement un stratagème pour t'amener à relâcher ton emprise sur Scanguards.

Du doigt, Kasper désigna le haut-parleur d'où les mots avaient résonné.

— Il te ment. Dès que tu y renonceras, il se rétractera. Ses collègues l'ont probablement poussé à le faire puisqu'ils savent ce que tu ressens pour lui. Tout ça n'est que mensonge. Il ne t'aime pas. Pas comme moi !

Thomas savait reconnaître le désespoir lorsqu'il le flairait. Et Kasper ne cherchait qu'à sauver la mise. Cela voulait dire que lui aussi avait perçu de la sincérité dans les paroles d'Eddie. Elles étaient vraies. Thomas le ressentait dans son cœur. Tandis que celui-ci se réchauffait et repoussait le sombre pouvoir qui l'enveloppait, Thomas sentit soudain une force d'invasion. Elle était subtile, mais il l'identifia toutefois : Kasper s'était glissé dans son esprit et se cachait entre les couches de son pouvoir occulte. À présent, il la reconnaissait si nettement, presque comme si l'amour d'Eddie lui avait ouvert les yeux et avait soulevé le voile qui l'aveuglait depuis ces derniers jours. Tout comme l'amour d'Eddie lui donnait à présent la force de refouler le sombre pouvoir.

Il ne pouvait à présent faire qu'une seule chose.

— Tu as raison, Kasper. C'est un stratagème. Et je vais lui dire ce que je pense de ça.

Kasper afficha un sourire d'auto-satisfaction.

— Ça, c'est mon homme !

Thomas appuya sur le bouton de l'interphone et choisit prudemment ses mots.

— C'était un gentil discours, Eddie. Félicitations. Si seulement c'était vrai. Même s'il l'était, c'est trop tard. Parce que, tu vois, toi, petit génie de l'informatique, la clé a toujours été *J'aime Eddie*. Tu peux l'avoir, maintenant, je n'en aurai plus besoin. Donc, je vais te laisser réfléchir à ça, toi aspirant informaticien. Car c'est la dernière chose que tu entendras de ma part jusqu'à ce que ceci soit terminé.

Il coupa le micro.

— C'était quoi ces putains de conneries ? grogna Kasper, le regard furieux.

— Comme je l'ai dit, je lui ai raconté ce que je pense de cette merde qu'il m'a servie. Je lui ai balancé les mêmes absurdités. Il comprendra !

Thomas l'espérait de tout son cœur, car ce qui se cachait derrière son discours embrouillé, c'était son mot de passe pour accéder au système de la compagnie. Depuis qu'il avait désactivé la connexion de tous les autres, seule la sienne pouvait à présent permettre le contrôle de Scanguards. Si Eddie pouvait découvrir qu'il venait juste de lui donner son mot de passe, il serait capable de prendre le contrôle. En attendant, Thomas devait gagner du temps.

Gardant un œil sur l'écran, Thomas se leva et posa la main sur le bras de Kasper. Il fit ensuite signe à Xander, lequel se tenait à quelques mètres d'eux.

— Pourquoi ne demandes-tu pas à Xander d'aider les autres à surveiller les portes ? dit-il en caressant le bras de son créateur de manière suggestive.

Une étincelle apparut dans les yeux de Kasper. Sans détourner le regard de Thomas, il proféra son ordre.

— Xander, va rejoindre les autres.

Thomas attendit que Xander eût quitté la pièce. La porte était toujours ouverte, mais c'était sans importance. Il régnait une illusion d'intimité, et c'était tout ce dont Thomas avait besoin.

— Je ne veux plus de mensonges entre nous, commença Thomas en ôtant sa main du bras de Kasper.

Kasper arbora un regard de déception en guise de réponse.

— Il n'y a aucun mensonge entre nous.

— Il y a des choses que tu ne m'as pas expliquées. Et si ça marche entre nous, alors je dois tout savoir.

— Mais tu sais tout, protesta Kasper.

Thomas se détourna, jetant clandestinement un œil à l'écran de l'ordinateur de manière à voir si quelque chose se passait. Mais le curseur clignotait normalement.

— Tu m'as dit que c'était Keegan qui avait commis toutes ces atrocités. Et tu as prétendu que tes disciples faisaient toujours de même, mais que tu n'as pas donné l'ordre de torturer Sergio et sa compagne.

Il entendit une rapide inspiration d'air derrière lui.

— Ne te méprends pas, je n'ai rien contre une petite torture quand elle est justifiée, mentit Thomas. Mais j'apprécierais que tu sois honnête avec moi à ce sujet. Comment pouvons-nous être ensemble alors que tu me caches des choses ?

Il marqua une pause et poursuivit.

— Et si tu veux qu'on se lie par le sang, alors, tu devras être honnête avec moi.

Il se retourna pour faire face à Kasper et remarqua son air abasourdi. Oui, il avait bien deviné : Kasper ne voulait pas seulement le récupérer, mais voulait une union qui était plus forte que n'importe quoi d'autre, une union qui les rendrait tous deux plus forts en combinant leur obscur pouvoir.

— Tu veux te lier par le sang, n'est-ce pas ?

Il reposa la main sur le bras de son créateur.

— Oui !

Kasper s'approcha comme s'il voulait l'embrasser, mais Thomas tourna la tête sur le côté.

— Alors, dis-moi la vérité. Dis-moi tout. En tant que ton futur compagnon, je le mérite.

Thomas s'étouffa presque en prononçant ces mots. Il ne pouvait imaginer quoi que ce soit de plus vile que de s'unir à Kasper. Il ne voulait plus être en contact avec quelqu'un d'aussi mauvais.

Tandis qu'il attendait la réponse de Kasper, Thomas perçut un mouvement sur l'écran. Des codes en lignes y déferlaient. Il réprima le soupir de soulagement qui voulait jaillir de sa poitrine. Bientôt, ce serait terminé.

— Eh bien, si tu le présentes de la sorte, se déroba Kasper, tu as raison, bien sûr. Keegan et moi étions bien plus semblables que je n'aimerais l'admettre. Nos appétits sexuels mis à part, bien sûr. Ceux-ci étaient très différents. Mais le sombre pouvoir en nous a grand besoin qu'on lui exprime son respect. Tu le ressens en toi aussi, n'est-ce pas ?

Évitant toujours le regard de Kasper, Thomas opina automatiquement de la tête.

— Je ressens le besoin pressant de faire mal à quelqu'un.

Et ce n'était même pas un mensonge.

— Oui, et ça fait du bien, n'est-ce pas ? Tout comme ça m'a fait du bien quand j'ai forcé Sergio à faire du mal à sa compagne.

— Tu y étais ?

Thomas réprima une furieuse envie de trancher la gorge de Kasper en sachant qu'il avait lui-même commis cet acte.

— Je ne manque jamais une telle opportunité. Quand j'ai réalisé que Sergio n'allait pas coopérer, j'ai appelé quelques-uns de mes disciples afin qu'ils puissent observer et apprendre.

Kasper se rapprocha en baissant la voix.

— De temps en temps, tu devrais faire des choses semblables pour leur montrer qui est le maître. S'ils ne te craignent pas, ils vont commencer à penser qu'ils sont plus puissants que toi. Et tu ne voudras jamais que ça se produise.

De la bile se forma dans l'estomac de Thomas. Il se força à laisser quelques mots franchir ses lèvres afin de continuer à gagner du temps et permettre, ainsi, à Eddie et ses collègues d'agir.

— Tout comme tu as tué Wu, ton avocat.

— Il le méritait. Salaud avide. Et quelle petite fouine pleurnicheuse. Il avait découvert que j'avais un frère jumeau et allait le dire à Xander et aux autres. Cela aurait sapé mon autorité.

— Je comprends. Et quand Keegan est venu à San Francisco, tu l'as suivi.

Le sourire était évident dans la voix de Kasper lorsqu'il répondit.

— Comme je te l'ai dit précédemment, c'est comme ça que je t'ai trouvé. Au début, je voulais aider mon frère, mais quand j'ai compris contre qui il se battait, j'ai dû faire un choix. J'ai décidé de ne pas intervenir. Je ne pouvais te laisser mourir. De plus, je devenais malade de partager le trône avec lui. Ses singeries me tapaient sur les nerfs. Frère ou pas, il devait partir. Entre nous, Scanguards m'a fait une faveur en me débarrassant de lui. Et comme bonus supplémentaire, ils ont également tué les hommes qui étaient avec lui. Il n'y avait plus d'autres témoins, et quand je suis retourné auprès de mes disciples, ceux-ci n'étaient pas les plus malins. Personne n'était au courant de la mort de Keegan car, pour eux, il n'y avait jamais eu de Keegan.

— Donc, tout s'est parfaitement déroulé pour toi, conclut Thomas.

— Je n'aurais pas pu espérer mieux. Maintenant, toi et moi sommes réunis.

La main de Kasper vint enrober le menton de Thomas afin d'attirer son visage vers lui. Il lui présenta ses lèvres, et Thomas sentit un frisson glacial lui parcourir la colonne vertébrale.

Un grondement provint de l'extérieur. Kasper recula soudainement.

— Bordel, c'était quoi, ça ? cria-t-il en direction du couloir.

— L'ascenseur, hurla Xander. Il bouge.

— Merde ! jura Kasper avant de reposer le regard sur Thomas. Stoppe-le ! le commanda-t-il.

Thomas fit usage de ses deux mains pour catapulter Kasper loin de lui, le claquant contre un bureau.

— Non !

Kasper écarquilla les yeux. Ceux-ci s'illuminèrent lorsqu'il comprit.

— Tu m'as trahi !

— Et maintenant, je vais te détruire ! lui promit Thomas en focalisant son pouvoir mental sur son créateur, juste au moment où il entendait le signal de l'ascenseur annonçant qu'il avait atteint le sous-sol.

— Va en enfer, Kasper, c'est là qu'est ta place !

42

———————

Eddie fit un signe de tête à Samson, lui donnant ainsi le signal d'ouvrir la porte située au bas des escaliers. Eddie et Amaury se précipitèrent dans le couloir du sous-sol, leurs pistolets semi-automatiques dirigés droit devant eux, déchaînant un tir de balles en argent en direction des vampires peu soupçonneux qui étaient en train de tirer dans l'ascenseur vide depuis l'ouverture des portes.

Plusieurs de leurs adversaires tombèrent immédiatement, se désagrégeant lentement, tandis que les balles en argent les consumaient de l'intérieur jusqu'à ce qu'ils devinssent de simples tas de cendres. Les autres cherchèrent refuge dans les bureaux longeant le couloir.

— Tu m'en as laissé quelques-uns ? cria Zane en se ruant dans le corridor.

Eddie désigna une des portes ouvertes par laquelle un des vampires avait disparu.

— Je t'en prie !

Tandis que Zane, couvert par Samson, s'approchait de la pièce, Eddie et Amaury se regardèrent fixement dans les yeux. Eddie lui montra l'autre pièce. Amaury hocha la tête.

Eddie se pressa contre le mur jouxtant la porte et prit ensuite une profonde inspiration, s'armant de courage avant l'assaut. À la vitesse du vampire, il tourbillonna et fit un pas sous le cadre de porte, ses yeux repérant immédiatement son ennemi. Son pistolet était dirigé sur sa cible. Mais avant qu'il ne pût appuyer sur la gâchette, une énergie foudroyante lui transperça la tête, comme si quelqu'un y avait enfoncé un couteau. Il sut d'instinct que le vampire l'attaquait à l'aide du contrôle de l'esprit, bien qu'il n'eût jamais directement fait l'expérience des effets d'une telle attaque.

Il n'avait jamais ressenti pareille douleur auparavant. Ses genoux se dérobèrent sous lui, et la main tenant le pistolet retomba. Au même moment, son esprit tenta d'endiguer l'attaque. Mais il n'y avait pas été préparé.

Merde !

Le vampire lui adressa un méchant sourire, souleva son arme et le visa. Figé par le contrôle de l'esprit exercé sur lui, il ne pouvait pas bouger. Bordel, il allait mourir ici sans avoir eu une chance de sentir les bras de Thomas l'étreindre une dernière fois.

Une balle passa à toute vitesse devant lui et, soudain, les chaînes invisibles qui le maintenaient en place se relâchèrent, et la douleur dans sa tête cessa. Stupéfait, il dévisagea son assaillant et vit du sang s'écouler d'une blessure sur son front. Le vampire le regarda, les yeux vides et, ensuite, son visage commença à s'émietter de l'intérieur, des écailles de cendre sur la peau. Il s'effondra en un tas de poussière.

— Pas de quoi ! dit Amaury, par derrière.

Eddie se tourna et opina de la tête en signe de gratitude envers son beau-frère.

— Achevons ceux qui restent.

Il scruta le corridor et vit d'autres membres du personnel de Scanguards se précipiter depuis la porte située au bas des escaliers, les armes prêtes à faire feu.

Eddie se rua dans l'autre direction, vers la pièce où se trouvait le serveur, Amaury toujours sur ses talons. Il s'arrêta au niveau de la porte ouverte suivante et regarda attentivement à l'intérieur. Il aperçut Zane en train de se battre avec un des assaillants, tandis que Samson était tombé à genoux, les mains pressées contre ses tempes, agonisant, le visage déformé.

— Putain ! jura Eddie en visant le vampire qui se battait avec Zane.

Mais ce dernier était dans le chemin. Eddie n'avait pas un bon angle de tir. Il hésita un instant, mais prit ensuite une décision.

— Zane, baisse-toi !

Instantanément, Zane plongea à terre, lui éclaircissant la ligne de mire. Eddie appuya sur la gâchette, et la balle en argent atteignit sa cible. Ses heures au stand de tir finissaient par payer.

Il n'attendit pas de voir le vampire se désintégrer, mais se précipita plutôt dans la salle au bout du couloir, là où se trouvait le serveur. Il sut déjà ce qui s'y passait avant même d'avoir atteint la porte demeurée ouverte. Les étincelles volant tout autour de la pièce illuminaient le couloir en petites salves.

Lorsqu'il scruta l'intérieur de la pièce, un sentiment de déjà vu l'envahit. Il avait vu exactement la même scène quelques mois auparavant. Thomas était engagé dans un combat mental avec son créateur, Kasper, ou Keegan comme il s'appelait à l'époque. Et l'homme ressemblait exactement à Keegan. Eddie ne savait pas comment cela fût possible. Mais cela ne le préoccupait pas. Tout ce dont il se souciait, c'était d'en finir avec ce combat et de sauver Thomas.

Sans la moindre hésitation, il visa. Mais à l'instar de Zane, Thomas tourbillonnait autour de son adversaire et ne lui laissait pas un bon angle de tir.

— Thomas ! cria-t-il. Abaisse-toi !

Mais Thomas ne réagit pas tant il était engagé dans ce combat mental. Qu'il l'eût même entendu n'était pas certain.

— Putain ! jura Eddie en soulevant le pistolet en direction de Kasper.

Sa main trembla, et de la sueur coula de son front. Une main plus calme lui toucha ensuite l'épaule.

— Attends avant de tirer, dit Zane, la voix plus calme. Vise l'endroit où il sera, pas où il est en ce moment. Ensuite, presse la gâchette. Tout comme je te l'ai enseigné. Ce que Portia a dit est vrai. Je t'ai félicité d'être un excellent tireur d'élite.

La confiance que Zane lui portait lui donna de la force, et il s'efforça de ralentir ses battements de cœur en inspirant calmement.

— Simplement appuyer, répéta Zane.

Calmant son esprit, Eddie s'évertua à contrôler son corps et tira. Son cœur s'arrêta. Les étincelles qui avaient rendu l'air électrique cessèrent. Le combat au contrôle de l'esprit était terminé.

Eddie dévisagea Thomas et Kasper, lequel cherchait le point d'impact de la balle. Ce dernier tourna soudain la tête dans sa direction, et le corps d'Eddie en fut tout ébranlé. Avait-il raté son coup ?

Un filet de sang coula alors depuis l'oreille de l'ennemi jusqu'à son cou. Comme s'il regardait la télé au ralenti, Eddie observa le corps de Kasper se désintégrer.

Eddie sentit son corps trembler de manière incontrôlée et tendit la main vers l'encadrement de porte de manière à s'y soutenir. Il regarda alors Thomas fixement dans les yeux, et ses membres recouvrèrent leur force. Il s'éloigna de la porte et laissa tomber le pistolet sur le bureau le plus proche.

La démarche déterminée, il se dirigea vers Thomas et s'arrêta juste devant lui.

— Je me fiche de qui peut nous voir ; je dois faire ceci.

Il posa une main sur la nuque de Thomas, l'attira plus près et laissa sombrer ses lèvres sur les siennes, lui cautérisant la bouche en un baiser passionné. Eddie guida sa langue entre les lèvres entrouvertes de son amant tout en savourant la saveur masculine et les coups puissants avec lesquels Thomas répondait à son baiser. Des bras forts l'attirèrent plus près, le serrèrent fortement. Eddie gémit en sentant le corps bien ferme de Thomas se frotter contre le sien. Il glissa une main sur le derrière de son partenaire et le pressa, le serrant plus fort contre lui de sorte à bien lui faire comprendre son besoin.

Ce fut à contrecœur que Thomas le repoussa finalement, mettant fin au baiser et amenant une certaine distance entre eux.

— Il faut qu'on arrête, murmura-t-il tout contre les lèvres d'Eddie. Nous ne sommes pas seuls.

Ce ne fut qu'à cet instant qu'Eddie entendit les raclements de gorge derrière lui.

— Je n'ai pas honte de toi. De nous.

Les yeux brillant d'affection, Thomas lui sourit et prit acte de son aveu sans un mot. Des jointures des doigts, il caressa alors la joue d'Eddie.

Le jeune vampire se retourna pour faire face à ses collègues, lesquels étaient tous à l'intérieur de la pièce, regardant dans d'autres directions, certains fixant leurs chaussures, légèrement embarrassés. Nina se trouvait parmi eux, lui souriant gaiment, la peur dont elle avait été victime dans l'ascenseur balayée de son visage. Il lui retourna son sourire.

— Vous pouvez à nouveau regarder, dit Eddie.

Plusieurs paires d'yeux atterrirent sur Thomas et lui. Ensuite, il prit délibérément la main de son amant dans la sienne et récolta un sourire de celui-ci.

Thomas soupira.

— Je suis désolé de ce qui s'est passé. Je ne contrôlais plus mes actes. Kasper... dit Thomas en désignant l'endroit où les cendres de son créateur recouvraient le sol.

Samson opina de la tête.

— Tu as finalement fait ce qu'il fallait en donnant ton mot de passe à Eddie.

— Il m'a fallu quelques minutes pour comprendre. Tout d'abord, j'ai pensé que tu étais devenu complètement fou. Tu ne m'avais jamais appelé génie de l'informatique ou aspirant informaticien par le passé. Ça n'avait aucun sens, expliqua Eddie.

— C'était le but, confirma Thomas. Je savais que tu essaierais de comprendre parce que ce que je te disais était du charabia. Je sais comment ton esprit fonctionne.

Eddie acquiesça et désigna ensuite le tas de cendres au sol.

— Et lui ? Qui était-il ?

Thomas soupira.

— Kasper, mon créateur.

— Mais Kasper était déjà mort ! Rose lui a tiré dessus il y a des mois ! protesta Eddie.

Thomas secoua la tête.

— C'est ce que nous pensions tous. Mais le vampire qui est mort cette nuit-là n'était pas Kasper, mais Keegan, son jumeau. Personne ne savait qu'il avait un jumeau, pas même moi. Il nous a tous bernés.

Des grognements de surprise firent écho dans la pièce.

— C'est fini, maintenant ? demanda Samson.

Thomas regarda longuement son patron.

— Je ne sais pas, Samson. Honnêtement, je ne sais pas. Le sombre pouvoir est toujours en moi. Il y sera toujours.

— Tu as été capable de le combattre, ce soir. Tu as défié Kasper en donnant ton mot de passe à Eddie. Et ensuite, tu as attaqué ton créateur. Il doit y avoir eu une raison pour que tu puisses le combattre, suggéra Samson.

Eddie regarda attentivement Thomas, lequel se tourna et le regarda droit dans les yeux.

— Il y a eu une raison. Quand tu m'as confessé ton amour, je me suis senti plus fort, et j'ai été capable de lutter contre l'influence que Kasper avait sur moi. J'ai pu combattre l'obscur pouvoir qui est en moi, car mon cœur s'est rempli de ton amour.

Eddie appuya une main sur le cœur de Thomas.

— Alors, tu n'auras plus jamais à t'inquiéter au sujet de ce sombre pouvoir qui te contrôle de l'intérieur. Car mon amour sera toujours là.

Il se pencha.

— Euh, les gars, avant que vous ne vous embrassiez à nouveau, interrompit Gabriel, pouvez-vous restaurer nos connexions afin que nous puissions tout remettre en état et nettoyer ?

Thomas sourit d'un air suffisant.

— Je pense que ça peut se faire.

43

––––––––––

Par habitude, Thomas enroula la serviette de bain autour de la partie inférieure de son corps et sortit de sa salle de bain. Sa chambre baignait dans la douce lumière d'une seule lampe de chevet. Ses yeux parcoururent le lit et s'abreuvèrent de la vue qui s'offrait à lui.

— Maintenant, je sais que j'ai toujours rêvé de ça : t'attendre dans ton lit, dit Eddie en ôtant la fine couette de son corps avant de la pousser sur le côté.

— Nu, poursuivit-il, la main autour de son érection occupée à la caresser de façon suggestive. Et dur !

Thomas laissa ses yeux errer sur la nudité d'Eddie, son torse bien dessiné et imberbe, ses muscles abdominaux saillants, la touffe de poils blonds qui entourait son membre et, plus bas, vers ses fortes cuisses qui s'enrouleraient bientôt autour de ses hanches lorsqu'il plongerait en lui.

Thomas éprouva une irrépressible envie de se pincer pour s'assurer que ce n'était pas un rêve. Mais il savait que c'était un rêve—un rêve qui était finalement devenu réalité. Eddie était étendu dans son lit, nu et avide de sexe. Non, pas juste de sexe, se corrigea-t-il, avide de faire l'amour. Mais avant de toucher Eddie, il avait une chose à faire.

Le cœur battant dans sa gorge, Thomas s'approcha du lit mais, plutôt que de rejoindre Eddie, il se laissa tomber sur un genou et amena une main devant lui, révélant ainsi la petite boîte en velours qu'elle tenait.

Eddie se releva immédiatement et s'assit au bord du lit, laissant tomber les pieds à terre, les yeux écarquillés en réalisant les intentions de Thomas.

— Thomas—

— S'il te plaît, laisse-moi le faire à ma façon, lui recommanda Thomas en le regardant droit dans les yeux.

Silencieusement, Eddie acquiesça d'un hochement de tête.

— Je t'ai aimé dès la première fois où je t'ai vu. Mon cœur s'est brisé au même moment, car j'étais convaincu que tu ne partagerais jamais mes sentiments. Mais j'ai un faible pour la torture. Donc, je t'ai pris sous mon aile, néanmoins. J'ai été le mentor d'autres vampires par le passé, mais ils n'ont jamais vécu avec moi. Mais toi, je te voulais tout près. Même si chaque jour était rempli de douleur, la douce et amère joie que j'éprouvais quand tu étais avec moi compensait cela.

Des doigts, Eddie caressa les lèvres de Thomas.

— Je suis désolé. J'ai été si aveugle. Tout le monde l'avait vu, tout le monde sauf moi.

Thomas prit la main d'Eddie et embrassa le bout de ses doigts.

— Personne n'était censé voir ce que je ressentais pour toi. J'étais déterminé à garder ces sentiments cachés. Mais on ne peut emprisonner l'amour. Il trouve toujours un chemin. Eddie, je sais que tout ceci s'est produit en un éclair pour toi mais, pour moi, cela a tardé à venir. T'avoir simplement dans mon lit n'aurait jamais été suffisant pour moi.

Eddie écarta les lèvres et se pencha plus près, son souffle balayant le visage de Thomas.

— Je pensais chaque mot que j'ai prononcé dans l'interphone. Le moindre mot.

Thomas sourit, son cœur se réchauffant après ces paroles réconfortantes de son jeune amant. Il regarda la boîte qu'il tenait en main et l'ouvrit, dévoilant ainsi la bague en platine trônant sur un coussin de velours rouge.

Une inspiration le fit regarder Eddie, lequel fixait l'anneau du regard.

— J'ai acheté ceci pour toi le soir où tu m'as sucé dans le garage. J'ai su, alors, que notre relation était en train de changer. Et j'ai voulu que tu saches alors que tu n'étais pas juste un amant pour moi. Je voulais que tu saches que si tu t'engageais avec moi, j'étendrais le monde à tes pieds.

La main d'Eddie sur son menton attira son visage plus près du sien.

— Je ne veux pas le monde. J'ai seulement besoin de toi. Maintenant, je le sais.

Eddie sourit avant de poursuivre.

— Alors, tu vas faire ta demande ou va-t-il falloir que je tombe à genoux et le fasse à ta place ?

— Tu es impatient, tu le sais ça ?

— Oui, parce que j'ai gâché plus d'une année à ne pas te faire l'amour. Je dois me rattraper.

Eddie frotta ses lèvres contre celles de Thomas et recula ensuite. Ils se regardèrent droit dans les yeux.

— Fais-moi ta demande afin que je puisse enfin faire ce que je dois faire.

Transpercé par l'enthousiasme, Thomas refoula les larmes de joie qui menaçaient de l'émasculer.

— Veux-tu m'épouser ?

Eddie posa une main sur la nuque de Thomas et vint frôler ses lèvres de sa bouche.

— Je pensais que tu ne le demanderais jamais, répondit-il avant de soupirer. Oui ! Bien sûr que je le veux !

Il déposa un baiser sur les lèvres de Thomas et le relâcha ensuite tout aussi vite avant que Thomas n'eût pu apprécier la sensation.

Lorsqu'Eddie baissa le regard, Thomas réalisa qu'il tenait toujours la boîte à bijoux en main.

— Oh ! dit-il, comprenant soudain ce qu'Eddie attendait.

Il prit la main d'Eddie.

— Désolé. C'est la première fois que je fais ça.

Il glissa l'anneau sur le doigt de son amant.

— Et ce sera l'unique fois, lui promit Eddie. Je ne te laisserai jamais partir

Thomas tira Eddie dans ses bras et le coucha avec précaution sur le lit derrière lui, tandis qu'il se libérait de la serviette. Il recouvra le corps de son bien-aimé de son propre corps, le contact peau contre peau alimentant son désir.

— Je n'ai nullement l'intention de te quitter un jour.

— Bien.

Eddie se poussa alors soudainement contre lui et le fit rouler sur le dos. Le chevauchant, il était à présent assis au-dessus de lui.

— J'allais faire ceci sur les genoux, mais je suppose que cette position fonctionne également.

Thomas haussa un sourcil interrogateur et regarda ensuite ostensiblement le sexe d'Eddie.

— Avec toi, n'importe quelle position me convient.

Eddie secoua la tête en gloussant.

— Est-ce que tu ne penses jamais à autre chose que le sexe ?

Thomas pressa son érection contre Eddie.

— Ne joue pas au timide avec moi maintenant. Je sais que tu veux ça.

Eddie s'abaissa sur lui, les lèvres à quelques centimètres de celles de Thomas.

— Oui, je le veux. Je veux que tu me prennes, que tu me fasses tien. Je veux te sentir me monter longtemps et fortement et, ensuite, je veux te sentir jouir en moi.

Les séduisantes paroles d'Eddie le firent gémir assez fort.

— Putain, Eddie, si tu ne me laisses pas commencer immédiatement, je ne tiendrai pas plus de dix secondes.

— Patience, mon cher amant. D'abord, il y a quelque chose d'autre que je veux de toi.

— Quoi ?

Thomas grogna d'impatience, ses mains agrippant les hanches d'Eddie de manière à se frotter contre lui avec plus de pression. Son sexe glissa contre celui de son jeune amant, intensifiant ainsi le feu qu'il avait au ventre.

— Je veux plus qu'un simple mariage. Je veux me lier par le sang.

Sous le choc suite aux paroles d'Eddie, Thomas se cabra. Ils se retrouvèrent tous deux en positon assise, Eddie le chevauchant toujours.

— Eddie, c'est impossible ! On ne peut pas !

— Es-tu en train d'essayer de me dire que deux vampires mâles ne peuvent pas se lier par le sang ?

Thomas secoua la tête.

— Non ! Théoriquement, c'est possible. Mais toi et moi, on ne peut pas.

Eddie recula, son visage arborant un regard blessé.

— Es-tu en train de dire que tu ne veux pas ?

Tendant la main vers lui avant qu'il n'eût la moindre chance de se redresser, Thomas l'arrêta.

— Je le veux, vraiment, mais je ne peux pas.

Lorsqu'Eddie le fixa simplement droit dans les yeux, Thomas poursuivit.

— Je croyais que tu avais compris que je ne pourrai jamais me lier par le sang avec quiconque. Le sang de Kasper, il est nocif. Comment pourrais-je le partager avec toi ? Comment pourrais-je t'y soumettre ? Je t'aime, Eddie. Je t'aime plus que ma propre vie. C'est pour cette raison que je ne peux pas te faire ça. Le mariage devra suffire.

Lentement, Eddie revint vers lui en douceur, ses mains lui agrippant les épaules. La compréhension commençait à poindre sur son visage. Il commença alors à mouvoir la tête d'un côté à l'autre.

— Donc, c'est pour ça que tu ne voulais pas que je lèche tes blessures, dit-il avant de pousser un soupir. Oh, Thomas, as-tu déjà oublié ce qui s'est passé ce soir ?

Ne comprenant pas à quoi Eddie faisait allusion, Thomas afficha un regard interrogateur.

— Grâce à mon amour, tu as été capable de combattre le sombre pouvoir. Ensemble, nous sommes plus forts que le mal présent dans le sang de Kasper. Bien plus forts. Car nous nous aimons.

Le douce pression d'Eddie contre ses épaules le pressa de se recoucher sur les draps.

— Tu ne peux pas en être sûr.

— Je le suis. Notre amour nous protègera tous les deux.

Eddie bascula les hanches contre le sexe de Thomas, suscitant ainsi un doux gémissement de sa part.

— Maintenant, laisse-moi te le demander à nouveau.

Il regarda ses genoux, lesquels resserraient les hanches de Thomas tel un étau.

— Après tout, il semble que je sois à genoux, tout comme je l'avais d'abord prévu.

Il releva le regard vers Thomas et poursuivit.

— Veux-tu te lier par le sang avec moi ?

L'amour et l'affection brillant dans les yeux d'Eddie envahirent entièrement le corps de Thomas, capturant chacune de ses cellules et y répandant chaleur et paix. D'instinct, il sut qu'Eddie avait raison. Ils vaincraient le sombre pouvoir ensemble, car leur amour était plus fort.

— Oui, je le veux.

Et maintenant qu'il avait pris sa décision, il ne pouvait plus attendre plus longuement.

— Maintenant, ajouta-t-il.

— Oui, maintenant, acquiesça Eddie. Avec ta magnifique queue en moi.

Thomas n'aurait pu imaginer davantage de perfection. D'un coup sec, il se retourna, amenant Eddie sous lui. Les yeux dans les yeux, il écarta les jambes d'Eddie de façon à se créer un certain espace.

— J'attends ceci depuis si longtemps.

Il laissa traîner sa main jusqu'au sexe d'Eddie et le serra brièvement avant de glisser vers ses testicules et de les caresser doucement. Il laissa alors courir un doigt plus loin vers l'arrière et remarqua la façon dont Eddie relevait les genoux, posant les pieds à plat sur le lit.

Eddie gémit en un sifflement.

— Tes caresses m'ont manqué.

— Tu ne passeras plus un seul jour sans mes caresses, répliqua Thomas.

— Promis ?

Thomas releva la tête et lui sourit.

— Tu vas devoir me supplier de te donner un moment de répit. Voilà à quelle fréquence je vais te caresser.

— Je n'ai pas besoin d'un moment de répit, murmura Eddie. J'ai besoin de ton sexe. Maintenant !

Thomas se pencha sur lui, amenant sa bouche à ses lèvres, les capturant en un baiser. Les lèvres d'Eddie s'écartèrent, et sa langue vint immédiatement caresser celle de Thomas et l'inviter à l'explorer. Thomas gémit de plaisir, se délectant de la saveur masculine d'Eddie, un mélange de cuir et de bois, de musc et d'innocence. Tandis qu'il fouillait plus en profondeur, il sentit les bras de son jeune amant l'attirer plus fort contre lui, une main glissant sur son postérieur et le lui empoignant, tandis que le sexe d'Eddie se frottait contre lui au même rythme que sa langue lui répondait.

La nuit où Eddie lui avait fait une fellation, son baiser n'avait même pas été aussi passionné qu'il ne l'était à présent. C'était comme si les barrières entre eux étaient finalement tombées, et ils étaient libres de montrer l'amour qu'ils éprouvaient l'un pour l'autre.

La respiration difficile, Thomas arracha sa bouche de celle d'Eddie. Il le regarda droit dans ses yeux imbibés de désir.

— Je ne peux plus attendre plus longtemps.

Son sexe lui faisait mal tant il avait besoin d'être délivré. Et son cœur réclamait impatiemment son compagnon.

— Alors, prends-moi. Fais-moi tien pour toujours, répondit Eddie.

Thomas s'écarta d'Eddie, se redressa et tendit la main vers la table de nuit. Il ouvrit le tiroir et en sortit un tube de lubrifiant. Lorsqu'il se retourna vers son amant, il remarqua que ce dernier se retournait sur le ventre.

— Non, l'arrêta Thomas, rencontrant ainsi le regard interrogateur d'Eddie. Je veux te regarder dans les yeux pendant que je serai en toi. Remets-toi sur le dos.

Eddie s'y conforma sans un mot. Il s'étendit sur les draps, souleva les genoux et écarta grand les cuisses.

— Comme ça ? demanda-t-il en balayant, de manière séductrice, Thomas des yeux, avant de les laisser reposer sur son érection.

Thomas se rapprocha et pressa une bonne quantité de lubrifiant sur ses doigts.

— Parfait.

Tandis qu'il s'installait entre les cuisses d'Eddie et amenait sa main à la fente de son postérieur, il continua à le regarder droit dans les yeux.

— Je serai doux. Détends-toi, tout simplement.

Thomas glissa le doigt couvert de lubrifiant dans la fente et se dirigea plus en profondeur. Automatiquement, Eddie amena ses genoux plus près de son torse de sorte à lui faciliter l'accès, s'exhibant complètement.

Thomas sentit l'étroit anneau de muscles gardien du sombre canal d'Eddie et y frotta son doigt, lentement et doucement.

Eddie battit des cils.

— Oh ! laissa-t-il échapper dans un soupir.

— Oui, détends-toi, tout simplement, roucoula Thomas. Laisse-moi prendre soin de toi.

Il continua à frotter l'endroit jusqu'à ce qu'Eddie vînt se presser contre son doigt. Ajoutant plus de lubrifiant, Thomas poussa contre le muscle, le franchit, et son doigt glissa à l'intérieur du derrière d'Eddie jusqu'à hauteur de la première jointure.

Eddie gémit bruyamment.

— Je te fais mal ? demanda Thomas.

— Dieu, non ! Encore.

Stimulé par les paroles de son compagnon, Thomas s'enfonça plus loin en lui, toujours lentement et doucement, mais sans s'arrêter, jusqu'à ce que son doigt fût totalement enveloppé. Sentant les muscles internes d'Eddie se contracter autour de lui, il reçut une décharge de désir à travers tout le corps. Son membre ne survivrait pas longtemps au virginal postérieur d'Eddie ; il le sut instinctivement.

— Dieu que tu es serré, dit Thomas.

— Tout comme toi quand j'étais en toi, répondit Eddie, le désir flamboyant dans ses yeux.

— Maintenant, baise-moi.

— Tu n'es pas tout à fait prêt, l'avertit Thomas.

Il n'ôta son doigt que pour y ajouter du lubrifiant et se glisser de nouveau en lui un instant plus tard.

Eddie donna un coup brusque, enfonçant davantage le doigt de Thomas.

— Je suis prêt.

L'empressement d'Eddie lui réchauffa le cœur, mais il n'était pas dupe. Son amant n'était pas prêt à recevoir son sexe. Quoiqu'il le serait bientôt.

— Je vais t'y préparer, lui promit Thomas en enfonçant davantage et plus fortement le doigt en un rythme plus rapide. Il observa avec satisfaction la façon dont Eddie roulait des yeux, des gémissements incontrôlés s'échappant de ses lèvres entrouvertes, tandis que son corps se mouvait en synchronisation avec les coups assénés par Thomas.

— Bientôt, murmura Thomas en venant plonger un doigt supplémentaire.

Le dos d'Eddie se souleva du matelas, s'écrasa ensuite à nouveau, et un gémissement s'échappa de sa poitrine.

— Putain, oui !

Tandis qu'il sodomisait à présent Eddie avec deux doigts, Thomas sentit la propre chaleur de son cœur grandir de désir. Du liquide pré-éjaculatoire suintait déjà de son sexe et, s'il manquait de prudence, il éjaculerait juste en se regardant procurer du plaisir à Eddie. Voir le vampire qu'il aimait lui répondre si librement, avec tant de passion, le rendait fou de désir.

— Oh, merde ! jura Thomas en extirpant ses doigts du postérieur d'Eddie.

Il badigeonna son propre membre avec du lubrifiant et se positionna à l'entrée du derrière d'Eddie.

Tandis que le bout de son sexe frottait contre l'anus de son partenaire, Thomas regarda profondément son amant dans les yeux.

— Je t'aime.

Les lèvres d'Eddie firent silencieusement écho à ces paroles juste au moment où Thomas poussait vers l'avant et le pénétrait, à fond.

Eddie haleta, un frisson visible lui parcourant tout le corps.

— Ça va ?

Visiblement inquiet, Thomas ralentit ses mouvements.

— Putain que ton sexe est gros !

Thomas recula, mais les mains d'Eddie sur ses hanches l'empêchèrent de se retirer complètement.

— N'ose même pas arrêter maintenant ! le défia Eddie, un vilain sourire affiché sur son visage. Je pense que j'aime ça quand c'est gros.

Thomas sentit les mains d'Eddie le tirer à nouveau vers lui de sorte à le faire replonger en lui.

Eddie le regardait à présent avec des yeux d'un rouge étincelant et, entre ses lèvres entrouvertes, Thomas put remarquer que ses canines s'allongeaient.

— Oui, j'aime quand c'est gros, et fort et en profondeur.

Thomas ne put empêcher la courbe d'un sourire sur ses lèvres.

— Fort à quel point ?

— Je suis un vampire, Thomas. Je peux supporter la force que tu voudras bien y mettre.

— Un homme comme je les aime.

Avant que le dernier mot ne se fût échappé de ses lèvres, Thomas plongea profondément en Eddie, toujours lentement mais, à chaque poussée vers l'avant et à chaque retrait, il augmenta le rythme. À chaque gémissement émanant d'Eddie, il laissa son corps prendre le contrôle, s'autorisant à baigner dans les sensations que la connexion avec son amant faisaient naître.

Les muscles fermes du postérieur d'Eddie se resserrèrent davantage sur le sexe de Thomas, mais l'abondante lubrification rendait chaque poussée vers l'avant aussi douce qu'une glissade au paradis. La chaleur engloutissait son érection, et le canal d'Eddie le maintenait captif dans une prison dont il ne voudrait jamais s'échapper.

Même dans ses rêves, cela n'avait jamais été aussi bon. La réalité était plus excitante que n'importe quel rêve. Ils étaient des hommes dont les corps se mouvaient en synchronisation l'un avec l'autre, leurs mains se caressant, leur bouche fusionnant en un baiser passionné. Thomas sentit le dur membre d'Eddie pulser contre son ventre, la chaleur de ce dernier le foudroyant d'une décharge de désir qui venait s'ajouter à l'excitation de pouvoir enfin prendre l'homme qu'il aimait et de le rendre sien. De le posséder, tout comme Eddie le possédait. Son cœur, son âme.

Thomas souleva ses lèvres de celles d'Eddie, incapable de se retenir plus longtemps.

— Maintenant, murmura-t-il.

Il sentit son amant opiner de la tête.

Ses canines s'allongèrent. Eddie inclina le cou en guise d'invitation. Sans la moindre précipitation, Thomas rapprocha sa bouche et égratigna la peau tendre.

— Je t'aime, Thomas.

Les yeux fermés, Thomas enfonça ses canines dans la peau d'Eddie et puisa à même la veine bien dodue. Simultanément, il sentit les pointes acérées des canines d'Eddie lui percer l'épaule.

Tandis que son membre n'avait de cesse de s'enfouir en Eddie, la richesse du sang de son partenaire se répandit dans sa bouche, sa saveur explosant sur sa langue. Il l'avala, le laissant envelopper sa gorge et sentit toute la tension se relâcher dans son corps. Tout autour de lui sembla disparaître. Le sombre pouvoir battit en retraite, plus loin et plus loin, jusqu'à ce qu'il ne

pût plus le ressentir.

Au même moment, il sentit une autre force l'envahir. Cette invasion, il l'accueillit avec plaisir. Amour et paix se répandirent dans son esprit, tandis qu'il abattait le mur entourant son cœur. Il sentit la traction que les canines d'Eddie exerçaient sur sa veine, à présent plus intensément, tout comme il put ressentir l'imminence de l'orgasme de celui-ci.

Je viens, entendit-il Eddie penser. Son esprit l'avait perçu aussi nettement que si les mots avaient été prononcés.

Tout comme moi, répliqua Thomas, sans la moindre parole.

Lorsque les muscles du postérieur d'Eddie convulsèrent autour de son sexe un instant plus tard et que du sperme fut expulsé contre son ventre, Thomas ressentit un coup sec dans sa verge, de même que sa propre semence se propulser tout le long de son érection avant d'exploser en son bout, emplissant ainsi son amant de la chaleur des jets. Son corps fut secoué par les vagues de son orgasme, le dépouillant de chaque once d'énergie qu'il lui restait jusqu'à ce qu'il s'effondrât sur Eddie, incapable de mouvoir le moindre membre. Il ne pouvait empêcher son corps de trembler et remarqua qu'Eddie tremblait également.

Trop épuisé pour parler, Thomas s'exprima par le biais de son esprit.

Tu es à moi, maintenant.

Et tu es à moi, entendit-il la voix d'Eddie dans son esprit.

Eddie bougea ensuite la tête, approcha les lèvres de celles de Thomas et les effleura.

— Tu pourras refaire ça chaque fois que tu le voudras.

Thomas souleva la tête.

— Tu ne devrais pas me donner carte blanche comme ça, car ton doux petit cul va devenir si endolori durant ce prochain siècle que tu vas me maudire.

— Seulement pour le prochain siècle ? le taquina Eddie.

Thomas sentit un rire naître dans sa poitrine. Tandis qu'il le laissait échapper et qu'Eddie se joignait à lui, le bonheur l'enveloppa telle une épaisse couverture. Il sut alors que le sombre pouvoir présent dans son sang ne pourrait plus jamais s'élever, puisque l'amour le maintiendrait enfermé.

Ordre de Lecture des séries Vampires Scanguards et Gardiens de la Nuit.

Les Vampires Scanguards

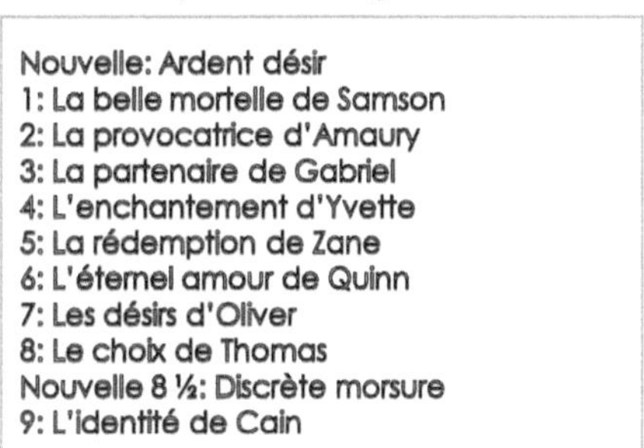

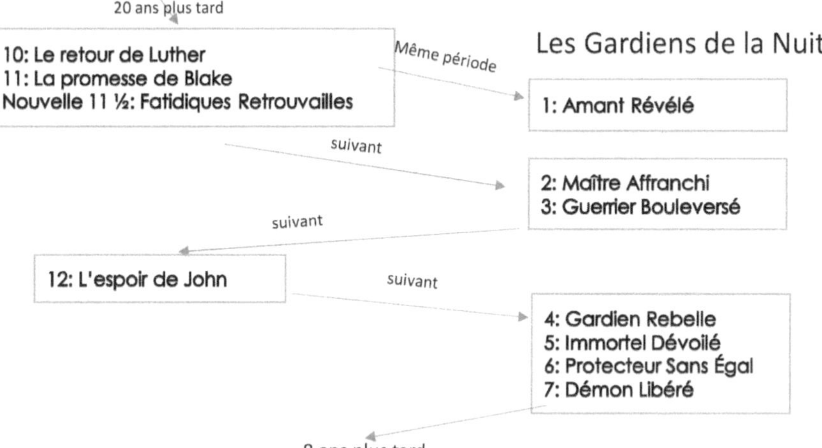

Hybrides Scanguards

Les Scanguards hybrides seront également numérotés dans la série des
Scanguards vampires (SV 13 = SH 1) afin de préserver la continuité.

SH 1 (SV 13): La tempête de Ryder
SH 2 (SV 14): La conquête de Damian
SH 3 (SV 15): Le défi de Grayson
SH 4 (SV 16): L'amour interdit d'Isabelle
SH 5 (SV 17): La passion de Cooper
SH 6 (SV 18): Le courage de Vanessa

À PROPOS DE L'AUTEUR

De nationalité allemande, Tina Folsom vit depuis plus de 25 ans dans des pays anglophones. Elle a d'ailleurs épousé un Américain et s'est établie en Californie en 2002.

Depuis 2008, elle a publié plus de 50 livres en anglais et des douzaines dans d'autres langues (français, allemand et espagnol).

tina@tinawritesromance.com
https://tinawritesromance.com

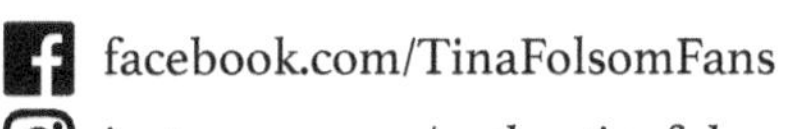

facebook.com/TinaFolsomFans
instagram.com/authortinafolsom